# 더블 스타

DOUBLE STAR
by Robert A. Heinlein

# 더블 스타

로버트 A. 하인라인 지음
조호근 옮김

시공사

# 차례

헨리와 캐서린 커트너에게

DOUBLE STAR

# 1장

촌뜨기처럼 차려입고 가게 주인이라도 된 양 거들먹거리며 들어오는 남자가 눈에 띈다면, 두말할 나위도 없이 우주선 선원이 분명하다.

당연한 논리적 귀결이다. 그 직업에 종사하는 사람은 모든 피조물의 우두머리라도 된 것처럼 행동한다. 흙바닥에 발을 디딘 것만으로도 하찮은 농노들의 빈민굴에 들어온 셈이니까. 우아함이라고는 조금도 찾아볼 수 없는 복장에 대해 설명하자면, 깨어 있는 시간의 90퍼센트를 제복을 입고 보내며 문명보다 외우주에 더 익숙한 남자가 제대로 옷을 입는 법을 알 리가 없지 않은가. 이런 친구들은 우주 공항마다 몰려들어 '지상용 복장'을 판매하는 가짜 양복장이들의 좋은 먹잇감이 되기 마련이다.

이 기골이 장대한 친구는 천막장인 오마르의 손에 걸리기라도 한 모양이었다. 패드가 들어간 어깨부터 터무니없이 거대하고, 자리에 앉으니 반바지가 밀려올라가 털이 부숭부숭한 허벅지가 드러나 보였으며, 주름장식으로 가득한 슈미즈는 젖소한테나 어울릴 것 같았다.

그러나 나는 이런 개인적인 의견을 입 밖에 내지 않고 마지막 남은 반 임페리얼 동전으로 그에게 술을 샀다. 우주선 선원들의 소비 습관을 감안해볼 때 합당한 투자라고 생각할 법했으니까.

"핫 제트!" 술잔을 부딪치며 나는 이렇게 말했다. 그는 놀란 눈으로 나를 힐끔 바라보았다.

이것이 내가 닥 브로드벤트를 상대하며 저지른 첫 번째 실수였다. 응당 그렇듯이 "드넓은 우주!"나 "안전한 착륙!"이라고 대꾸하는 대신, 그는 탁자 맞은편에 앉은 나를 바라보며 나직하게 말했다. "나쁘지 않은 추측이지만, 잘못 짚었네. 나는 우주에 나가 본 적이 없거든."

이쯤에서 내 입을 다물었어도 나쁘지 않았을 것이다. 카사 마냐나의 바에서는 우주선 선원을 찾아보기 힘들다. 그쪽 부류의 친구들이 머물 만한 호텔도 아닌 데다, 우주 공항에서도 몇 마일은 떨어져 있으니까. 설령 우주선 선원 한 명이 지상용 복장을 입은 채로 등장해서 바의 어둑한 구석에 틀어박혀 정체를 숨기려 한다고 해도, 그건 그 친구 사정일 뿐이다. 애초에 내가 그런 장소를 택한 것도 눈에 띄지 않고 사람들을 살펴보기 위해서였다. 당시에는 여기저기서 돈을 조금씩 빌린 상태였기 때문에, 심각한 정도까지는 아니라도 제법 당황스러운 사태가 벌어질 수도 있었다. 따라서 그 또한 나름의 사정이 있으리라 생각하고 존중해줬어야 마땅한 일이었다.

그러나 내 성대라는 녀석은 자신만의 자유분방한 삶을 즐기는 경향이 있다. "그런 소리는 하지 말라고, 선원 친구. 만약 자네가 땅돼지라면 나는 티코 시티의 시장일걸." 그가 조심스레 유리잔을 들어 올리는 모습에서 숨길 수 없는 저중력 환경에서의 습관을 발견한 나는 이렇게 덧붙였다. "자네가 여기 지구보다는 화성에서 더 자주 술을 마셨을 거라고 내기할 수 있어."

"목소리 좀 낮추게!" 그는 말하는 티를 내지 않으려 애쓰며 내 말을 잘랐다. "내가 우주비행사라고 확신하는 이유가 뭔가? 처음 보는 사이인데."

"이거 미안하군." 내가 말했다. "자네가 원한다면야 무슨 시늉을 하던 내 상관할 바는 아니지. 하지만 이 몸은 눈이 좋아서 말이야. 가게에 걸어 들어오는 순간 정체를 알아챘지."

그는 소리 내지 않고 욕설을 내뱉었다. "어떻게?"

"너무 걱정하지 말게나. 다른 사람들은 눈치채지 못했을 테니까. 하지만 이 몸은 다른 사람들이 보지 못하는 것도 볼 수 있어서 말이야." 나는 살짝 으스대는 투로 그에게 명함을 건넸다. 세상에 유일한 로렌초 스마이스의 일인 극단. 그래, 내가 바로 그 '위대한 로렌초'다. 스테레오 녹음 오페라로 유명한…… '최고 실력의 복화술사이자 모사술사.'

그는 내 명함을 읽고는 소매 주머니에 집어넣었다. 짜증이 나는 행동이었다. 저걸 만드는 데 꽤나 돈이 들어갔기 때문이다. 진품 모조 수공예품이었으니까. "무슨 말인지는 알겠네." 그는 조용히 말했다. "하지만 내 행동이 뭐가 문제였다는 건가?"

"직접 보여주지. 정문까지 땅돼지 걸음으로 갔다가, 올 때는 자네 걸음으로 돌아올 테니까. 잘 보라고." 물론 훈련되지 않은 눈으로도 알아볼 수 있도록 살짝 과장되게 움직이기는 했다. 바닥이 우주선 갑판이라도 되는 양 부드럽게 발을 미끄러트리고, 허리에 무게중심을 놓고 앞으로 움직이고, 손은 살짝 앞으로 내밀어 뭔가를 잡을 준비를 하면서.

말로 설명할 수 없는 나머지 세부 사항이 수십 가지는 된다. 요는 항상 긴장한 채로 균형을 잡으려 애쓰는 우주선 선원 본인이 되는 것이다. 선원으로 변해야 한다. 지구의 통상 중력에서 평생 살아온 도시 사람들은 항상 매끄럽고 안전한 바닥 위를 걸어 다니며, 담배말이 종이 한 장에도 걸려 나자빠져버린다. 우주선 선원은 그렇지 않다.

"내 말뜻이 이해가 되시나?" 나는 다시 자리로 돌아와 앉으며 물었다.

"유감스럽지만 그렇군." 그는 찜찜한 목소리로 인정했다. "내 걷는 모습이 그렇다는 말이겠지?"

"바로 그거야."

"흠…… 아무래도 당신에게 교습이라도 받아야 할 것 같군."

그는 한동안 나를 바라보며 앉아 있다가 이윽고 입을 열었다. 그러고는 다시 마음을 바꿨는지, 손가락을 놀려 바텐더에게 잔을 채워달라고 신호를 보냈다. 술이 나오자 그는 돈을 지불하고 자기 잔을 비운 다음, 하나로 이어진 매끄러운 동작으로 자리에서 일어났다. "잠시 기다려주게나." 그는 나직하게 이렇게 말했다.

그는 그 한 잔으로 내 앞자리를 비워놓을 권리를 산 셈이었고, 나는 거부할 수 없었다. 딱히 거부하고 싶은 것도 아니었지만. 나도 그 친구에 대해 호기심이 생겼기 때문이다. 만난 지 10분밖에 안 되었지만 제법 마음에 드는 친구였다. 여자들은 쫓아다니고 남자들은 기꺼이 명령을 받는, 덩치 크고 흉악하지만 호감이 가는 얼간이 부류의 사람이었다.

그는 매끄러운 동작으로 가게를 가로지르다 화성인 네 명이 앉아 있는 문 근처 탁자를 지나쳤다. 나는 화성인을 좋아하지 않았다. 커다란 나무둥치에 탐험용 모자를 뒤집어씌운 것처럼 생긴 주제에 인간입네 하고 권리를 주장하는 꼴이 마음에 들지 않았다. 촉수가 자라나는 모습도 마음에 들지 않았다. 마치 뱀이 굴속에서 기어 나오는 모습처럼 보이지 않는가. 놈들이 고개를 돌리지 않고 사방을 동시에 바라볼 수 있다는 사실도 마음에 들지 않았다. 뭐, 물론 놈들에게 머리가 있어야 가능한 일이기는 하겠지. 게다가 그 악취는 도저히 견딜 수가 없다!

나를 인종차별주의자라고 손가락질 할 수는 없을 것이다. 나는 인간의 피부색, 민족, 종교 따위에는 조금도 신경 쓰지 않는다. 하지만 인간은 인간이고 화성인은 물건 아닌가. 내 관점에서 보면 놈들은 짐승조차 될 수 없다. 하루 종일 뭔가를 달고 다녀야 한다면 화성인보다는 혹멧돼지 쪽이 훨씬 나을 것이다. 인간이 드나드는 식당이나 바에 저런 놈들이 들어오게 놔둔다는 것 자체가 말도 안 되는 짓거리로 보였다. 하지만 소위 협정이라는 것이 존재하는 마당에 내가 뭘 할 수 있겠는가?

처음 가게에 들어왔을 때 저 화성인 네 마리는 저곳에 있지 않았다. 있었다면 악취를 맡았을 테니까. 같은 이유로, 내가 조금 전 문가로 걸어갔다 돌아왔을 때에도 저기 있지 않았을 것이다. 지금 놈들은 탁자 하나를 둘러싸고 제각기 발판 위에 올라서서 인간인 척 하고 있는 중이었고, 공기 정화기가 속도를 높이는 소리도 들리지 않았다.

앞에 놓인 공짜 술조차도 내 마음을 끌지 못했다. 나는 그저 술을 산 친구가 돌아오면 그대로 정중하게 인사를 하고 자리를 뜰 생각이었다. 문득 그 친구가 서둘러 자리를 뜨기 전 바로 그 방향을 힐끔 바라봤다는 사실이 떠올랐다. 혹시나 화성인들과 관계가 있는 일은 아니었을까? 나는 그쪽을 바라보며 화성인들이 우리 탁자 쪽에 관심을 보이는지 확인하려 했다. 그러나 화성인이 무얼 보고 있는지, 무슨 생각을 하는지 알 방도가 있겠는가? 이 점도 내 마음에 들지 않았다.

나는 우주선 선원 친구에게 무슨 일이 생긴 것일지를 생각하면서 몇 분 동안 술잔을 만지작거리며 앉아 있었다. 그의 호의가 저녁식사로 이어지기를 기대하고 있었고, 충분히 서로 마음을 터놓은 사이가 된다면 소정의 금액을 빌릴 수도 있을 거라 생각하고 있었으니까. 솔직히 말해, 그 외에는 기댈 구석이 별로 없었다. 최근에 두 번 에이전트에게 전화했을 때는 자동 비서가 내 목소리를 녹음해주었을 뿐이었고, 내 방은 문에 동전을 넣지 않으면 들어갈 수조차 없을 것이기 때문이다……. 내 자금 상태는 그 정도로 비참했다. 동전식 칸막이방에서 잠을 청하는 신세였던 것이다.

우울하게 이런 생각에 빠져 있노라니 웨이터가 다가와서 내 팔꿈치를 건드렸다. "전화가 왔습니다, 선생님."

"어? 알겠네, 친구. 탁자로 전화기를 가져다주겠나?"

"죄송합니다만 선생님, 여기로 연결해 올 수가 없습니다. 로비의 12번 전화 부스입니다."

"아하. 고맙네." 나는 최대한 화기애애한 말투로 대답했다. 팁을 줄 수가 없는 상황이었으니까. 바를 나갈 때는 최대한 멀찍이 돌아 화성인들 근처를 피했다.

그리고 나는 곧 전화기를 탁자로 가져올 수 없었던 이유를 깨달았다. 12번 부스에는 최고 등급의 보안 설비가 되어 있었던 것이다. 내부가 보이지도 않고, 방음과 도청 방지 장치까지 달려 있었다. 탱크에는 아무런 영상도 떠올라 있지 않았고, 내가 들어와서 문을 닫은 다음에도 마찬가지였다. 자리에 앉아서 수신기에 얼굴을 가져다 댈 때까지 화면은 그대로 뿌옇기만 했다. 곧 불투명한 구름이 녹아 사라지고, 우주선 선원 친구의 얼굴이 내 눈 앞에 떠올랐다.

"자네를 두고 자리를 떠서 미안하군." 그가 재빨리 말했다. "하지만 서두르는 중이라서. 아이젠하워 호텔의 2106호로 와줬으면 좋겠네."

다른 설명은 전혀 없었다. 아이젠하워는 카사 마냐나만큼이나 우주선 선원에게 어울리지 않는 호텔이다. 골칫거리의 냄새가 났다. 보통 바에서 방금 만난 낯선 사람을 그대로 호텔 방으로 초대하지는 않는 법이다. 뭐, 적어도 같은 성별의 사람일 경우에는.

"왜?" 내가 물었다.

선원 친구는 반문 없이 복종하는 아랫사람들의 모습에 익숙해진 남자들이 보이는 묘한 표정을 지었다. 나는 직업적 관심을 보이며 그 모습을 관찰했다. 분노와는 다른 느낌이었다. 폭풍이 몰아치기 직전의 먹구름 쪽에 가까웠다. 이내 그는 자신을 추스르고 나직하게 대답했다. "로렌초, 설명할 시간이 없네. 혹시 지금 일거리를 받을 수 있나?"

"제대로 된 일거리를 말하는 거겠지?" 나는 천천히 대답했다. 한순간 그가 내게…… 다들 아는 그런 부류의 일거리를 권하는 것이 아닌가 하는 끔찍한 생각이 들었다. 지금껏 나는 엄청난 재보를 손에 넣을 수 있다는 유혹에도 불구하고 직업적 자존심을 고스란히 지켜온 몸이었다.

"아, 물론, 제대로 된 일거리라네!" 그는 서둘러 대답했다. "최고의 배우를 필요로 하는 일일 뿐이지."

나는 얼굴에 안도의 감정을 드러내지 않았다. 사실 제대로 된 일이기만 하다면 뭐든 해치울 준비가 되어 있었다. 《로미오와 줄리엣》에서 발코니 역이라고 해도 기꺼이 맡았을 것이다. 하지만 구태여 열의 넘치는 태도를 내비칠 필요는 없었다. "어떤 부류의 일거리인지 말해줄 수 있겠나?" 내가 물었다. "스케줄이 빡빡한 편이라 말이지."

그는 내 말을 가볍게 일축했다. "전화로는 설명을 할 수가 없어. 자네야 잘 모르겠지만, 도청 방해 장치는 제대로 된 장비만 있으면 간단하게 추적 해제가 가능하니까. 어서 이리 와주게!"

열의 넘치는 쪽은 상대방이었다. 따라서 나는 섣불리 적극적으로 덤벼들 수가 없었다. "아니, 진심으로 하는 소린지는 모르겠지만, 내가 누구라고 생각하는 건가? 시동이라도 되는 줄 아나? 아니면 창을 운반하는 영광을 맡으려 안달이 나 있는 꼬맹이라고 생각하는 건가? 이 몸은 로렌초라고!" 나는 모욕을 당한 양 고개를 들며 말했다. "우선 제안부터 들어보겠네."

"아…… 젠장, 전화로는 제대로 전달할 수가 없는데. 보통 얼마나 받나?"

"흠? 내 본업에서 받는 보수를 말하는 거겠지?"

"그래, 그렇네!"

"출연은 한 번인가? 아니면 1주일 동안인가? 아니면 특약 사항이 있나?"

"으, 그건 됐고. 하루 일당이 얼마나 되는 건가?"

"저녁 내내 내 시간을 빌겠다면 최소 보수가 100임페리얼이네." 단순명쾌한 사실이었다. 아, 물론 때로는 상당한 금액을 리베이트로 돌려달라는 요구를 받기도 했지만, 명세서에는 제대로 된 보수 이하의 금액이 적힌 적이 없었다. 사람에게는 최소한의 기준이 필요한 법이다. 그걸 버리느니 차라리 굶어죽는 편을 택하겠다.

"알겠네." 그는 재빨리 대답했다. "당신이 여기 도착하는 대로 현금으로 100임페리얼을 주지. 그러니 좀 서둘러주게나!"

"어?" 나는 순간 200, 아니 250임페리얼을 불러도 그대로 먹혔을 것이라는 사실을 깨닫고 다소 의기소침해졌다. "하지만 아직 계약을 하겠다고 동의한 것도 아닌데."

"그런 건 신경 쓰지 말게! 일단 자네가 여기 도착하면 의논해보지. 받아들이겠다면……, 뭐, 그냥 통상 보수에 보너스를 더한다고 생각하게. 그럼 이제 전화를 끊고 이리 와주겠나?"

나는 고개를 꾸벅 숙였다. "물론입니다, 선생님. 잠시만 기다리시죠."

아이젠하워는 카사 마냐나에서 별로 떨어져 있지 않았다. 지하철 요금조차 없는 내게는 다행스러운 일이었다. 그러나 나는 현대 문명에서 거의 실전될 지경에 이른 산책이라는 기술을 아직 즐길 줄 아는 사람이며, 그를 통해 생각을 정리할 수가 있었다. 나도 머저리는 아니기 때문에 타인의 주머니에 돈을 찔러주고 싶어 안달이 난 사람을 보면 패를 다시 확인해야 한다는 정도는 잘 알고 있었다. 그런 일에는 보통 불법적이거나, 위험하거나, 아니면 양쪽 모두에 해당하는 요소가 결부되어 있으니까. 물론 내가 법을 위한 법을 지키겠다고 매달리는 사람이라는 소리는 아니다. 법률이란 종종 백치일 수가 있다는 바드의 말에 동의하는 쪽이었으니까. 하지만 기본적으로 지금까지는 크게 정도에서 벗어나지 않고 살아왔다.

하지만 이내 지금 손에 가진 정보만으로는 판단을 할 수 없다는 결론에 도달했다. 그래서 나는 그 문제는 잠시 미루어두기로 하고, 오른쪽 어깨에 망토를 두르고는 온화한 가을 날씨와 대도

시의 풍요롭고 다양한 냄새를 즐기며 걸음을 옮겼다. 호텔에 도착해서는 정문으로 들어가는 대신 지하층에서 21층까지 통하는 고용인 전용 승강기를 이용하기로 했다. 당시의 나는 이런 곳에서 대중의 눈에 띄고 싶지 않았기 때문이다. 선원 친구가 나를 방에 들여보내주었다. "꽤 오래 걸리지 않았나." 그가 쏘아붙였다.

"그런가?" 나는 이 정도로만 대답하고 주변을 둘러보았다. 예상대로 비싸 보이는 스위트룸이었지만 쓰레기가 잔뜩 쌓여 있었고, 유리잔이 적어도 12개에, 같은 수의 커피 잔이 여기저기 놓여 있었다. 별다른 재주가 없어도 내가 수많은 손님 중 마지막 사람이라는 정도는 분명히 알 수 있었다. 다른 남자 하나가 소파에 파묻힌 채로 나를 보더니 코웃음을 쳤는데, 이쪽 역시 우주선 선원이 분명해 보였다. 나는 호기심에 차 시선을 던졌지만, 딱히 정식으로 소개를 해주지는 않을 모양이었다.

"어쨌든 여기까지 오긴 했으니, 그럼 일 이야기로 들어가지."

"물론이지. 그 말을 하니 생각나는데." 나는 이렇게 덧붙였다. "보너스인지, 의뢰비인지를 준다고 하지 않았던가."

"아, 그렇지." 그는 소파의 남자 쪽을 돌아보며 말했다. "작, 돈을 주게."

"뭣 때문에요?"

"주라니까!"

이제 나는 누가 보스인지를 확실히 알게 되었다. 물론 얼마 지나지 않아, 닥 브로드벤트는 누구와 있든 보스일 수밖에 없는 사람이라는 사실을 깨닫게 되었지만. 다른 친구는 여전히 코웃음을 치면서도 재빨리 일어나서 50임페리얼 한 장과 10임페리얼 다섯 장을 세어서 내게 건넸다. 나는 액수를 확인하지도 않고 별일도 아닌 양 받아서 옷 안에 넣고는 말했다. "그럼 분부하시죠, 신사 여러분."

덩치 큰 남자가 입술을 깨물었다. "우선 이 일에 대해서 잠꼬대로도 말하지 않겠다는 확실한 서약을 해주면 좋겠네."

"내가 가볍게 승낙하는 것만으로 부족하다면, 서약을 한다고 나아질 것이 있나?" 나는 다시 소파에 주저앉은 키 작은 남자 쪽을 바라보았다. "아무래도 예전에 본 적이 없는 사이 같은데. 나는 로렌초네."

그는 나를 노려보더니 이내 시선을 돌렸다. 바에서 어울렸던 친구는 서둘러 변명했다. "이 일에는 이름 따위는 관계없을 거라 생각하는데."

"관계없다고? 친애하는 우리 부친께서는 돌아가실 때 내게 세 가지 맹세를 하게 하셨다네. 첫째로 위스키에는 물 말고 다른 것은 섞지 말 것. 둘째로 무기명 편지는 무시할 것. 마지막으로 자기 이름을 밝히기를 거부하는 낯선 이들과는 대화하지 말 것. 안녕히 계시게나, 신사 여러분." 나는 주머니 안의 따스한 100임페리얼을 느끼며 문을 향해 돌아섰다.

"잠깐만!" 나는 움직임을 멈추었고, 그는 말을 이었다. "자네 말이 맞네. 내 이름은……."

"선장님!"

"끼어들지 말게, 작. 나는 닥 브로드벤트일세. 저기 우리를 노려보고 있는 친구는 자크 드부아고. 우리 둘 모두 우주 비행사라네. 모든 가속 상태에서 모든 등급의 우주선을 조종할 수 있는 숙련 조종사지."

나는 고개를 숙이며 인사하고는 겸손하게 말을 이었다. "로렌초 스마이스일세. 음유시인이자 예술가지. 램즈 클럽에 소속되어 있다네." 속으로는 회비를 내야 한다고 다짐하면서.

"좋아. 작, 좀 웃으려고 시도라도 해보게. 로렌초, 우리 일을 비밀로 간직하는 일에 동의해주겠나?"

"장미의 이름을 걸고. 신사들 사이의 대화 아닌가."

"이 작업을 수락하지 않게 되더라도?"

"조건 합의 여부와 관계없이. 나는 미약한 인간일 뿐이지만, 불법적인 심문을 제외하고는 당신의 비밀을 온전하게 보존해주겠네."

"나 역시 네오덱소코카인이 인간의 전두엽에 무슨 일을 할 수 있는지 잘 알고 있다네, 로렌초. 불가능한 일까지 기대하는 것은 아닐세."

"닥, 지금 실수하는 거예요. 적어도……." 드부아가 다급하게 말했다.

"입 좀 다물게, 작. 이 시점에서 최면술사 따위를 부르고 싶지는 않아. 로렌초, 대역 연기를 하나 맡아줬으면 좋겠네. 아무도, 주변의 누구도 대역이라는 점을 알아채지 못할 정도로 완벽하게. 그런 일을 할 수 있겠나?"

나는 얼굴을 찌푸렸다. "우선 '할 수 있겠냐'보다 '해주겠냐'를 물어봐야 하는 거 아닌가? 상황이 어떻게 되는 건가?"

"음, 세부 사항은 나중에 설명해주겠네. 간략하게 말하자면, 대중에게 잘 알려진 사람의 대역을 수행하는 평범한 일일세. 다른 점이라면 그 대역이 그를 잘 알고 가까이서 대면하던 사람까지 속여 넘길 수 있을 정도로 완벽해야 한다는 거지. 단순히 높다란 단상 위에서 열병식을 관람하거나, 걸스카우트 아이들에게 메달을 달아주는 정도의 일이 아니라는 걸세."

"안 하겠네." 나는 즉각 대답했다.

"허? 아직 어떤 일인지도 모르지 않나. 양심에 거리낀다면, 당신이 대역을 맡는 사람의 이해에 배척되는 일이 아니라는 정도는 말해줄 수 있네. 사실 누구의 합법적인 이해관계에도 영향이 없는 일이야. 반드시 해야만 하는 일이니까."

"안 하겠네."

"이거 참, 대체 왜 그러는 건가? 우리가 얼마를 지불할지도 말하지 않았는데."

"액수가 중요한 것이 아닐세." 나는 단호하게 말했다. "나는 배우지 대역이 아니야."

"이해가 안 되는군. 꽤 많은 배우들이 대중 앞에서 유명인사의 대역을 맡아서 가욋돈을 버는 걸로 알고 있는데."

"이 몸께서는 그런 치들을 동료가 아니라 매춘부로 여긴다네. 명확하게 설명하고 넘어가도록 하지. 대필 작가를 존경하는 작가가 존재하겠나? 돈 때문에 자기 작품에 다른 사람의 서명을 넣는 화가를 존경할 수 있겠나? 물론 선생에게 예술혼이라는 개념은 낯선 것일 수도 있으니, 그쪽 직업과 관계있는 비유를 사용해보기로 하지. 오로지 돈 때문에 당신처럼 훌륭한 기술을 가지지 못한 사람이 제복을 입고 인정을 받고 대가라는 칭호를 얻는 꼴을 보면서, 우주선 조종을 대신하면서도 만족할 수 있겠나?"

드부아가 코웃음을 쳤다. "얼마면 되는데?"

브로드벤트는 그를 보며 얼굴을 찌푸렸다. "자네의 반대 이유를 이해할 수 있을 것 같군."

"선생, 예술가에게는 갈채가 우선인 게야. 돈 따위는 예술을 창조하기 위한 세속적인 수단에 지나지 않지."

"흠…… 알겠네. 그러니까 고작 돈 때문에 일을 맡지는 않겠다는 뜻이로군. 그렇다면 다른 이유가 있다면 해주겠나? 반드시 필요한 일이며, 성공할 수 있는 사람이 자네 한 사람뿐이라면?"

"그런 경우라면 인정할 수밖에 없군. 그런 상황을 상상할 수는 없지만 말일세."

"상상할 필요 없네. 우리가 설명해줄 테니까."

드부아가 소파에서 펄쩍 뛰어올랐다. "그건 아니죠, 닥. 그런 식으로……"

"조용히 하게, 작! 이 사람도 알 필요가 있네."

"지금, 여기서 알 필요는 없습니다. 그리고 선장님이라 해도 저 작자에게 모든 것을 털어놓아서 다른 이들의 계획을 망칠 권리는 없어요. 저 작자에 대해서는 아무것도 모르지 않습니까."

"이 정도 위험은 감수해야 하네." 브로드벤트는 다시 내 쪽으로 몸을 돌렸다.

드부아는 그의 팔을 잡아채서 자기 쪽을 보게 만들었다. "감수하기는 얼어 죽을! 닥, 지금까지는 뭐라고 하든 고분고분하게 따라왔지만! 이번에는 당신이 모든 것을 떠벌리기 전에, 그러니까, 우리 둘 중 하나는 입을 열 수도 없게 박살나버리게 될 것 같군요."

브로드벤트는 깜짝 놀란 표정이 되었다가, 이내 차가운 눈으로 드부아를 바라보며 웃었다. "이제 머리가 좀 굵어졌다 이건가, 작 이 친구야?"

드부아는 조금도 물러서지 않고 맞서 그를 올려보았다. 브로드벤트는 그보다 머리 하나는 더 크고 20킬로그램은 더 나가는 거구였다. 나는 처음으로 드부아가 마음에 들기 시작했다. 새끼 고양이의 무모한 용기, 싸움닭의 투쟁심, 항복하지 않고 끝까지 맞서 싸우다 죽는 하찮은 남자의 의지 따위를 볼 때마다 항상 감명을 받곤 했으니까……. 설마 브로드벤트가 드부아를 죽일 리는 없겠지만, 아무래도 곧 걸레짝 신세가 될 것은 분명해 보였다.

끼어들 생각은 조금도 하지 않았다. 자신의 파멸이 언제 어떤 식으로 일어날지를 결정하는 것은 개인의 고유한 권리라 할 수 있으니까.

긴장감이 고조되고 있었다. 그러나 문득 브로드벤트가 크게 웃으며 드부아의 어깨를 잡았다. "자네도 참 대단하군, 작!" 그는 내 쪽을 돌아보며 나직하게 덧붙였다. "잠시 우리끼리만 시간을 좀 주겠나? 여기 이 친구하고 한참 담배를 태우고 와야겠는데."

이 스위트룸에는 서명대와 전화기가 딸린 방음 구역이 딸려 있었다. 브로드벤트는 드부아의 팔짱을 끼고 그 쪽으로 끌고 가더니, 이내 구역 안에서 다급하게 대화를 나누기 시작했다.

호텔과 같은 공공장소에서는 방음 구역이 제대로 작동하지 않는 경우도 있다. 음파의 간섭으로 인한 방음 효과가 완벽하지 않을 수도 있으니까. 그러나 아이젠하워는 비싼 숙소인 만큼, 적어도 이 경우에는 방음 장비가 완벽하게 작동했다. 입술이 움직이는 것은 보여도 소리는 전혀 들리지 않았으니까.

그러나 입술이 움직이는 모양은 확실히 볼 수 있었다. 브로드벤트는 내 쪽을 향하고 있고, 드부아는 벽면의 거울에 얼굴이 비치고 있었다. 내 대표작 중 하나인 심리학자 역을 할 때 아버지가 내 엉덩이를 흠씬 때려가며 독순술을 익히게 만든 덕을 볼 때가 온 것이다. 물론 그때는 항상 조명이 훤한 홀에서, 특수한 효과를 가진 안경을 착용하고 있기는 했지만 ……. 이 이야기는 관두자. 중요한 건 내가 입술을 읽을 줄 안다는 사실이니까.

드부아는 이렇게 말하고 있었다. "닥, 이 한심하고 멍청하고 활자로 옮기기에 부적합하며 불법에 가까운 외설적인 표현이 어울리는 분 같으니, 함께 타이탄의 돌밭에서 구르고 싶은 겁니까? 저 자만심 덩어리 촉새가 있는 대로 불어버릴 겁니다."

나는 충격을 받아 브로드벤트의 답변을 거의 놓칠 뻔했다. 자만심 덩어리라니! 내 천재성을 냉정하게 파악하고 있다는 사실과는 별개로, 스스로는 꽤 겸손한 사람이라 자부해왔는데 말이다.

브로드벤트: "……동네에 도박장이 하나밖에 없으면 사기도박이라도 상관없는 법이네. 작, 지금은 저 사람밖에 남은 방법이 없어."

드부아: "좋습니다. 그러면 스코셔 박사를 이리로 불러서 최면을 걸고 행복 주스를 주사해보지요. 하지만 자세한 내용을 알려줄 필요는 없어요. 저 작자가 준비가 끝나고 우리가 땅바닥을 떠나기 전까지는."

브로드벤트: "그게, 스코셔 본인이 최면이나 약물에 의존해서는 성공할 수 없다고 일러주었다네. 적어도 우리에게 필요한 정도의 연기를 위해서는 말일세. 저 친구의 협조를 얻어야 해. 전문가의 협조 말일세."

드부아는 콧방귀를 뀌었다. "전문가가 어디 있습니까? 저 작자 꼬라지 좀 보시죠. 농장 뒤뜰을 가로질러 달려가는 수탉 같은 몰골 아닙니까? 그래요, 체구와 생김새도 비슷하고 두상도 대장과 꽤나 비슷하긴 하죠. 하지만 그 뒤에는 아무것도 없어요. 그대로 겁에 질려서 변장이 벗겨지고, 모든 것이 폭로되어 버릴 겁니다. 절대 그런 역할을 맡을 수 있을 리가 없어요. 허풍밖에 없는 삼류 배우라고요!"

불멸의 카루소가 음정을 놓쳤다는 누명을 쓴다 해도 나만큼 강렬한 모욕감에 휩싸이지는 않았을 것이다. 순간적으로 버비

지와 부스 같은 위대한 배우들의 영혼을 빌려 호통을 치고 싶은 충동을 억눌렀다는 것만으로도 내 주장을 입증할 수 있을 것이라 생각한다. 나는 손톱을 매만지며 감정을 억누른 다음, 언젠가는 저 드부아라는 친구를 20초 안에 웃다가 울게 만들어야겠다고 다짐했다. 나는 조금 더 기다리다가 자리에서 일어나서 방음 구역으로 향했다. 내가 안으로 들어가려 한다는 것을 눈치챈 두 사람은 일제히 입을 다물었다. 나는 나직하게 말했다. "이제 됐네, 신사 여러분. 마음을 바꿨으니까."

드부아는 안도한 눈치였다. "일을 맡고 싶지 않다는 거로군."

"계약을 받아들이겠다는 뜻이네만. 설명할 필요 없네. 여기 내 친구 브로드벤트가 양심에 거리낄 것이 없는 일이라고 보증해주지 않았나. 나는 이 사람을 믿겠네. 반드시 배우가 필요하다고 확인해준 이상, 극장 경영자의 사업 문제 따위는 내가 신경 쓸 일이 아니지 않나. 받아들이지."

드부아는 성난 기색이었지만 입을 열지는 않았다. 나는 브로드벤트가 기분이 좋아지고 안도한 얼굴이기를 기대했다. 그러나 그는 근심이 더해진 표정이었다. "알겠네. 그럼 그렇게 하지. 로렌초, 자네의 능력이 정확하게 얼마 동안 필요할지는 모르겠네. 그래도 분명 며칠을 넘기지는 않을 거야. 그리고 자네는 그동안 한 시간 정도씩, 한두 번 정도만 무대에 오르면 될 걸세."

"배역을 연구할 시간만 있으면 아무 상관없네. 대역을 맡아야 할 인물 말이지. 하지만 대충 며칠 정도나 필요할 거라고 생각하는 건가? 우리 대리인 측에 통보를 해야 할 텐데."

"아, 그건 안 돼! 통보는 하지 말게."

"뭐…… 얼마나 되겠나? 1주 정도면 되려나?"

"그것보다는 짧을 걸세. 그렇지 않으면 망하는 거니까."

"흠?"

"신경 쓰지 말게. 하루에 100임페리얼이면 충분하겠나?"

면접만 보는데도 쉽사리 내 최저 요구 금액을 지불했다는 사실을 생각하니 망설여지기는 했다. 그러나 나는 이내 일단 자비를 보일 때라는 결론을 내리고는, 그 생각을 접어두었다. "그런 이야기는 일단 하지 않는 걸로 하세. 자네가 내 연기의 가치에 걸맞은 대가를 지불해줄 거라는 점에는 의심의 여지가 없으니까."

"좋아, 알겠네." 브로드벤트는 초조하게 몸을 돌렸다. "작, 현장에 연락하게. 그리고 랭스턴에게 전화해서 마르디 그라 작전을 개시한다고 일러주게. 일정을 맞춰 놓도록, 로렌초……." 그는 내게 따라오라고 손짓을 하며 욕실로 들어갔다. 그는 작은 상자를 열어 보이며 물었다. "이 잡동사니로 뭔가 할 수 있겠나?"

'잡동사니'가 분명했다. 배우라는 헛된 꿈에 사로잡힌 꼬맹이들에게나 팔아먹을 만한, 비싸고 프로의 기준에 미치지 못하는 분장 도구함이었다. 나는 살짝 혐오를 느끼며 그 물건을 바라보았다. "혹시 선생, 지금부터 대역을 시작해주기를 원하는 건가? 배역을 연구할 시간도 없이?"

"허? 아니, 아니, 아니야! 얼굴을 바꿔주기를 원하는 거지. 여길 떠나는 동안 누가 당신을 알아볼지도 모르니까. 그럴 수도 있지 않겠나?"

나는 딱딱한 태도로 모든 유명 인사들은 대중의 눈에 발각될 위험을 항상 짊어지고 산다고만 대답했다. 구태여 어떤 공공장소에 가도 수많은 사람들이 '위대한 로렌초'를 알아볼 것이라고 덧붙이지는 않고.

"알겠네. 그러니 어서 당신 얼굴이 아닌 모습으로 바꿔보게." 그는 내 말을 끊으며 말했다.

나는 한숨을 쉬고 그가 건네준 애들 장난감을 바라보았다. 물론 저런 걸 내가 일터에서 사용할 거라고 생각한 것이겠지. 어릿광대 얼굴에나 쓸 유성 화장품에, 줄줄 새어나오는 고무풀에, 매기 이모의 홀에 깔린 양탄자에서 긁어모은 머리카락으로 만든 것 같은 얄팍한 가발까지. 실리콘 살점은 한 조각도 없고, 전자 빗도 없고, 현대적인 도구라고는 하나도 찾아볼 수 없었다. 하지만 진정한 예술가라면 타버린 성냥개비나 부엌에서 찾을 수 있는 도구 따위만 있어도 자신의 천재성을 덧붙여 기적을 만들 수 있는 법이다. 나는 조명을 켜고 창조를 위한 백일몽에 빠져들었다.

사람들에게 알려진 얼굴을 알아볼 수 없게 만드는 방법은 몇 가지가 있다. 가장 간단한 방법은 주의를 돌리는 것이다. 제복을 입으면 얼굴에는 주의를 덜 기울이게 된다. 마지막으로 마주친 경찰의 얼굴을 기억할 수 있는가? 그가 사복을 입고 옆에 서 있다면 알아볼 수 있겠는가? 같은 원리로 주의를 끄는 특징을 붙일 수도 있다. 형태가 일그러진 커다란 딸기코를 붙여주면 어떻게 될까? 무례한 이들은 코 자체에 시선을 뺏겨 멍하니 바라볼 것이고, 예의 바른 이들은 시선을 돌릴 것이다. 양쪽 모두 얼굴 자체에는 신경 쓰지 않을 것이다.

나는 이런 원시적인 방법은 사용하지 않기로 했다. 내 고용주는 신원을 밝히지 않고 인상에 남는 쪽이 아니라 아예 주의를 끌지 않는 쪽을 원하는 것으로 보였기 때문이다. 당연하지만 이쪽은 훨씬 힘들기 마련이다. 주의를 끄는 일은 누구든 할 수 있지만, 주의를 끌지 않는 쪽은 제대로 된 기술이 필요하다. 불멸의 알렉 기네스의 본모습처럼 흔해빠지고 기억하기 힘든 얼굴을 만들어야 한다. 아쉽게도 내 귀족적인 외모는 너무 잘생겨서 쉽사리 눈에 띈다. 인물을 연기하는 배우에게는 치명적인 약점이었다. 우리 아버지는 이렇게 말씀하시곤 했다. "래리, 네놈은 너무 예쁘장하게 생겼어! 그 게으른 엉덩이를 들고 제대로 된 연기를 배우지 않으면, 네놈은 자기가 배우라는 착각에 빠져서 15년 동안 애송이로 살게 될 게다. 그러다 결국 로비에서 과자나 파는 신세가 되겠지. 쇼 비즈니스에서 가장 나쁜 악덕은 '어리석음'과 '외모'야. 근데 네놈은 둘 다 가지고 있지 않느냐."

아버지는 이렇게 말씀하시고는 허리띠를 끌러 내 뇌를 자극해 주시곤 하셨다. 아버지는 심리학에 조예가 있으셨고, 대둔근을 채찍질로 활성화시켜 주면 소년의 머릿속에 넘치는 혈기를 빼낼 수 있다고 믿는 분이셨다. 제대로 된 근거랄 것은 없는 이론이었지만 결과가 과정을 정당화시켜 주었다. 15세가 되었을 때에는 머리로 줄타기를 할 수도 있고 셰익스피어와 쇼의 모든 작품을 암송할 수 있을 지경이 되었으니까. 단순히 담배에 불을 붙이는 행동만으로도 주변의 주의를 모을 수 있는 것은 물론이고.

이렇게 창조 삼매경에 빠져있을 때 브로드벤트가 얼굴을 들이밀었다. "원 세상에! 아직 아무것도 하지 않은 건가?" 그가 쏘아붙였다.

나는 싸늘한 시선으로 그를 바라봤다. "최고의 창조적 작업을 원한다면 서두르지 말아야지. 일류 요리사가 달리는 말 등 위에서 새로운 소스를 조합해낼 수 있으리라 생각하는 건가?"

"말 등은 얼어 죽을!" 그는 손목시계의 바늘을 힐긋 쳐다보며 덧붙였다. "앞으로 6분 더 주겠네. 그동안 아무것도 할 수 없다면, 그냥 운에 맡기고 나가야 할 걸세."

나 참! 물론 시간이 많은 쪽이 좋기는 하지만, 나는 아버지의 일인다역 작품인 〈휴이 롱의 암살〉에서 언더스터디로 참여한 적이 있었다. 7분 안에 15개의 배역을 소화해야 했는데, 한번은 아버지보다 시간을 9초나 단축한 적도 있었다. "거기 그대로 서 있게! 금방 합류해줄 테니." 나는 그에게 마주 쏘아붙인 후 〈문이 없는 집〉에서 살인 작업을 수행하는 별 특징 없는 하수인, '베니 그레이'의 배역을 취했다. 코에서 입가에 이르기까지 가볍게 줄을 두 개 그어 주름을 만들고, 눈 아래 퀭한 느낌을 가미한 다음, 팩터의 5번 분장용 화장품을 가볍게 발랐다. 전부 해서 20초도 걸리지 않았다. 꿈속에서도 할 수 있는 분장이었다. 〈문이 없는 집〉은 녹화를 하기 전까지 아흔두 번이나 무대 공연을 했으니까.

몸을 돌려 브로드벤트를 마주하자 그는 놀라 숨을 삼켰다. "이런 세상에! 믿을 수가 없군."

'베니 그레이' 역에 들어간 나는 그를 향해 웃음을 보이지 않았다. 브로드벤트가 깨닫지 못한 사실은 유성 화장품 따위는 애초에 필요하지 않다는 것이었다. 물론 작업을 쉽게 만들어주기는 하지만, 그걸 사용한 이유는 기본적으로 브로드벤트가 그러리라 기대하고 있었기 때문이다. 시골뜨기이니 당연한 일이지만, 그는 분장이란 화장품과 분가루로 하는 것이라 여기고 있었던 것이다.

그는 계속해서 나를 바라보았다. "잠깐 있어보게." 그는 조용히 속삭였다. "혹시 나한테도 그 비슷한 걸 해줄 수 있겠나? 짧은 시간 안에?"

불가능하다고 대답하려는 순간, 그런 작업 자체가 직업적으로 꽤나 흥미로운 도전일 수 있겠다는 생각이 떠올랐다. 사실은 우리 아버지가 그를 다섯 살 때부터 가르쳤다면 축제판에서 솜사탕 가판대 돌릴 정도는 될 거라고 말해주고 싶었지만, 실제로 입 밖에 내지는 않았다. "그냥 확실히 눈에 띄고 싶지 않은 것뿐이겠지?"

"그래, 그걸세! 분장을 하거나 가짜 코를 붙이거나, 뭐 그런 걸 해줄 수 있겠나?"

나는 고개를 저었다. "어떤 분장을 덧붙여도 할로윈 옷을 입은 어린아이처럼 보이기만 할걸. 연기를 하는 법도 모르고, 이렇게 나이를 먹어서 배울 수도 없지 않나. 자네 얼굴에는 손대지 않을 거야.”

“흠? 하지만 이런 매부리코를 가지고 있으면…….”

“일단 좀 들어보게. 장담하는데, 그 훌륭한 코에 무슨 짓을 해도 결국에는 주의를 더 끌어모으기만 할 거라고. 얼굴을 아는 사람이 자네를 보고, ‘이거 참, 저 사람 보니 닥 브로드벤트가 생각나는군. 물론 닥은 아니지만, 얼굴이 조금 닮은 것 같아’라고 말할 정도면 되겠나? 어때?”

“허? 그 정도면 될 것 같군. 내가 아니라고 확신을 주기만 한다면야. 나는 지금 그러니까…… 뭐랄까, 지금 이 순간 지구에 있지 않아야 하는 사람이라서.”

“자네가 아니라고 확신할걸. 걸음걸이를 교정할 생각이니까. 자네한테서 가장 눈에 띄는 점이 바로 그거야. 걸음걸이가 다르면 자네일 리가 없지 않겠나. 따라서 허우대가 크고 덩치가 좋은 데다 자네하고 조금 비슷하게 생긴 다른 사람이라고 생각하겠지.”

“좋아. 그럼 어떻게 걸어야 할지 보여주게.”

“아니, 아무리 해도 배울 수는 없을 거야. 대신 다른 방법을 써서 내가 원하는 대로 걷게 만들 생각이네.”

“어떻게 말인가?”

“자갈이나 그 비슷한 물건을 자네 부츠 발가락 있는 데에다 한 움큼 넣을 거야. 그러면 발뒤꿈치가 신발 뒤쪽에 딱 붙을 테고, 따라서 등을 곧추세우게 되겠지. 우주선 선원처럼 발뒤꿈치를 들고 허리를 숙인 채로 슬금슬금 움직일 수 없게 될 테니까.

음…… 견갑골에도 테이프를 붙여서 항상 어깨를 뒤로 젖히게 만들어야겠군. 그 정도면 될 거야."

"걸음걸이가 달라지는 것만으로 나를 알아보지 못할 거라고 생각하는 건가?"

"물론이지. 자네가 아니라고 확신할 수 있는 이유를 찾지는 못하겠지만, 분석하지 않고 무의식적으로 그런 생각이 든다면 의심 자체를 하지 않게 되는 법이거든. 아, 물론 얼굴에도 뭔가 발라줄 거야. 하지만 그건 자네를 안심시키기 위해서지, 꼭 필요해서 하는 일은 아니야."

우리는 스위트룸의 거실로 돌아갔다. 물론 나는 여전히 '베니 그레이'인 채였다. 일단 한 번 역할에 들어가게 되면 원래 내 모습으로 돌아오기 위해 의식적으로 노력을 해야 한다. 드부아는 전화기를 붙들고 있었다. 그는 고개를 들어 나를 보았고, 그대로 입을 떡 벌렸다. 그는 서둘러 방음 구역에서 나오더니 이렇게 물었다. "이자는 누굽니까? 그리고 그 배우 친구는 어디 있습니까?" 처음에 나를 힐끔 쳐다보고 시선을 돌린 후로, 그는 다시 나를 바라보지 않았다. '베니 그레이'는 그렇게 두 번 돌아볼 필요조차 없을 정도로 지치고 별것 아닌 왜소한 사나이였던 것이다.

"어떤 배우 친구 말인가?" 나는 베니의 특색 없고 무미건조한 목소리로 이렇게 대답했다. 그는 나를 보더니 다시 시선을 돌리려 하다, 곧 내 옷을 알아보고 다시 나를 획 돌아보았다. 브로드벤트는 크게 웃으며 그의 어깨를 때렸다.

"이런데도 자네는 이 사람이 연기를 할 줄 모른다고 했단 말이지!" 그리고 그는 날카로운 목소리로 덧붙였다. "모두 연락이 닿았나, 작?"

"네." 드부아는 다시 나를 돌아보고 어찌할 바를 모르겠다는 표정을 짓더니, 다시 시선을 돌렸다.

"좋아. 4분 안에 여기서 나갈 걸세. 로렌초, 그럼 나를 다른 모습으로 만들어보게."

닥은 한쪽 부츠를 벗은 다음, 어깨에 테이프를 붙일 수 있도록 셔츠를 벗고 속옷을 끌어올렸다. 바로 그때 문 위편의 조명에 불이 들어오며 초인종 소리가 들렸다. 그는 그대로 움직임을 멈추었다. "작? 누구 올 사람이 있던가?"

"아마 랭스턴일 겁니다. 우리가 떠나기 전에 여기 도착해보겠다고 했거든요." 드부아는 문가로 다가가기 시작했다.

"그 친구가 아닐지도 모르지. 어쩌면……." 나는 브로드벤트가 방문객의 정체를 추측하는 것을 마저 들을 수 없었다. 드부아가 바로 문을 열어버렸기 때문이다. 그리고 문가에는 악몽 속에나 나올 법한 버섯처럼 생긴 화성인이 서 있었다.

끔찍하게 고통스러운 한 순간, 나는 그 화성인에게서 눈을 뗄 수가 없었다. 놈의 뒤편에 서 있는 인간도, 화성인이 촉수에 들고 있는 생명 막대도 눈치채지 못했다.

다음 순간 화성인이 미끄러지듯 안으로 들어왔다. 뒤에 서 있던 인간도 그 옆에 와서 섰고, 문이 자동으로 닫혔다. 화성인은 끽끽대는 소리로 물었다. "안녕하시오, 신사 여러분. 어디론가

가시려던 중이었나?"

나는 심각한 외계인 공포증 때문에 그대로 얼어붙어 어찌할 바를 모르고 있었다. 닥은 옷을 추켜올린 상태라 바로 반응할 수가 없었다. 그러나 꼬마 작 드부아는 순수한 영웅심을 그대로 행동으로 옮겼다. 덕분에 그는 죽은 목숨이라도 내 소중한 형제가 된 것이다……. 그대로 몸을 날려 생명 막대를 가로막았으니까. 피하려는 시도조차 하지 않았다.

죽은 것이 분명했다. 복부에 주먹이 들어갈 정도로 커다란 구멍이 뚫린 채로 바닥에 쓰러지는 모습이 보였다. 그러나 그는 막대를 그대로 붙들고 늘어졌고, 촉수는 엿가락처럼 늘어나더니 괴물의 목에서 몇 인치도 떨어지지 않은 곳에서 부러져버렸다. 불쌍한 작은 목숨을 잃으면서도 생명 막대를 단단히 붙들고 있었다.

냄새나는 괴물을 따라 들어온 인간은 총을 쏘기 전에 일단 옆으로 나와야 했다. 그리고 그 와중에 실수를 저질렀다. 우선 닥을 쏜 다음에 나를 처리해야 했지만, 그 대신 작에게 첫 발을 쏘아버렸던 것이다. 두 번째 기회는 없었다. 닥이 놈의 얼굴을 그대로 날려버렸으니까. 나는 닥이 총을 가지고 있다는 것조차 모르고 있었다.

무기를 잃은 화성인은 도주하려는 시도조차 하지 않았다. 닥은 자리에서 일어나 화성인 옆으로 가서 말했다. "아, 르링그리일. 만나서 반갑네."

"만나서 반갑네, 닥 브로드벤트 선장." 화성인은 끽끽거리며 말하고는 이렇게 덧붙였다. "우리 둥지에 알려주겠지?"

"자네 둥지에 알려주겠네, 르링그리일."

"감사를 표하네, 닥 브로드벤트 선장."

닥은 길고 마디진 손가락을 뻗어 가장 가까운 눈을 찌르고는, 그대로 뇌가 위치한 공간에 이를 때까지 손을 밀어 넣었다. 뇌를 뽑아드는 그의 손가락에는 녹색 진액이 잔뜩 묻어 있었다. 촉수는 사후경직으로 인해 다시 몸통 속으로 말려들어갔지만, 놈은 죽은 채로 그대로 자리에 꼿꼿이 서 있었다. 닥은 서둘러 욕실로 향했다. 손 씻는 소리가 들렸다. 나는 충격에 얼어붙은 채로 고르링그리일만큼이나 꼼짝도 않고 그 자리에 못 박힌 듯 서 있었다.

닥은 셔츠에 손을 문질러 씻으며 욕실에서 나왔다. "여길 정리해야겠네. 시간이 별로 없으니." 누가 들으면 술이라도 엎지른 것으로 생각할 법한 말투였다.

나는 이 일에 연루되고 싶지 않으며, 경찰을 불러야 하고, 나는 경찰이 오기 전에 여기서 나가고 싶으며, 그 말도 안 되는 대역 일거리 따위는 알아서 하고, 나는 날개가 돋아서 창문으로 나가버릴 생각이라는 의견을 한 문장 안에 전부 집어넣어 피력해 보였다. 닥은 내 말을 간단히 일축해버렸다. "혼비백산하지 말게, 로렌초. 이미 떠나야 할 시간이 지나버렸단 말이야. 여기 시체들을 욕실로 나르게 좀 도와주게."

"허? 원 세상에, 이 사람아! 그냥 문 잠그고 여길 뜨자고. 이 사건을 우리와 연관 지을 수는 없을 거야."

“아마도 그렇겠지.” 그도 동의했다. “우리 둘 모두 이곳에 있을 리가 없는 사람들이니 말이야. 하지만 르링그리일이 작을 죽였다는 점은 확인할 수 있을 걸세. 우리로서는 그런 문제를 감당할 수 없어. 지금 그런 일이 벌어지면 절대 안 되지.”

“흠?”

“화성인이 인간을 죽였다는 뉴스 기사가 떠서는 곤란하다는 뜻이야. 그러니 좀 닥치고 도와주게.”

나는 닥치고 그를 도왔다. ‘베니 그레이’가 희생자들을 토막 내는 취미가 있는 가학 성향의 사이코패스라는 사실을 떠올리니 마음을 가라앉히는 데 도움이 좀 되었다. 내 안의 ‘베니 그레이’가 인간 시체 두 구를 끌고 가는 동안, 닥은 생명 막대를 집어 들고 르링그리일을 다루기 쉬울 정도로 작게 잘랐다. 뇌가 들어가는 공간 아래쪽을 가장 먼저 잘라서 상황을 지저분하게 만들지 않으려 애쓰고 있는 그를 난 도저히 도울 수 없었다. 죽은 화성인은 살아 있을 때보다 냄새가 훨씬 고약한 것만 같았다.

처리용 투척구는 비데 바로 뒤편의 패널 안쪽에 숨겨져 있었다. 종종 그렇듯이 방사능 문양표시가 있었기에 망정이지, 아니었더라면 찾아내기 쉽지 않았을 것이다. 조각난 르링그리일을 그 아래로 쓸어 넣은 다음에 (나도 용기를 그러모아 간신히 도울 수 있었다) 닥은 인간 시체를 도축하고 폐기하는 보다 골치 아픈 문제에 착수했다. 물론 생명 막대를 사용해서, 욕조 안에서 작업이 이어졌다.

인간의 몸 안에 그렇게 많은 피가 들어 있을 줄이야.

우리는 계속 물을 틀어 놓고 작업을 했지만, 그래도 여전히 고약한 일이었다. 불쌍한 꼬마 작의 시체를 처리할 때가 되자, 닥은 도저히 일을 계속하기 힘든 지경이 되었다. 눈에 눈물이 가득 차올라 시야가 흐려지는 모습이 보였다. 그래서 나는 그가 자기 손가락을 잘라버리기 전에 팔꿈치로 밀친 다음, '베니 그레이'에게 일을 맡겼다.

일을 마치고 스위트룸 안에 다른 인간 두 명과 괴물 하나가 존재했다는 흔적이 조금도 남지 않게 되자, 나는 욕조의 물을 내리고 자리에서 일어섰다. 닥은 차분한 모습을 되찾고 문가에서 기다리고 있었다. "방 안은 확실히 정리해놓았네. 제대로 된 장비가 있는 범죄학자라면 사건을 재구성할 수 있겠지만, 아무도 눈치조차 채지 못하기를 바랄 수밖에. 그러니 이제 여길 뜨지. 어떻게든 잃은 시간을 12분 정도 벌충해야 한다네. 자, 어서!"

나는 이동하는 이유나 행선지를 물을 엄두도 내지 못했다. "알았네. 그럼 부츠를 손보도록 하지."

그는 고개를 저었다. "그러면 걸음이 느려지지 않겠나. 지금 당장은 눈에 띄지 않는 것보다 빠르게 움직이는 쪽이 더 중요하네."

"뭐든 분부에 따릅지요." 나는 닥을 따라 문가로 갔다. 그는 걸음을 멈추고 말했다. "주변에 다른 자들이 있을 수도 있어. 그렇다면 일단 쏘고 보게나. 그 외에는 할 수 있는 일도 없을 테니까." 그는 손에 생명 막대를 들고, 그 위로 외투를 덮어 가리고 있었다.

"화성인 말인가?"

"인간일 수도 있고. 둘 다일 수도 있네."

"닥? 르링그리일이 혹시 마냐나 호텔의 바에 있던 화성인 네 마리 중 하나인 건가?"

"당연한 소리. 내가 그렇게 서둘러서 자네를 거기서 끌어내 여기까지 데려온 이유가 뭐라고 생각하는 건가? 아마 자네나 나 둘 중 하나를 미행해 왔을 걸세. 그 친구를 알아보지 못했나?"

"대체 무슨 수로! 내 눈에는 저 괴물들은 전부 똑같이 생긴 걸로 보이는데."

"그리고 저들은 우리가 전부 똑같이 생겼다고 말하지. 그 네 명은 르링그리일과 그의 접합형제 르링글래스, 그리고 같은 둥지의 다른 혈족 출신의 두 명이었네. 어쨌든 이제 입은 다물게. 화성인을 보면 쏘면 되는 거네. 다른 총은 챙겨왔겠지?"

"어, 그렇긴 한데. 잠깐, 닥. 대체 이게 무슨 일인지를 모르겠기는 한데, 어쨌든 저 짐승 놈들과 맞서 싸우는 일이라면 얼마든지 돕겠네. 나는 화성인 놈들을 혐오하거든."

그는 충격을 받은 것처럼 보였다. "그게 대체 무슨 소린가. 우리는 화성인들에 맞서 싸우는 것이 아니야. 그 네 명은 변절자였네."

"뭐라고? 만약 그렇다면, 나는……."

"입 닥치게나. 이제 발을 빼기에는 너무 늦었으니까. 그럼 빠른 걸음으로, 고용인 승강기 쪽으로. 내가 뒤를 맡겠네."

나는 입을 닥쳤다. 발을 빼기에 너무 늦었다는 점에는 이론의 여지가 없었으니까.

우리는 지하 2층에 도착해서 즉시 고속 지하차도 쪽으로 나갔다. 2인승 캡슐 하나에서 사람이 내리는 모습이 보였다. 닥이 나를 워낙 빠르게 밀어 넣는 바람에, 조종 설정을 어떻게 해놓는지도 미처 보지 못할 지경이었다. 가슴에 느껴지는 압박이 사라졌을 때 '제퍼슨 우주공항—모두 하차해주십시오'라는 문구가 깜빡이는 것을 보고도 딱히 놀라지는 않았지만.

그리고 아이젠하워 호텔에서 멀어질 수만 있다면 어느 역에서 내리든 별로 신경 쓸 생각도 없었다. 비좁은 진공 고속캡슐 안에서 부대끼고 있던 몇 분 동안 한 가지 계획을 세웠기 때문이다. 대충 만든 구멍투성이 계획인 데다 계약서에 깨알 같은 글씨로 적힌 경고문처럼 아무 예고 없이 바뀔 수도 있었지만, 계획은 계획이었다. 세 단어로 간략하게 설명 가능했다. 닥을 놓칠 것!

아침나절이었다면 이 계획을 실행에 옮기기가 상당히 힘들었을 것이다. 우리 문명에서 돈이 없는 남자는 갓난아기나 다름없을 정도로 무력하니까. 하지만 이제는 내 주머니에 탄환이 100발이나 있으니 빠르게 어디든 먼 곳으로 도망치는 것이 가능했다. 나로서는 닥 브로드벤트의 말에 따를 이유를 찾을 수 없었다. 그는 나와는 관계없는 자기만의 이유 때문에 내 목숨을 위험하게 만들었고, 그 다음에는 범죄를 은폐하도록 강요해서 공범자로 도주하는 신세로 만들었으니까. 그래도 최소한 당장은 경찰의 손아귀에서 벗어난 상태였으니, 이제 브로드벤트만 떨어내면 이 모든 일을 잊어버리고 나쁜 꿈 정도로 치부해버릴 수 있을 터였다. 사건이 들통난다 해도 내가 연루되어 있다는 사실을 확인하기는 힘들어 보였다. 다행스럽게도 나는 신사라 항상 장갑을 착용하며, 그날 장갑을 벗은 것은 분장을 할 때와 나중에 그 끔찍한 집안 청소를 할 때뿐이었던 것이다.

닥이 화성인과 싸울 때 타올랐던 풋내기의 영웅심을 제외하면, 나는 그의 계획에 조금도 관심이 없었다. 게다가 그가 화성인을 전반적으로 좋아한다는 사실을 밝히고 나니 마지막 남은 공감도 사라져버렸다. 이제 그가 말하는 대역 일거리 따위는 눈길도 주지 않을 것이다. 일거리 따위는 브로드벤트가 알아서 하라지! 내가 원하는 것은 육체에 영혼을 붙들어 둘 수 있을 만큼의 돈과 내 능력을 보여줄 기회뿐이었다. 경찰과 도둑이 등장하는 부조리극은 내가 좋아하는 장르가 아니었다. 잘해봐야 한심한 극작품일 뿐이고.

제퍼슨 공항은 내 계획을 실행에 옮기기에 걸맞은 곳으로 보였다. 고속 차량들이 거미줄 같은 도로를 타고 사방에서 들락거리는 북적이고 혼란스러운 곳이라, 닥이 0.5초라도 눈을 떼면 그대로 오마하로 가는 길에 오를 수 있을 것이었다. 몇 주 동안 쥐죽은 듯 살다가, 대리인에게 연락하여 나를 찾는 사람이 있었는지를 확인하면 될 것이다.

닥은 캡슐 차량에서 함께 내리며 내가 허튼짓을 벌이지 못하게 막았다. 그러지 않았더라면 닥이 내리자마자 문을 닫아버린 다음 내 마음 내키는 곳으로 가버렸을 텐데. 나는 그 사실을 눈치채지 못한 척하며, 벨트를 타고 지표 바로 아래의 공항 본관 청사로 올라가는 동안 강아지처럼 그에게 딱 들러붙어 있었다. 우리는 팬암과 아메리칸 스카이라인의 데스크 사이로 들어갔다. 닥은 대기실을 가로질러 곧장 다이애나 유한회사 쪽으로 나아갔고, 나는 그가 달 셔틀의 표를 사려고 한다는 결론을 내렸다. 여권이나 예방접종 증명서 없이 어떻게 나를 우주선에 태울 생각인지는 알 도리가 없었지만, 그가 재주 많은 사람이라는 점은 이미 확실해진 상태였다. 나는 그가 지갑을 꺼내는 동안 배경 속으로 사라져버려야겠다고 결심했다. 돈을 셀 때는 어떤 사람이라도 그쪽에 눈과 주의를 온전히 쏟는 법이니까.

그러나 그는 다이애나의 데스크를 지나 '개인 우주선'이라고 적힌 아치 아래로 들어갔다. 그 너머의 복도에는 사람도 별로 많지 않았고 벽도 그대로 드러나 있었다. 나는 낙담하며 최고의 찬스가, 즉 사람들로 가득한 본관 청사가 지나갔다는 사실을 깨달았다. 나는 걸음을 멈추었다. "닥? 지금 혹시 점프를 하려는 건가?"

"물론일세."

"닥, 그건 말도 안 되는 소리네. 서류가 없다고. 달에 갈 때 필요한 여행증명서도 없단 말이네."

"필요하지 않을 거네."

"허? 출국 심사에서 걸릴 거라니까. 그러면 크고 덩치 좋은 경찰이 등장해서 질문을 해대기 시작할 거라고."

고양이 한 마리 크기는 족히 되는 손이 내 팔뚝 위쪽을 붙들었다. "시간 낭비 하지 말자고. 공식적으로는 떠나는 것이 아닌데,

출국 심사를 통과할 필요가 있겠나? 나 역시 공식적으로는 지구에 도착한 적이 없는데, 왜 굳이 그런 짓을 하겠나? 더 빨리 걷게."

나도 그리 작은 체구가 아니며 나름 근육질이었지만, 지금은 교통 통제 로봇에 이끌려 위험 구역을 빠져나갈 때와 비슷한 느낌이었다. 나는 남자 화장실 간판을 보고 빠져나가려는 마지막 시도를 했다. "닥, 제발, 30초만. 배설 문제 때문에 누굴 좀 봐야 해서."

그는 나를 보고 웃음을 지었다. "아, 그러신가? 호텔을 나오기 전에 다녀왔던 것 같은데." 그는 걸음을 늦추지도, 나를 놓아주지도 않았다.

"신장에 문제가 있어서……."

"로렌초 당신, 혹시나 겁을 집어먹고 내빼려는 것이 아닌가 걱정이 되는데. 내가 뭘 할지 알려주지. 저기 저 앞에 경찰 보이나?" 복도 끝 개인 구역에 평화의 수호자 한 명이 느긋하게 카운터에 기대 있는 모습이 보였다. "갑자기 양심의 가책이 느껴져서 말이야. 아무래도 자백을 해야 할 것 같다네. 자네가 지구를 방문 중인 화성인 한 명과 지역 주민 두 명을 살해한 사실에다가, 내게 총을 들이대고 시체를 처리하는 일을 돕게 만든 것까지 말이야. 그리고……."

"당신 미쳤군!"

"고뇌와 회한 때문에 정신이 나갈 정도라고 해두지, 동료 선원 양반."

"하지만…… 나를 범인으로 지목할 증거가 없을 텐데."

"그래서? 내 이야기가 자네 것보다 훨씬 신빙성 있게 들릴 거라고 생각하는데. 나는 자네에 대해 모든 것을 알고 있지만, 자네는 나에 대해 모르지 않나. 예를 들어……." 그는 내가 완전히 파묻어 모두가 잊어버렸다고 생각하는 과거사 두어 개를 끄집어 들려주었다. 그래, 물론 내가 전통적인 가업이 아닌 다른 일거리에 몇 번 손을 댄 것은 사실이다. 어쨌든 먹고 살아야 하니까. 하지만 베베에 대해서는 할 말이 있다. 너무 부당한 공격이었다. 그 아이가 미성년인 줄은 정말로 몰랐으니까. 그리고 호텔 영수증에 대해서는, 물론 마이애미 해변의 '여관 주인'에게 돈을 떼먹는 일이 다른 지역의 무장 강도건과 비슷한 처벌을 받는 것은 사실이지만, 그건 해당 지역의 편협한 견해일 뿐이다. 돈이 있었으면 제대로 지불을 했을 것 아니겠는가. 그리고 시애틀에서 일어난 불운한 사건에 대해서는……. 글쎄, 나로서는 닥이 내 과거에 대해 놀라울 정도로 많은 것을 알고 있지만 그 대부분에 대해서 편향된 시각을 가지고 있다고 말할 수밖에 없을 것 같다. 그렇다고는 해도…….

"자, 그러니까." 그는 말을 이었다. "저기 경찰 나리한테 걸어가서 탁 터놓고 이야기해볼까. 내가 먼저 석방될 확률이 7대 2는 될 거라고 생각하는데."

그래서 우리는 경찰 앞으로 걸음을 옮겨 그대로 지나쳤고, 그는 철망 건너편의 여성 사무원과 서로 눈을 맞추지 않고 대화를 나누었다. 닥은 '게이트 통행증 — 수리 허가 — K-127 계류지'

라고 적혀 있는 표를 꺼내서 화면 앞으로 들이댔다. 기계는 표를 확인했고, 홀로그램이 지표행 차량에 오른 다음 '킹 127'이라는 코드를 입력하라고 알려주었다. 우리가 게이트를 통과하자 문이 다시 잠기며 녹음된 목소리가 이렇게 말했다. "발밑을 조심하시고, 방사능 경고에 따라주십시오. 터미널 지사는 게이트 밖에서 일어나는 사고에 대해 책임을 지지 않습니다."

닥은 소형차에 올라서 아예 다른 코드를 입력했다. 차는 그대로 빙 돌며 방향을 틀더니 궤도에 올랐고, 우리는 그대로 비행장 밖으로 나왔다. 나한테는 아무래도 상관없는 일이었다. 이미 그런 사소한 일에 신경 쓸 상황이 아니었으니까.

우리가 내리자 소형 자동차는 그대로 왔던 곳으로 돌아가버렸다. 우리 앞에는 금속 천장 안으로 모습을 감추고 있는 사다리가 있었다.

"올라가게나."

사다리 끝에는 작은 승강구가 있고 표지판이 붙어 있었다. '방사능 위험 구역— 적정 시간 최대 13초'. 숫자는 분필로 써 넣은 것이었다. 나는 걸음을 멈추었다. 딱히 후손 문제를 신경 쓰는 것은 아니지만 나도 바보는 아니었으니까. 닥이 웃음을 머금으며 말했다. "납을 댄 바지는 확실히 챙겨 입고 계신가? 열고 그대로 통과해서 우주선으로 들어가는 사다리를 올라가게. 사타구니를 긁으려고 멈추지 않는다면 적어도 3초는 여유 시간이 있을 걸세."

내 짐작으로는 족히 5초는 여유 시간을 벌었을 것 같다. 10피트 정도 햇빛 속을 걸어가자 그대로 우주선으로 통하는 긴 통로가 이어졌다. 나는 사다리를 세 단씩 건너뛰며 올라갔다.

로켓 우주선은 비교적 작은 편이었다. 적어도 조종석 안은 꽤나 비좁았다. 바깥 모습은 볼 겨를이 없었다. 그 전까지 타본 우주선이라고는 달 셔틀인 에반젤린과 자매함 가브리엘밖에 없었다. 별 생각 없이 달에서 1년간 공동 공연을 하자는 제의를 수락했을 때의 일이었다. 우리 기획자는 중력이 지구의 6분의 1밖에 안 되는 달에서는 저글링이나 외줄타기나 곡예 등이 전부 훨씬 쉬울 것이라 생각했다. 그 생각은 사실로 밝혀졌지만, 저중력 상황에 익숙해지기에 충분할 정도의 리허설 시간을 가질 수가 없다는 점이 문제였다. 나는 '고통에 시달리는 여행자' 배역을 동원해서 지구로 돌아와야 했고, 그 와중에 의상 가방까지 잃어버렸다.

조종실에는 남자 두 명이 있었다. 한 명은 세 개의 가속용 좌석 중 하나에 앉아 다이얼을 주물럭거리고 있었고, 다른 사람은 스크루드라이버로 뭔지 모를 작업을 하고 있었다. 자리에 앉아 있던 남자는 나를 힐긋 쳐다보았지만, 말을 건네지는 않았다. 다른 남자는 근심이 어린 표정으로 몸을 돌리더니, 내 뒤편에 대고 물었다. "작은 어떻게 된 겁니까?"

내 뒤를 따라 닥이 거의 날듯이 해치를 통해 올라왔다. "시간이 없네!" 그가 쏘아붙였다. "체중을 반영해서 상쇄하는 작업은 끝났나?"

"네."

"레드, 진로는 확인했나? 관제탑 쪽은?"

자리에 앉은 남자가 나른하게 대답했다. "2분마다 재계산을 돌리고 있습니다. 관제탑 쪽은 문제없습니다. 이제 보자…… 47초 지연되었군요."

"당장 일어나! 이륙한다! 그 정도 지연은 내가 벌충해주지!"

레드가 나른하게 자리에서 일어났고, 닥이 그 자리에 앉았다. 다른 사람은 나를 부조종석에 쑤셔 넣더니 가슴팍 위로 안전띠를 둘렀다. 그는 그대로 몸을 돌려 사출구 쪽으로 내려가버렸다. 레드 역시 그를 따라 내려가다가 다시 입구로 머리와 어깨를 내밀었다. "표 주시죠!" 그는 경쾌하게 말했다.

"아, 젠장!" 닥은 안전띠를 풀고 주머니에 손을 넣어 여기로 몰래 들어올 때 사용한 두 장의 활주로 통행증을 꺼내서는 그에게 들이밀었다.

"감사합니다." 레드가 대답했다. "교회에서 뵙죠. 핫 제트, 기타 등등." 그는 가볍지만 재빠른 동작으로 사라졌다. 에어록이 닫히는 소리가 들리며 귀가 먹먹해졌다. 닥은 그의 인사에 대답하지 않았다. 컴퓨터 계기판 위로 눈을 바쁘게 움직이며 뭔가 미세 조정을 하는 모양이었다.

"21초 전." 그는 내게 말했다. "카운트다운은 하지 않을 걸세. 팔을 좌석 안으로 집어넣고 긴장을 풀고 있게. 첫 단계는 아주 즐거울 테니까."

나는 그가 시키는 대로 하고는, 커튼이 올라가기 직전의 긴장 속에서 몇 시간으로 느껴지는 시간을 보냈다. 마침내 나는 입을 열었다. “닥?”

“입 다물게!”

“한 가지만. 우리 지금 어디로 가는 건가?”

“화성.” 그의 엄지가 붉은 버튼을 누르는 것을 보며, 나는 그대로 의식을 잃었다.

# 2장

무중력 상태에서 멀미를 하는 사람이 대체 뭐가 그렇게 우스운 걸까? 강철로 된 위장을 가진 머저리들은 그런 모습만 봐도 웃기 시작한다. 그런 작자들이라면 자기네 할머니 다리가 양쪽 다 부러져도 웃어젖힐 것이 분명하다.

당연하게도 나는 로켓 우주선이 분사를 멈추고 자유 유영 상태로 들어서자마자 우주 멀미를 하기 시작했다. 물론 뱃속이 비어 있는 것이나 다름없는 상태였기 때문에 제법 빨리 극복하기는 했다. 아침식사 후로 아무것도 먹지 못했으니까. 그런 다음에는 비참하게 널브러진 채로 영원히 계속되는 이 끔찍한 여행을 견뎌낼 뿐이었다. 랑데부까지는 한 시간 43분이 걸렸다. 나 같은 땅돼지에게는 대충 연옥에서 천 년을 썩는 것과 비슷한 기간이었다.

물론 닥의 명예를 위해 하나 말해둬야겠다. 그는 웃지 않았다. 닥은 프로였고, 따라서 나의 정상적인 반응을 우주선 간호사처럼 개인 감정을 넣지 않은 자세로 대해주었다. 달 셔틀의 승객 목록에서 찾아볼 수 있는, 목소리만 큰 골빈 머저리들과는 다르게 말이다. 내 마음대로 할 수만 있다면, 그런 건강한 소란꾼들은 전부 궤도상에서 우주로 사출해서 진공 속에서 죽을 때까지 웃도록 만들어주고 싶다.

고뇌에 휩싸인 채로 수많은 의문을 품고 있었지만, 토치십에 랑데부를 하기 전까지는 그 어떤 것에도 관심을 가질 수가 없었다. 우주 멀미를 겪고 있는 사람에게 가서 다음 날 해 뜰 무렵에 총살을 당할 것이라 일러준다 해도 분명 "그래서? 저 옆에 봉투나 좀 건네주겠나?" 따위의 대답이 돌아올 것이다.

그래도 결국은 정말로 죽고 싶은 상태에서 마지못해 더 살아볼까 하는 생각이 들락 말락 하는 상태까지 회복이 되기는 했다. 닥은 계속 우주선 통신기를 붙들고 있었는데, 위급한 상황에 처한 소총수처럼 통신기를 양손으로 꽉 잡은 모습으로 미루어 보건대 별로 괜찮은 상황은 아닌 모양이었다. 그가 하는 말을 들을 수도 없었고, 방음 장치에 얼굴을 들이밀고 있어 입술도 읽을 수가 없었다. 나는 그가 곧 도킹할 예정인 장거리 점프용 우주선과 대화를 나누고 있으리라 짐작했다.

그는 마침내 통신기를 한쪽으로 밀어놓고 담배에 불을 붙였고, 나는 담배 연기를 보는 것만으로도 끓어오르는 욕지기를 억누르며 말했다. "닥, 이제 슬슬 어떻게 된 일인지 말해줘야 할 것 같지 않은가?"

"화성에 도착할 때까지 설명할 시간이야 많지 않겠나."

"허? 그런 거만한 태도는 좀 집어치우라고." 나는 힘없이 항의했다. "화성에는 가고 싶지 않아. 애초에 일거리가 화성에 있는 줄 알았더라면 자네의 말도 안 되는 제안은 받아들이지도 않았을 거라고."

"원하는 대로 하게나. 꼭 갈 필요는 없다네."

"뭐라고?"

"뒤에 보면 에어록이 있을 걸세. 내려서 걸어 돌아가게나. 문은 꼭 닫고."

나는 이 말도 안 되는 제안에 구태여 대답하지 않았다. 그는 말을 이었다. "하지만 우주에서 호흡하는 재주가 없다면 화성으로 가는 편이 가장 빠를 걸세. 그리고 내가 책임지고 자네를 돌려보내주지. 이 깡통 우주선, '캔 두'는 곧 고가속 토치십 고우 포 브로크 호와 랑데부를 할 걸세. 접속을 한 다음 17초 정도 지나면 고우 포 브로크 호는 화성을 향해 토치를 점화할 테고. 수요일까지는 거기 도착해야 하니 말이지."

나는 이 말에 병자 특유의 완고한 태도를 보이며 대답했다. "화성에는 안 간다고. 이 우주선 안에서 꼼짝도 하지 않을 거야. 결국 누군가 이 우주선을 지구로 몰아가서 착륙해야 할 테니까. 나를 속여 넘길 수는 없을걸."

"그 말은 사실이지." 브로드벤트도 동의했다. "하지만 자네가 이 안에 있을 수는 없을 걸세. 이 우주선에 탑승해 있어야 하는 세 사람은—그러니까, 제퍼슨 공항의 기록에 따르면 말이지—지금 고우 포 브로크 호 안에 있다네. 자네도 알아차렸겠지만 이 우주선은 3인승이거든. 유감스럽지만 그 친구들은 자네가 있으면 꽤나 좁다고 느끼게 될 거네. 게다가 입국 심사는 또 어떻게 통과할 생각인가?"

"알 게 뭐야! 당장 땅으로 돌아가고 싶다고."

"땅 위의 감옥으로 가게 되겠지. 불법 입국에서 시작해 우주의 온갖 법률을 어긴 죄로 고발을 당해서 말이야. 잘해봤자 밀수 조직에 연관된 문제라고 생각할 테고, 조용한 골방으로 끌고 가서 안구 안쪽으로 주사를 찔러 넣어 당신이 겪은 일을 알아내겠지. 무얼 물어봐야 할지 알고 있을 테고, 자네는 대답할 수밖에 없게 될 걸세. 하지만 나를 얽어 넣을 수는 없어. 우리 친구 닥 브로드벤트는 지구에 돌아온 적이 없을 뿐더러, 그 사실을 증명해줄 수 있는 의심할 수 없는 증인들이 존재하니 말이야."

공포와 계속되는 우주 멀미에 사로잡힌 채로, 나는 힘겹게 그의 말을 곱씹어보았다. "그래서 경찰에 밀고를 하겠다는 건가? 이 더럽고 교활한……." 나는 상황에 맞는 모욕적인 명사를 찾아내지 못해 말을 멈추었다.

"아, 그럴 리가! 이거 보게나. 내가 아까 팔을 슬쩍 비틀었다고 해서 경찰을 부를 거라고 생각하는 모양인데, 설마 그럴 리가 있나. 하지만 르링그리일의 접합형제 르링글래스는 사랑하는 '그리일'이 그 문으로 들어갔다가 결국 나오지 못했다는 사실을 분명 알고 있을 걸세. 따라서 경찰에 그 사실을 알리려 하겠지. 접합형제란 우리로서는 도저히 이해할 수 없을 정도로 친밀한 관계라네. 우리는 이분법으로 번식하지 않으니 알 도리가 없지.”

나로서는 화성인들이 토끼처럼 번식하든, 아니면 황새가 검은 쓰레기봉투에 담아 물고 오든 아무 상관도 없었다. 그가 말하는 대로라면 어찌됐든 이제 지구로 돌아갈 수 없을 것만 같았고, 나는 그에게 그런 의견을 피력해 보였다. 닥은 고개를 저었다. “전혀 그렇지 않다네. 나한테 맡겨주면 빼냈을 때만큼이나 수월하게 되돌려 보내줄 수 있거든. 아까 그 공항이나 다른 곳의 활주로에서, 최종 점검을 마치고 돌아가는 기술자 신분으로 쉽사리 게이트를 통과할 수 있을 걸세. 기름투성이 작업복과 공구함까지 들고 말이지. 자네 정도 능력이 있는 배우라면 몇 분 동안 기술자 연기를 하는 것은 손쉬운 일 아니겠나?”

“어? 아, 그야 당연하지! 하지만…….”

“그럼 다 끝났군! 여기 닥 선생님만 믿고 함께 가기만 하면 되는 거야. 알아서 챙겨줄 테니까. 나 혼자 지구에 내려갔다 둘이 돌아오는 데 길드 동료 여덟 명의 도움이 필요했다네. 같은 식으로 또 하면 되는 걸세. 하지만 우리 우주 비행사들이 돕지 않으면 당신 혼자서는 도저히 돌파할 수가 없겠지.” 그는 웃음을 머금었다. “모든 우주 비행사는 근본적으로 자유 무역 지지자거든. 밀수 기술에 나름대로 일가견이 있는지라, 딱히 해가 되지 않는 한도 내에서라면 공항 경비원들을 속여 넘기는 일에서는 항상 서로를 돕게 마련이라네. 하지만 우주선에 타지 않는 사람들은 보통 이런 협조를 얻어내기가 힘들지.”

나는 속을 가라앉히고 좀 전의 말을 곱씹어보았다. “닥, 이거

설마 밀수 쪽 일인 건가? 그게 나는…….”

“아니, 그럴 리가! 자네를 밀반출하는 것만 빼고는, 전혀.”

“그냥 나로서는 밀수를 범죄로 생각하지 않는다고 말하려 했을 뿐이네.”

“다들 그렇지 않나? 무역을 제한해서 우리한테서 돈을 뜯어내려는 작자들만 제외하고. 하지만 이건 제대로 된 대역 일일세, 로렌초. 그리고 자네야말로 적임자고. 바에서 자네와 마주친 것은 우연이 아니었다네. 이틀 동안 자네에게 미행을 붙여놓았거든. 나는 땅에 내려서자마자 곧바로 자네가 있는 곳을 찾아간 거지.” 그는 얼굴을 찌푸렸다. “우리 명예로운 적수들이 자네가 아니라 나를 따라와서 습격한 것이었으면 좋겠는데.”

“그건 또 왜?”

“만약 나를 따라온 것이라면 내가 무엇을 찾고 있는지를 알아내려 하는 중이었다는 뜻이니까. 그렇다면 애초에 서로가 적이라는 사실을 알고 있으니 딱히 더 나빠질 일이 없지. 하지만 자네를 따라온 거라면, 그들이 내 목적을 알고 있다는 소리잖나. 대역을 수행할 수 있는 배우를 찾고 있다는 것을 알고 있었다는 게지.”

“하지만 그걸 어떻게 알 수가 있나? 자네가 직접 말해주지 않았다면?”

“로렌초, 이 일은 자네가 생각하는 것보다 훨씬 규모가 크다네. 나 자신도 전부 아는 것이 아니고. 그리고 필요한 것 외에는 모르는 쪽이 자네에게도 더 나을 걸세. 하지만 하나 말해두지.

우리는 원하는 개인 정보를 헤이그의 인구 총괄 조사국의 대형 컴퓨터에 입력해서, 현존하는 모든 남성 배우의 개인 정보와 대조해보았다네. 최대한 비밀리에 조사를 했지만, 누군가 이상한 낌새를 채고 그 사실을 입 밖에 냈을 가능성도 배제할 수 없지. 본인과 배우에 대한 사소한 내용까지 검색을 했으니, 본인의 정체를 충분히 추측해낼 수 있을 게야. 워낙에 완벽을 기해야 했던 일인지라."

"아, 그래서 그 기계가 내가 이 일에 딱 맞는 사람이라고 알려줬다는 건가?"

"그렇지. 자네, 그리고 한 사람 더 있지."

입을 다물기에 딱 좋은 때가 다시 한 번 찾아왔다. 그러나 나로서는 설사 목숨이 걸려 있다 해도—어떻게 보면 그게 사실이었지만—여기서 관둘 수가 없었다. 나 정도로 뛰어난 기술이 필요한 역할을 맡을 수 있을 정도인 다른 배우가 누구인지 정말로 알고 싶었으니까. "다른 사람? 그 배우 이름이 뭔가?"

닥은 나를 힐긋 넘겨보았다. 분명 망설이고 있었다. "으흠…… 올슨 트로우브리지라는 이름의 친구인데. 혹시 아는 사이인가?"

"그 엉터리 자식이!" 한순간 나는 너무 분노해서 메스꺼움조차 잊어버릴 지경이었다.

"그런가? 꽤나 훌륭한 배우라고 들었는데 말이야."

미련퉁이 트로우브리지가 내가 거론되는 역할을 대신할 수 있으리라 생각하다니, 도저히 견딜 수 없는 모욕이었다. "팔을 미친 듯이 흔들어대는 것밖에 못 하고! 대사도 웅얼대는 놈한테!" 나는 문득 말을 멈추었다. 그런 동료 배우는—그렇게 불러도 된다면—그저 무시해버리는 쪽이 보다 품위 있는 대응이라는 생각이 들었기 때문이다. 그러나 그 앵무새 같은 얼뜨기는 허영 덩어리다. 이를테면, 트로우브리지가 숙녀의 손에 입을 맞추는 역할을 맡는다면, 그러는 척하면서 자기 엄지에 입을 맞출 것이다. 나르시시스트에 허식으로 가득한 거짓투성이인 놈이니까. 그런 작자가 자기 배역에 빠져들 수 있을 리가 없지 않은가?

그런데도 행운의 여신은 불공평해서, 그렇게 대사를 주절거리기만 하는 작자는 많은 돈을 벌어들이는데 진정한 예술가들은 굶주리고 있단 말이다.

"닥, 대체 어떻게 그런 작자를 포섭할 생각을 했는지 영문을 모르겠네."

"글쎄, 딱히 그 사람을 원했던 것은 아니야. 장기 계약을 맺고 활동 중이라, 자리를 비우면 어색해 보일 테고 의심을 불러일으킬 테니까. 자네가 그러니까, 흠, '자유 계약'이 가능한 상태였다는 점이 다행이었지. 자네가 일을 맡아주겠다고 하자마자 작에게 일러서 트로우브리지 쪽의 계약을 담당한 사람들을 철수시키도록 했거든."

"당연히 그래야지!"

"하지만 잘 듣게, 로렌초. 여기서 분명히 밝혀두지. 분사를 중지하고 자네가 배 속의 쿠키를 게워내느라 정신이 없는 동안, 나는 고우 포 브로크 호에 연락을 해서 트로우브리지 쪽 일을 다시 시작하라고 명령을 내렸네."

"뭐라고?"

"자네가 자초한 일이야, 선원 양반. 생각해보게나. 나 정도의 사람이 속아서라도 고물 우주선을 몰고 가니메데로 가기로 계약을 맺었다면, 어떻게든 그 일을 완수하거나 적어도 시도하다 죽으려 하는 것이 당연한 일 아니겠나. 우주선에 화물을 싣는 동안 겁을 먹고 내빼려 하지는 않는 법이지. 자네는 이 일을 맡겠다고 말했어. '만약'이나 '혹시'나 '하지만' 따위는 붙이지 않고 일을 맡았단 말이야. 몇 분 후에 소동이 벌어졌지. 그래서 자네는 겁을 집어먹었고. 그런 다음에는 공항에서 나를 따돌리고 도망치려 했어. 10분 전까지만 해도 다시 지구로 돌려보내 달라고 난리법석을 떨고 있었지. 자네 연기 실력이 트로우브리지보다 나을 수도 있을 거야. 나로서야 알 도리가 없지. 하지만 나는 때가 왔을 때 겁에 질리지 않을, 신뢰할 수 있는 사람이 필요하단 말일세. 트로우브리지가 그런 부류의 인간이라는 것은 분명하지. 따라서 그를 섭외할 수 있다면, 자네 대신 그를 고용하고, 자네에게는 돈을 지불한 다음 아무 설명도 하지 않고 돌려보내 줄 거네. 이해가 되나?"

너무 확실하게 이해가 되었다. 닥이 딱 집어서 말한 것은 아니지만—사실 정확히는 그 본인도 다 이해하고 한 말은 아니었겠지만—그는 내가 배우로서 신뢰할 수 없는 사람이라고 말하고 있는 것이었다. 가슴 아프게도 그의 말이 사실이었다. 나는 화를 낼 자격조차 없었다. 그저 부끄러울 뿐이었다. 애초에 아무것도 모르고 계약을 하겠다고 나선 것은 분명 한심한 짓이었다. 그러나 나는 분명 그 배역을 맡겠다고, 다른 조건이나 면책 조항을 붙이지 않고 선언했다. 그런데 이제 와서 무대공포증이 도진 풋내기 아마추어처럼 자리를 모면하려 하고 있는 것이다.

'쇼는 계속되어야 한다'는 쇼 비즈니스의 가장 오래된 금언이다. 아마 딱히 철학적으로 의미가 있는 말은 아니겠지만, 인간이 살아가는 데 필요한 일에는 보통 논리적 증명이 필요 없는 법이다. 아버지는 저 금언을 철석같이 믿으셨다. 맹장이 터졌는데도 2막 동안 연기를 계속하고 관객을 향해 인사까지 마친 다음에 병원으로 실려 가신 적도 있었다. 지금 내 눈 앞에 그분의 얼굴이 보였다. 관객을 실망시키는 자칭 배우라는 작자를 한심하게 여기는 배우의 얼굴로 나를 바라보고 계셨다.

"닥." 나는 겸손하게 입을 열었다. "지금까지 정말로 미안했네. 내가 잘못했어."

그는 날카로운 눈으로 나를 바라보았다. "일을 맡겠다는 소린가?"

"그렇다네." 나는 진심을 담아 말했다. 그러나 문득 백설공주 역 만큼이나 이 일을 맡을 수 없는 이유가 하나 떠올랐다. "그러니까, 그게, 음, 하고 싶기는 하네. 하지만……."

"하지만 또 뭔가?" 그는 냉소 어린 표정으로 물었다. "그 빌어먹을 배우 기질에 또 거슬리는 게 있나?"

"아니, 아닐세! 하지만 지금 화성으로 간다고 하지 않았나. 닥, 혹시 주변에 화성인이 있는 상황에서 대역을 맡아야 하는 건가?"

"아? 물론이지. 화성이니 당연한 일 아닌가?"

"어…… 하지만, 닥, 나는 화성인을 견딜 수가 없단 말이네! 보기만 해도 초조해지거든. 정말로 그러고 싶지만, 그러지 않으려고 애쓰겠지만, 놈들이 있으면 역할의 가면이 벗겨져버릴지도 모른다네."

"아, 그런 일 때문에 걱정하는 거라면 신경 쓸 필요 없네."

"허? 하지만 신경 안 쓸 수가 없다고. 나로서도 어찌할 수가 없다니까. 나는……."

"'신경 쓸 필요 없다'고 말했을 텐데. 친구, 우리도 자네가 그런 쪽으로 한심한 시골뜨기라는 사실을 알고 있다네. 자네에 대해서는 모두 알고 있으니까. 로렌초, 자네가 화성인에 대해 가지는 공포심은 거미나 뱀을 두려워하는 것처럼 미숙하고 비논리적인 일이야. 하지만 우리도 다 감안한 일이고, 알아서 처리해줄 생각일세. 그러니 신경 쓰지 말게나."

"그래……, 알겠네." 별로 안도가 되지는 않았지만, 그는 아픈 곳을 정확히 찔렀다. '시골뜨기'라니, 그건 업계에서 관객들을 일컫는 말이 아닌가! 그래서 나는 입을 다물었다.

닥은 통신기를 앞으로 끌고 와서는, 방음 장치를 사용해 소리를 죽이지 않고 말했다. "민들레에서 회전초에. 잉크 얼룩 작전은 취소한다. 마르디 그라 작전으로 끝까지 가겠다."

"닥?" 나는 그가 통신을 끊는 모습을 보며 물었다.

"나중에 설명하지." 그가 대답했다. "이제 궤도를 일치시켜야 하니까. 접속 과정에 조금 흔들릴 수도 있을 걸세. 흠집 안 내려고 신경 쓰느라 시간을 낭비할 수는 없으니. 그러니 좌석에 몸을 붙이고 꽉 잡고 있게나."

그의 말마따나 꽤나 거친 도킹이었다. 토치십에 들어갈 때 즈음에는 다시 편안한 자유 유영 상태로 돌아올 수 있어 기쁠 지경이었다. 충격으로 인한 구역질은 계속되는 멀미 기운보다 더 끔찍했던 것이다. 그러나 우리가 무중력 속에 머문 시간은 채 5분도 되지 않았다. 캔 두 호로 돌아갈 예정인 세 사람이 환승용 대기실을 가득 메우고 있었고, 닥과 나는 그 사이를 날아 토치십으로 들어갔다. 이어지는 몇 분 동안은 극도로 혼란스러웠다. 아무래도 나는 순혈 땅돼지인 모양이다. 천장과 바닥을 구별할 수 없으면 아주 쉽사리 혼란에 빠지니 말이다. 누군가 "그 친구 어디 있어?"라고 묻는 소리가 들렸다. 닥은 "여기!"라고 대답했고, 같은 목소리가 "저 사람이라고?"라고 물었다. 자기 눈을 믿지 못하겠다는 듯한 소리였다.

"그래, 그렇다고!" 닥이 대답했다. "지금 분장을 하고 있다네. 신경 쓰지 말게, 다 괜찮으니까. 이 친구를 사이다 압착기에 넣게 좀 도와줘."

손 하나가 내 팔을 잡더니 그대로 좁은 복도를 따라 선실로 데려갔다. 한쪽 칸막이 벽 앞으로 침대, 또는 '사이다 압착기'라 부르는 물건이 두 개 달려 있었다. 욕조 형태에 액체를 사용해 몸의 압력을 배분하는 탱크로, 토치십의 높은 가속도 안에서 사용하는 물건이었다. 실제로 보는 것은 처음이었지만, 우주를 배경으로 하는 작품인 〈어스 레이더스〉에서 꽤 괜찮은 모조품을 사용한 적은 있었다.

침대 뒤편 칸막이벽에는 스텐실로 다음과 같은 글자가 적혀 있었다. '주의! 감압복을 입지 않고는 3배 이상의 중력에 진입하지 말 것. 이하의 관리는…….' 글을 미처 다 읽기도 전에 나는 그대로 회전하며 옆으로 밀려났고, 누군가 나를 사이다 압착기 하나에 밀어 넣었다. 닥과 다른 남자가 서둘러 나를 붙들어 매는 동안 근처에서 끔찍하게 시끄러운 경적 울리는 소리가 들렸다. 경적 소리는 몇 초 동안 계속되었고, 이어 목소리가 흘러나왔다. "적색경보! 2배 중력! 3분! 적색경보! 2배 중력! 3분!" 그리고 다시 경적이 울리기 시작했다.

시끄러운 소리 속에서 닥이 급히 묻는 소리가 들렸다. "영사기는 전부 준비가 됐나? 테이프도 준비됐고?"

"물론, 물론이지!"

"피하 주사는?" 닥은 초조하게 이리저리 움직이다 내게 말했다. "잘 듣게, 선원 친구. 이제 주사를 한 대 놓아줄 거네. 아무 문제도 없는 물건이야. 중력 완화제가 조금 들어 있고, 나머지는 자극제일 뿐이니까. 가는 동안 깨어 있는 상태로 대사를 연습해야 할 것 아니겠나. 처음에는 안구가 좀 뜨겁게 느껴질 거고, 가려울 수도 있지. 하지만 아프지는 않을 걸세."

"잠깐, 닥, 나는……."

"시간이 없어! 나는 이 고철덩이의 화로에 불을 지펴야 하니까." 그는 내가 제대로 항변을 하기도 전에 몸을 돌려 문으로 나가버렸다. 두 번째 남자는 내 왼팔 소매를 걷어 올리더니 피부에 주사총을 댔고, 내가 미처 깨닫기도 전에 약물이 몸속으로 흘러들어왔다. 그리고 그 역시 사라져버렸다. 경보는 이제 이렇게 울리고 있었다. "적색경보! 2배 중력! 2분!"

나는 주변을 살펴보려 했지만, 약물 때문에 혼란이 더 심해지고 있었다. 눈알뿐만 아니라 이빨까지 뜨거워지기 시작했고, 등골을 따라 거의 참을 수 없을 정도의 가려움이 느껴졌다. 그러나 안전띠 때문에 간지러운 영역에 손을 뻗을 수가 없었다. 물론 그 덕분에 가속에 팔이 부러지지 않는 것이겠지만. 경보음이 다시 멈췄고, 이번에는 닥의 자신감 넘치는 바리톤 목소리가 울려 퍼졌다. "마지막 적색경보! 2배 중력! 1분! 피노클 게임은 집어치우고 뚱뚱한 몸통을 푹 퍼트리게! 이제 점화할 테니까!" 이번에는 경보 대신 아르케지안의 〈아드 아스트라〉 C장조 61번 곡조가 흘러나왔다. 런던 심포니에서 팀파니로 14사이클의 '무의식 공포'를 곡조 안에 묻어 연주한 논란 많은 버전이었다. 그러나 피곤하고 혼란에 빠지고 약물까지 맞은 내게는 그 곡도 아무런 효과가 없는 듯했다. 강물을 젖게 만들 수는 없는 법 아닌가.

인어 하나가 문으로 들어왔다. 물론 비늘로 뒤덮인 꼬리가 있는 것은 아니고, 내 눈에 인어처럼 보였다는 소리다. 눈의 초점이 돌아오자, 나는 그 인어가 아주 마음에 드는 외모에 포유류로서 훌륭한 몸매를 갖춘, 셔츠와 반바지를 입은 젊은 여성이라는 사실을 깨닫게 되었다. 머리부터 유영해서 들어오는 모습이 무중력 상태에 꽤나 익숙한 듯했다. 그녀는 웃음기 없는 얼굴로 나를 슬쩍 보고는 손잡이를 잡았다. 안전띠 따위는 필요 없는 모양이었다. 음악은 웅장하게 마지막 부분에 도달했고, 몸이 엄청나게 무거워지는 느낌이 들었다.

2배 중력은 그리 나쁘지 않다. 적어도 액체 침대 안에서 떠 있는 동안에는. 사이다 압착기를 덮고 있는 껍질이 내 주변을 감싸서 몸의 모든 부분을 지탱해준다. 그저 몸이 무겁고 숨쉬기가 힘들어지는 정도일 뿐이다. 다들 한 번쯤은 들어본 적이 있을, 10배 중력까지 토치 가속을 해서 몸이 망가지는 조종사들 이야기는 분명 사실일 것이다. 하지만 사이다 압착기 안에서 겪는 2배 중력은 그저 몸이 나른하고 움직일 수 없는 정도일 뿐이다.

천장에 달린 확성기가 나를 향해 말하고 있다는 사실을 깨닫기까지는 약간 시간이 걸렸다. "로렌초! 잘 견디고 있나, 친구?"

"괜찮네." 말을 하려니 숨이 가빠왔다. "이걸 얼마나 더 견뎌야 하는 건가?"

"이틀 정도."

닥이 크게 웃는 것을 보니, 아무래도 내가 신음소리를 낸 모양이다. "불평은 관두게, 이 친구야! 내가 처음에 화성에 갔을 때는 37주가 걸렸어. 타원 궤도로 항해하면서 무중력 상태에서 지내야 했지. 2배 중력으로 이틀 정도면 호화판 여행인 셈이야. 그리고 궤도 수정을 할 때 1배 중력에서 휴식 시간을 줄 수도 있어. 이런 서비스를 해주다니, 추가 요금이라도 받아야겠는데."

나는 배우 대기실에서 쓰는 신랄한 표현법을 사용해서 그의 유머에 대한 내 의견을 피력하려 했지만, 문득 숙녀분이 여기 있다는 사실을 떠올렸다. 아버지가 가르쳐주신 바에 의하면, 여인이란 어떤 행동도, 심지어는 폭력을 수반한 공격까지도 용서해줄 수 있는 존재지만, 언어에 의해서는 쉽게 모욕을 받는다고 했다. 우리 종족의 보다 사랑스러운 절반은 기호를 중심으로 생각한다. 그들의 극도로 실용적인 성질을 고려해볼 때 참 이상한 일이다. 어쨌든 나는 숙녀분에게 들릴 만한 곳에서 금단의 언어를 입술에 올려본 적이 없다. 적어도 아버지의 손등이 내 입에 정통으로 쑤셔 박힌 후로는……. 아버지라면 파블로프 교수에게 조건 반사에 대한 훌륭한 예시를 제공해주실 수 있었을 것이다.

그러나 닥은 다시 떠들기 시작했다. "페니! 거기 있나, 우리 사랑스러운 아가씨?"

"네, 선장." 나와 함께 있던 젊은 여인이 대답했다.

"좋아, 슬슬 그 친구에게 숙제를 시키게. 이 불쏘시개의 방향을 제대로 고정해놓은 다음에 나도 내려가겠네."

"잘 알겠습니다, 선장." 그녀는 내 쪽으로 고개를 돌리더니 나직하고 허스키한 콘트랄토 목소리로 말했다. "카펙 선생님이 긴장을 풀고 몇 시간 동안 영상을 봐주기를 원하십니다. 필요하다면 제가 옆에서 질문에 답변을 해드릴 겁니다."

나는 한숨을 쉬었다. "마침내 질문에 답해줄 사람이 생기다니, 정말 다행스런 일이로군!"

그녀는 내 말에 대꾸를 하지 않고, 힘겹게 한쪽 팔을 들어 스위치 위로 가져갔다. 방의 조명이 꺼지더니 소리와 입체 영상이 눈앞에 떠올랐다. 주인공은 내가 아는 얼굴이었다. 제국 내 수십억 시민들 역시 잘 아는 얼굴이었다. 그리고 나는 닥 브로드벤트가 얼마나 무자비하고 철두철미하게 나를 속여 넘겼는지 깨닫게 되었다.

영상의 주인공은 봉포르였던 것이다.

바로 그 봉포르였다. 고귀하신 존 조지프 봉포르 씨, 전 총리이자 야당 당수이자 확장주의자 연합의 수장인 친구 말이다. 태양계 전체에서 가장 사랑받는 (그리고 가장 미움받는!) 사람.

나의 명민한 정신은 그대로 비약하여 논리에 따른 필연적 귀결을 도출해냈다. 봉포르는 최소한 세 번의 암살 시도에서 살아남았다. 아니, 적어도 뉴스에서 말한 바로는 그랬다. 그중 두 번은 거의 기적적으로 살아남았다고 해도 좋았다. 만약 그 일들이 기적이 아니었다면? 암살은 전부 성공했지만, 우리 사랑하는 조 봉포르 아저씨는 그럴 때마다 항상 다른 곳에 있었다면?

매번 이런 방식을 사용하려면 꽤 많은 배우가 필요할 것이다.

DOUBLE STAR

# 3장

나는 정치 문제에 끼어들어본 적이 없다. 아버지는 그런 짓을 하지 말라고 경고를 하셨다. "정치를 가까이 하지 말거라, 래리." 그분은 엄숙한 목소리로 이렇게 말씀하셨다. "정치에 끼어들어 얻는 유명세는 나쁜 유명세야. 시골뜨기들은 그런 일을 좋아하지 않는단다." 투표를 해본 적도 없다. 심지어는 98년에 정주지가 없는 시민들(당연하지만 나와 같은 직업군의 사람 대부분은 이 부류에 들어간다)의 투표를 용이하게 해주는 법령이 통과된 이후에도.

그러나 그때까지 내가 습득한 정치적 지식에 따르면, 봉포르는 전혀 호감이 가지 않는 사람이었다. 나는 그자를 위험한 인물로, 인류 종족의 배신자일 가능성이 있는 사람으로 여겼다. 그의 대역을 맡아 대신 목숨을 잃는다는 생각은—어떻게 말해야 할까?—꽤나 불쾌하게 여겨졌다.

하지만 정말 엄청난 배역이지 않은가!

〈새끼 독수리〉*의 주인공 역을 맡은 적도 있고, 시저의 이름이 그에 걸맞은 대접을 받는 두 편의 희곡에서 시저 역을 맡기도 했다. 하지만 현실 속에서 그런 역을 맡는다니! 글쎄, 다른 사람을 대신해서 기요틴 아래로 목을 들이밀 만한 충분한 이유가 되는 일이었다. 잠시라도 그런 궁극의 배역을 맡을 수 있다니. 완벽한 최고의 예술 작품을 만들기 위해서.

예전에 이런 유혹을 뿌리칠 수 없었던 동료들이 누구였는지 궁금해졌다. 분명 예술가였을 것이다. 그들의 이름이 전해지지 않았다는 사실이야말로 역할 설정에 성공했다는 증거일 테고. 나는 예전에 봉포르의 목숨이 위험에 처했던 때가 언제였는지를 떠올리고, 역할을 맡을 만한 동료들 중 비슷한 시기에 죽거나 배우를 그만둔 사람이 누가 있었는지를 생각해내려 했다. 그러나 소용없는 짓이었다. 나는 현 시대의 정치 상황을 잘 모를 뿐더러, 배우란 우울할 정도로 자주 소리 없이 사라져버리는 경향을 보이는 족속이기 때문이다. 최고의 능력을 갖춘 자들이라도 항상 운이 따르지 않으면 아무 소용없었다.

이런 생각을 하면서도, 나는 역할 설정에 계속해서 주의를 기울이고 있었다.

그리고 나라면 충분히 대역을 맡을 수 있다는 사실을 깨달았다. 젠장, 한쪽 발을 양동이에 넣고 무대 뒤편이 불타고 있더라도 연기할 수 있을 것이다. 우선 체격에는 아무런 문제도 없었

* 에드몽 로스탕의 희곡 작품. 나폴레옹의 아들인 나폴레옹 2세의 삶을 다룬 작품이다.

다. 봉포르와 옷을 바꾸어 입어도 주름살 하나 생기지 않을 것이었다. 나를 끌어들인 유치한 모략가들은 신체적 유사성의 중요도를 너무 높게 평가한 것이다. 애초에 기술로 뒷받침을 해주지 않으면 육체적으로 얼마나 닮았는지는 전혀 중요하지 않으며, 배우가 실력이 있으면 고려할 필요조차 없는 법인데. 그래도 도움이 되는 사실이라는 점은 인정해야겠다. 게다가 컴퓨터를 사용한 한심한 장난질로도 (우연이기는 해도!) 단순히 그 정치가와 체구나 골격이 똑같은 사람 정도가 아니라 진정한 예술가를 찾아내기는 했으니 말이다. 그의 신체는 나와 꽤나 비슷했다. 심지어 손조차도 나처럼 길고 가늘고 귀족적인 생김새였다. 그리고 손을 분장하는 쪽이 얼굴보다 훨씬 힘든 법이다.

목숨을 노린 암살 시도의 결과물이라고 알려져 있는 절룩거리는 걸음걸이 역시 아무것도 아니었다. 몇 분 동안 지켜본 결과, 딱히 의식하지 않고도 저 걸음걸이로 침대에서 일어나 걸어다닐 수 있다는 점이 확실해졌다(적어도 1배 중력 하에서는). 쇄골 위를 긁은 다음 턱을 문지르는 모습, 문장을 시작하기 전에 눈에 띄지도 않을 정도로 살짝 얼굴을 찡그리는 버릇, 이런 것은 전혀 문제가 되지 않았다. 모두가 모래 속으로 스며드는 물처럼 내 무의식 속으로 스며들었다.

분명 나보다 15세에서 20세 정도 나이가 많기는 했지만, 나보다 어린 배역보다는 나이 많은 배역 쪽이 더 연기하기 쉽다. 어쨌든 배우에게 있어 연령이란 내적인 태도의 차이일 뿐이다. 몸속에서 꾸준히 벌어지는 분해 대사 작용과는 아무런 관계도 없다.

탈것에 타고 있는 모습을 보여주거나 대신 연설문을 읽는 정도라면 20분 정도만 준비하면 됐을 것이다. 그러나 내가 이해한 바에 따르면, 이번 대역은 그 이상의 연구가 필요했다. 닥은 그를 잘 아는 사람들조차 속여 넘겨야 할 거라고 암시하기도 했다. 아마 개인적인 친분 관계가 있는 사람들을 말하는 것일 텐데, 이 경우에는 비교할 수 없을 정도로 어려워진다. 커피에 설탕을 넣는가? 넣는다면 얼마나? 담배에 불을 붙일 때는 어느 쪽 손을 사용하고, 어떤 몸짓을 보이는가? 이런 질문을 떠올리며 해답을 얻고, 마음속 깊은 곳에 각인해놓는 작업이 반복되었다. 내 눈 앞의 복제 영상을 보니, 이 사람은 옛날식의 값싼 궐련과 성냥을 사용하다가 소위 말하는 진보의 물결에 맞춰 다음 단계로 넘어간 모양이었다.

가장 큰 문제는 인간이란 하나의 복합적 존재가 아니라는 것이다. 그를 아는 모든 사람들에게 각기 다른 복합체로 보이기 때문이다. 따라서 대역 일에 성공하기 위해서는 '관객', 즉 해당 인물의 지인에 맞추어 연기 또한 바뀌어야 한다. 이건 단순히 어려운 정도가 아니라 통계적으로 불가능한 일이다. 사소한 실수 하나 때문에 모든 것이 어그러질 수 있다. 해당 인물이 지인 한 명과 어떤 종류의 경험을 공유하고 있을까? 수백 명, 수천 명의 지인들과는? 대역 배우가 그런 것을 어떻게 알 수 있겠는가?

다른 예술 분야와 마찬가지로, 연기란 본질적으로 축약을 통해 가장 중요한 세부 사항만 남기는 작업이다. 그러나 대역을 맡으면 그 모든 사소한 세부 사항이 중요성을 가지게 된다. 때로는 샐러리를 둘로 쪼개지 않는 따위의 사소한 일 때문에 정체가 들통날 수도 있는 것이다.

문득 이런 생각이 들었다. 내 연기 따위는 암살자가 총을 쏘는 순간 정도까지만 믿을 만하면 되지 않을까.

그러나 문이 열리는 소리가 들리고 닥 본인이 들어와 "여기 아무도 없나?"라고 물었을 때, 나는 여전히 대역을 맡을 인물을 연구하고 있었다. (달리 또 무엇을 할 수 있겠는가?) 조명이 켜지고 삼차원 영상이 흐릿해졌다. 나는 억지로 꿈에서 깨어난 느낌을 받으며 고개를 돌렸다. 페니라는 이름의 젊은 여성은 다른 쪽 액체 침대에서 고개를 들려 애쓰고 있었고, 닥은 문가에 버티고 서 있었다.

나는 그를 바라보며 놀라 물었다. "자네 대체 어떻게 서 있는 건가?" 그리고 내 정신의 일부, 독자적으로 작동하는 프로 배우의 정신은, 그가 서 있는 모습을 파악하고 '2배 중력에서 남자가 서 있는 모습'이라는 이름이 붙은 새로운 서랍 안에 그 내용을 기록하고 있었다.

그는 나를 보며 웃었다. "별거 아닐세. 아치 서포트를 착용하고 있거든."

"흐으으으음!"

"원한다면 일어서도 되네. 보통은 1.5배 중력 이상으로 토치를 가속하면 승객들에게 가속용 탱크에서 일어나지 말라고 말해두기는 하지. 머저리 하나가 자기 발에 걸려 넘어져 다리가 부러질 가능성이 있으니까. 하지만 한번은 정말로 억센 역도선수 타입의 친구가 5배 중력 하에서 압착기를 나와 걸어 다니는 모습을 본 적이 있어. 그 친구, 그 후로는 몸이 예전 같지 않았지만 말이지. 하지만 2배 중력은 괜찮다네. 다른 남자 하나를 목마 태우고 다니는 정도야." 그는 젊은 숙녀 쪽을 힐긋 보며 말했다. "있는 그대로 설명해주고 있나, 페니?"

"저 사람은 아직 아무것도 묻지 않았어요."

"그래? 로렌초, 자네 온갖 종류의 질문을 던지는 부류의 친구 아니었나."

나는 어깨를 으쓱해 보였다. "어차피 별 상관없는 일 아니겠나. 그런 답변을 즐길 수 있을 만큼 오래 살지도 못할 텐데."

"어? 또 왜 그렇게 기분이 나빠진 건가, 이 친구야?"

"브로드벤트 선장." 나는 불쾌한 감정을 가득 실어 말했다. "숙녀분이 계시니 내 생각을 있는 그대로 표현하기에는 제한이 있네. 따라서 자네의 조상, 사소한 습관, 도덕관념, 목적 등에 대해 적절한 논의를 하기는 힘들 것 같군. 그저 내가 대역을 맡을 사람을 확인하자마자 자네가 나를 속였다는 사실을 확실히 알게 되었다고만 말해두겠네. 내가 원하는 질문은 단 하나뿐일세. 봉포르를 암살하려 하는 사람이 대체 누구인가? 과녁에 지나지 않는 신세라도 총을 쏘는 사람이 누군지는 알 권리가 있지 않겠나."

나는 처음으로 브로드벤트가 놀라는 표정을 목격했다. 그러고는 너무 격렬하게 웃어서, 과도한 가속 때문에 악영향을 받은 것은 아닐지 걱정이 될 지경이었다. 그는 갑판으로 미끄러져 주저앉아서 칸막이 벽에 등을 기대면서도 계속 크게 웃고 있었다.

"나로서는 딱히 뭐가 웃긴지 잘 모르겠는데." 나는 화난 목소리로 말했다.

그는 웃음을 멈추고 눈가를 훔쳤다. "로리 이 친구야, 정말로 내가 자네를 암살자의 총알받이로 삼으리라 여겼단 말인가?"

"당연한 일 아닌가." 나는 예전의 암살 시도에서 이끌어낸 추론의 결과를 말해주었다.

그에게도 다시 웃음을 터트리지 않을 정도의 예절은 있었다. "알겠네. 중세에 왕 대신 음식을 맛보는 것과 비슷한 일이라 생각했다는 말이지. 그럼 자네를 위해서 확실히 바로잡아주겠네. 언제든 선 채로 불타버릴 거라고 생각하고 있다면 연기에 별로 도움이 안 될 테니까 말이야. 자, 나는 대장하고 6년 동안 함께 행동했네. 그 동안 대역을 사용한 적이 없다는 것은 확실하게 알고 있지……. 어쨌든 암살 시도 중 두 번은 내가 그 자리에 있었으니 말이야. 한 번은 자객을 내가 직접 사살하기도 했고. 페니, 자네는 나보다 더 오래 대장하고 함께했지. 그 전에는 대역을 쓴 적이 있었나?"

그녀는 차가운 눈으로 나를 바라보았다. "그럴 리가요. 대장이 자기 대신 다른 사람을 위험에 노출시킬 거라고 생각했다니……, 뺨을 때려주고 싶군요. 그래요, 뺨을 때리겠어요!"

"진정 좀 하게, 페니." 닥이 온화한 말투로 말했다. "자네 둘 다 해야 할 일이 있고, 게다가 페니 자네는 이 친구를 도와야 하는 입장이 아닌가. 그리고 외부에서 보면 그리 한심한 추측도 아니야. 그러고 보니, 로렌초, 이쪽은 페넬로페 러셀일세. 대장의 전속 비서였으니, 자네에게는 최고의 코치가 될 거야."

"만나 뵙게 되어 영광입니다, 마드무아젤."

"같은 말을 할 수 없어서 유감이네요!"

"그만 좀 하게, 페니. 아니면 2배 중력 상태에서 그 엉덩이를 때려줄 테니까. 로렌초, 존 조지프 봉포르의 대역을 맡는 일이 휠체어를 타는 정도로 안전하지는 않다는 사실은 인정하겠네. 젠장, 우리 모두 그의 생명보험 계약을 끝장내려는 시도가 여러 번 있었다는 건 알고 있으니까. 하지만 지금 우리가 두려워하는 문제는 그게 아닐세. 자네도 금방 이해하게 되겠지만, 이번 경우에는 우리를 적대하는 친구들이 감히 대장을 죽이려는 생각조차 하지 못할 걸세. 자네가 대장의 대역을 맡고 있는 동안에는 자네를 죽이지도 못할 테고. 거친 작자들이긴 하니까—자네도 이미 알겠지만!—조금이라도 기회가 있으면 나, 심지어 페니까지도 가볍게 죽이려들기는 할 걸세. 지금이라면 자네도 죽일 수 있겠지. 방법만 있다면. 하지만 대장으로서 대중 앞에 나서면 자네는 안전할 걸세. 그를 죽일 수가 없는 상황이라서 말이지."

그리고 그는 내 얼굴을 살펴보았다. "알아듣겠나?"

나는 고개를 저었다. "무슨 소린지 모르겠는데."

"그렇겠지. 하지만 알게 될 거야. 화성인들의 세계관까지 얽힌 꽤 복잡한 일이거든. 하지만 어차피 거기 도착하기 전까지는 전부 알게 될 걸세."

여전히 마음에 들지 않았다. 지금까지 닥은 내가 아는 한 직설적으로 거짓말을 하지는 않았지만, 자신이 아는 것을 전부 밝히지 않음으로서 결국 거짓말과 같은 효과를 불러오기는 했다. 내가 직접 경험을 통해 파악한 사실이었다. 나는 입을 열었다. "이보게, 나는 자네를 믿을 이유도, 여기 아가씨를 믿을 이유도 없어. 무례를 용서하십시오, 아가씨. 하지만 봉포르 씨의 경우에는, 내가 그 사람을 별로 좋아하지 않기는 하지만, 끔찍하게, 심지어는 무례할 정도로 정직하다는 평판을 익히 들어 알고 있거든. 언제쯤 그 사람과 이야기를 나눌 수 있겠나? 화성에 도착하자마자?"

닥의 흉악하고 유쾌한 얼굴에 갑자기 슬픔의 그림자가 드리웠다. "유감이지만 그럴 수는 없다네. 페니가 말해주지 않았나?"

"뭘 말해줘?"

"친구, 바로 그 때문에 우리가 대장의 대역을 구하고 있는 거라네. 놈들이 대장을 납치해 갔어."

골치가 아파 왔다. 2배 중력 때문일 수도 있고, 충격을 너무 많이 받아서일 수도 있을 것이다. 닥이 말을 이었다. "이제 작드부아가 완벽하게 준비를 끝내기 전까지는 자네를 믿지 않겠다고 한 이유를 알겠지. 인간이 달에 발을 디딘 이래 최대의 뉴스일세. 그리고 우리는 온갖 수단을 동원해서 이 사실이 밖으로 새어나가지 않게 하려고 애쓰고 있다네. 그를 찾아내어 원래 자리로 돌려놓을 때까지 자네를 대역으로 쓰려고 생각하고 있지. 솔직히 말하면 이미 대역 일은 시작된 것이나 다름없어. 이 우주선은 고우 포 브로크 호가 아니거든. 대장의 개인 여객선 겸 이동 사무실인 톰 페인 호지. 고우 포 브로크는 화성 주변의 정지궤도상에서 무선으로 이 배의 인식 신호를 대신 발산하고 있다네. 선장과 통신장교만 아는 사실이지. 그러는 동안 '토미'는 치맛자락을 걷어들고 지구로 달려가서 대장의 대역을 데려온 거라네. 이제 자네도 슬슬 이해가 될 테지?"

나는 전혀 이해가 안 된다고 인정했다. "좋아, 하지만 이거 보게, 선장. 만약 봉포르 씨의 정치적 적수들이 그를 납치한 거라면, 그 사실을 구태여 비밀에 붙일 이유가 뭔가? 지붕 꼭대기에라도 올라가서 세상이 다 듣도록 소리쳐야 하는 일 아닌가."

"지구에서라면 그러겠지. 뉴 비타비아에서도 그럴 거야. 금성에서도 그럴 거고. 하지만 지금 우리는 화성의 문제를 다루고 있다네. 자네 혹시 '젊은 크크카그랄'의 전설을 들어본 적 있나?"

"어? 유감이지만 전혀 모르겠군."

"자세히 공부해야 할 걸세. 화성인의 기질에 대해 많은 것을 깨달을 수 있는 이야기거든. 간략하게 말하자면, 수천 년 전 어딘가에 젊은 크크카 한 명이 있었다네. 그 아이는 매우 영예로운 은총을 받게 되었지. 기사 서임을 받는 것과 비슷하다고 생각하게. 그런데 자신의 잘못이 아닌 일 때문에 (적어도 우리의 시각에서는 말이야) 제 시간에 도착하지 못하고 말았던 거야. 화성인의 기준으로 보면, 유일한 해결책은 그를 죽이는 것뿐이었지.

그러나 그 젊음과 독보적인 업적 때문에 일부 급진파는 그가 돌아가서 다시 시작하도록 허가해줘야 한다고 주장했다네. 그러나 크크카그랄 본인이 그런 일을 용납할 수 없었다네. 그는 자신이 처형당할 권리가 있다고 주장했고, 논쟁에서 승리해 처형을 당했지. 그 덕분에 그는 화성에서 적절한 행동의 화신, 수호성인 비슷한 존재가 되었다네."

"미친 소리군!"

"그렇게 생각하나? 우리는 화성인이 아니지 않나. 그들은 매우 오래된 종족이고, 가능한 모든 경우에 적용할 수 있는 정교한 부채와 의무 시스템을 만들었다네. 상상할 수 있는 최고의 형식주의자인 셈이지. 그들과 비교하면 '의리'나 '의무'로 얽혀 있는 고대 일본인들조차도 무정부주의자로 보일 지경이라네. 화성인들에게는 옳고 그름의 개념이 없어. 대신 네모반듯하게 썰어서 야채즙에 절인 적절함과 부적절함이 존재할 뿐이라네. 하지만 여기서 진짜 문제는 대장이 바로 그 젊은 크크카의 둥지에 입문할 예정이었다는 점이라네. 이제 내 말이 이해가 되나?"

여전히 이해가 되지 않았다. 내가 보기에는 그 크크카라는 인물은 파리의 극장 '르 그랑 기뇰'에서 가져온 끔찍한 고문 도구 중 하나일 뿐이었다. 브로드벤트는 말을 이었다. "간단한 문제라네. 대장은 아마도 화성인의 습속과 정신세계를 가장 면밀하게 이해한 사람일 거야. 몇 년 동안 이 일에 매진해왔으니까. 라커스 솔리 시간으로 수요일 정오에 입문 의식이 시작될 걸세. 만약 대장이 그곳에 가서 자기 절차를 제대로 수행해내면 모든 일이 깔끔하게 마무리되겠지. 하지만 대장이 그곳에 가지 못한다면—이유는 불문하고 말일세—한쪽 극점에서 다른 쪽 극점까지 화성의 모든 곳에서 대장의 이름은 더럽혀질 걸세. 행성이나 종족 사이에서 벌어진 역사상 가장 위대한 정치적 시도는 그대로 엎어지고 말겠지. 단순히 실패하는 것이 아니라 역풍이 불어닥칠지도 몰라. 내 짐작으로는 최소한 화성인들이 지금 제국과 유지하고 있는 느슨한 관계조차도 전부 끊어져버릴 거라고 생각하네. 보복이나 살인이 벌어질 가능성이 더 높겠지. 어쩌면 화성의 모든 인간을 죽이려 할지도 모른다네. 그러면 인류당의 극단주의자들은 자기 원하는 대로 행동할 수 있게 되고, 무력에 의해 화성을 제국에 복속시키고 말 걸세. 그러나 그때는 이미 화성인은 모두 목숨을 잃고 난 후겠지. 입문 의식에 봉포르가 참여하지 못하는 것이 이 모든 것의 도화선이 될 수 있다는 말일세……. 화성인들은 이런 문제를 아주 진지하게 받아들이거든."

닥은 등장했을 때처럼 갑작스레 떠나버렸고, 페넬로페 러셀은 다시 영상 프로젝터를 틀었다. 문득 질문을 하나 했어야 했다는 생각이 들어 초조해졌다. 봉포르가 화성인들의 야만스러운 의식에 참여하지 못하게 하는 것만으로 정치 상황을 뒤엎는 것이 가능하다면 (그 본인이든, 아니면 대역이든 상관없이) 우리 적들이 그냥 나를 죽여 없애버릴 수도 있지 않겠느냐는 질문 말이다. 하지만 나는 질문을 하는 것을 잊어버렸다. 어쩌면 무의식적으로 대답을 듣기가 무서웠던 것일지도 모르겠다.

하지만 이내 나는 다시 봉포르를 연구하기 시작했다. 예술가의 나른한 몽상에 잠긴 채 그의 몸동작과 손짓을 지켜보고, 표정을 느끼고, 속으로 목소리의 음역을 맞추었다. 나는 이미 '그 본인이 되어가고 있었다.'

봉포르가 화성인들에게 둘러싸여 촉수와 접촉하고 있는 영상이 등장했고, 나는 공포에 질려 배역에서 벗어나버리고 말았다. 영상 속에 너무 깊이 빠져 있어 실제로 느껴질 정도였다. 악취를 참을 수가 없었다. 나는 숨막히는 소리를 내며 발버둥을 쳤다.

"당장 저거 꺼!"

불이 들어오며 영상이 사라졌다. 러셀 양이 나를 바라보고 있었다. "당신 대체 뭐가 문제인 거예요?"

나는 호흡을 가다듬고 떨리는 몸을 진정시키려 했다. "러셀 양……, 정말 유감입니다만, 제발, 저걸 다시 켜지 말아주십시오. 나는 화성인을 견딜 수가 없어요."

그녀는 자기 눈을 믿을 수가 없으면서도 어쨌든 혐오를 느끼는 표정으로 나를 바라보았다. "이런 말도 안 되는 계획이 성공할 리가 없다고 말했는데." 그녀는 느릿하게, 모멸감을 담아 이렇게 말했다.

"정말 유감입니다. 어쩔 도리가 없어요."

그녀는 내 말에 대답하지 않고, 힘겹게 사이다 압착기를 벗어났다. 닥처럼 2배 중력 하에서 쉽사리 걸어 다니지는 못해도 몸을 움직일 수는 있는 모양이었다. 그녀는 다른 말을 하지 않고 그대로 문을 닫으며 방에서 나갔다.

그리고 그녀는 돌아오지 않았다. 문이 열리며 들어온 사람은 커다란 유모차 비슷한 것을 타고 있는 남자였다. "거기 괜찮은가, 젊은이!" 그는 큰 목소리로 소리쳤다. 60대 정도에 약간 비만이고 온화한 얼굴의 사람이었다. 굳이 자격증을 보지 않아도 '환자를 대하는 태도'라는 것을 확신할 수 있었다.

"안녕하십니까, 선생님."

"나야 안녕하지. 낮은 가속에서는 좀 나은 편이거든." 그는 자신이 묶여 있는 묘한 장치를 힐긋 내려다보았다. "내 바퀴 달린 코르셋이 어때 보이나? 보기에는 별로일지 몰라도 심장의 부담을 덜어준다네. 그건 그렇고 관계를 명확하게 하기 위해 말해두는 거네만, 나는 카펙 박사일세. 봉포르 씨의 개인 주치의지. 자네가 누군지는 알고 있다네. 자, 그래서 자네와 화성인 사이에 대체 어떤 문제가 있는 건가?"

나는 최대한 명확하고 감정을 배제한 채 설명하려 노력했다.

카펙 박사는 고개를 끄덕였다. "브로드벤트 선장이 나한테 미리 말해줬으면 좋았을 텐데. 그랬다면 자네 교육 프로그램의 순서를 바꿨을 테니까 말이야. 선장 그 친구는 꽤 유능한 젊은이지만, 가끔은 뇌보다 근육을 먼저 움직인단 말이지……. 겁이 날 정도로 완벽하게 정상이고 외향적인 인물이거든. 하지만 그게 나쁜 일은 아니니. 스마이스 씨, 최면을 걸 수 있도록 허락해주겠나. 의사로서 맹세하는데, 이 문제에서 자네를 도울 용도로만 사용하고, 자네의 통합 인격은 절대 건드리지 않겠네." 그는 자기 직업의 신분 증명이나 다름없는 구식 회중시계를 꺼낸 다음 내 맥을 짚었다.

나는 대답했다. "물론 얼마든지 허락해드리지요, 선생님. 하지만 별 소용없을 겁니다. 저한테는 최면술이 먹히지 않는다더군요." 심리학자 역을 맡았을 때 최면요법을 익힌 적이 있었는데, 나를 가르친 사람들은 내게 전혀 최면을 걸 수가 없었다. 그런 역을 할 때는 최면요법을 살짝 곁들여주면 꽤나 유용하다. 특히 지역 경찰이 의사 협회에서 우리를 옭아매기 위해 만든 법률에 그다지 신경을 쓰지 않는 상황이라면.

"그런가? 뭐, 그러면 그냥 최선을 다해봄세. 긴장을 풀고 편안한 마음으로 자네의 문제에 대한 대화를 나누어보는 건 어떻겠나." 그는 내 맥박을 잰 후에도 여전히 회중시계를 손에 들고 만지작거리거나 시곗줄을 꼬아보고 있었다. 시계에 내 머리 위의 독서등 불빛이 반사되고 있다는 점을 지적할까 생각해보기도 했지만, 아마도 의사 선생 본인도 인지하지 못한 강박증 습관일 것이며, 처음 대면한 상황에서 언급하기에는 너무 사소한 일일 것이라는 생각이 들었다.

"긴장 풀었습니다." 나는 그에게 말했다. "원하시는 대로 뭐든 물어보시죠. 아니면 자유연상법을 사용하셔도 좋습니다."

"그냥 편안하게 침대에 떠 있게나." 그는 부드럽게 말했다. "2배 중력에서는 몸이 꽤 무겁게 느껴지지 않나? 나는 보통 잠든 채로 넘긴다네. 뇌에서 혈액이 빠져나가서 졸음이 오는 게야. 다시 가속을 시작한 모양이군. 우리 모두 자야 할 걸세……. 몸이 무거워질 테니까……. 자야 할 거야……."

나는 손에 든 시계를 치우지 않으면 그대로 회전하며 손에서 떨어질 거라고 말하려 했다. 그 대신, 나는 곯아떨어졌다.

잠에서 깨어나자 다른 가속용 침대는 카펙 박사가 차지하고 있었다. "잘 잤나, 친구." 그가 인사를 건넸다. "저 우스꽝스러운 유모차에 싫증이 나서 여기서 잠시 몸을 뻗고 부담을 줄이고 있던 중이라네."

"어, 다시 2배 중력으로 돌아온 겁니까?"

"음? 아, 그렇지! 2배 중력 상태라네."

"정신을 잃어서 죄송합니다. 제가 얼마나 잔 겁니까?"

"그리 오래는 아니야. 기분이 어떤가?"

"좋습니다. 사실 아주 푹 쉰 기분인데요."

"보통 그런 효과가 있다네. 그러니까, 급가속 말이야. 영상을 더 보고 싶은가?"

"글쎄, 물론이죠. 선생님이 그렇게 말씀하신다면야."

"좋아." 그는 손을 뻗었고, 방 안은 다시 어두워졌다.

나는 그가 화성인의 영상을 더 보여줄지도 모른다는 생각에 마음을 단단히 먹고 있었다. 이번에는 겁에 질려 호들갑떨지 않을 생각이었다. 어쨌든 그저 화성인이 자리에 존재하지 않는다고 간주하고 행동해야만 했던 적은 여러 번 있지 않았던가. 고작 영상을 보는 정도로 영향이 있지는 않을 것이다. 아까는 그저 놀랐을 뿐이었다.

예상대로 여러 종류의 화성인 영상이 등장했다. 봉포르 씨가 함께 있는 영상도, 그렇지 않은 영상도 있었다. 나는 감정을 싣지 않고 그들을 관찰할 수 있었다. 공포나 역겨움을 느끼지 않고도.

문득 나는 그들을 보는 일이 꽤나 즐겁다는 사실을 깨달았다!

내가 탄성을 내뱉자 카펙은 영상을 정지시켰다. "문제라도?"

"선생님, 저한테 최면을 걸었군요!"

"그래도 된다고 했잖나."

"하지만 저는 최면술이 안 먹히는데요."

"그거 유감이로군."

"어…… 그래서, 어떻게든 해내셨단 말이지요. 그 사실을 인정하지 않을 정도로 어리석지는 않습니다." 그리고 나는 덧붙였다. "다시 한 번 영상을 시험해보죠. 이거 정말 믿을 수가 없군요."

그는 영상을 켰고, 나는 영상을 바라보며 의문에 휩싸였다. 편견을 버리고 보면 화성인은 역겨운 존재가 아니었다. 심지어는 흉측하지도 않았다. 사실 중국의 탑과 같은 묘한 우아함을 가진 존재였다. 물론 인간의 형상과는 거리가 있지만, 극락조 역시 마찬가지 아닌가. 그리고 극락조는 세상에서 가장 사랑스러운 생물이다.

나는 화성인이 촉수를 이용해 매우 다양한 감정 표현을 할 수 있다는 사실도 깨달았다. 어색한 몸동작을 보면 강아지들이 어설프게 친밀함을 표현하는 모습이 떠올랐다. 이제 나는 평생 동안 화성인을 증오와 공포라는 색안경을 통해 보았음을 깨닫게 되었다.

물론 그 악취에 적응하려면 조금 시간이 걸리겠지만. 이렇게 생각하다 나는 깜짝 놀랐다. 그 놓칠 리 없는 악취를 이미 맡고 있었지만, 조금도 신경이 쓰이지 않았던 것이다! 솔직히 말하자면 마음에 들기까지 했다. "선생님!" 나는 화급히 소리쳤다. "이 기계에 '방향' 장치가 붙어 있는 것 맞지요?"

"어? 아닐 것 같은데. 아니, 분명 없을 걸세. 요트에 싣기에는 무게가 너무 많이 나가거든."

"하지만 없을 리가 없어요. 지금 냄새를 맡을 수 있단 말입니다."

"아, 그렇지." 그는 살짝 죄책감이 드는 표정을 지었다. "친구, 자네에게 불편을 끼치지 않기를 바라는 일을 한 가지 했다네."

"그건 무슨?"

"자네 두개골 속을 헤집다보니, 자네가 화성인에 대해 보이는 신경증 증세의 대다수를 유발하는 요인이 화성인의 체취라는 사실을 알게 되었다네. 근본적인 처치를 할 수는 없어서 상쇄해 버리기로 했다네. 페니한테—요전에 여기 있던 젊은 아가씨 말이야—쓰는 향수를 좀 빌려달라고 했지. 미안하네만 친구, 앞으로 자네는 화성인에게서 파리에 있는 기쁨의 집 같은 냄새를 맡게 될 거야. 시간이 있었더라면 보다 친근하고 검소한 냄새, 그러니까 무르익은 딸기나 핫케이크와 시럽 같은 냄새를 사용할 수 있었겠지만, 당장 가까이 있는 물건을 쓸 수밖에 없었다네."

나는 코를 벌름거렸다. 그래, 실제로 진하고 값비싼 향수 같은 냄새가 났다. 하지만 젠장, 그 냄새는 화성인의 체취가 분명했다. "마음에 드는데요."

"마음에 들 수밖에 없겠지."

"하지만 여기 안에 병 하나를 통째로 쏟으신 모양입니다. 그 냄새로 흠뻑 절어 있어요."

"허? 그렇지 않은데. 30분 전에 자네 코 밑에 대고 스토퍼를 흔들었을 뿐이야. 향수병은 페니에게 돌려주었고, 그대로 가지고 가버렸다네." 그는 코를 킁킁거렸다. "이제 냄새가 나지는 않는데. 병에는 '정글의 욕망'이라고 적혀 있었다네. 사향이 꽤 많이 들어가 있는 것 같던데. 페니한테 선원들을 우주 현실도피증에 걸리게 할 생각이냐고 했더니 그냥 날 비웃기만 하더군." 그는 손을 뻗어 스테레오픽스의 전원을 내렸다. "이쪽은 충분히 본 것 같군. 이제 좀 더 유용한 쪽으로 들어갔으면 하는데."

영상이 사라지자 향기도 함께 사라졌다. 방향 장치가 있을 경우와 동일한 상황이었다. 나는 그 모든 일이 내 머릿속에서 일어난 것이라는 사실을 인정할 수밖에 없었다. 사실 배우이기 때문에 머리로는 이미 진실을 인지하고 있었지만 말이다.

잠시 후 돌아온 페니에게서는 화성인과 똑같은 향기가 났다.

나는 그 냄새가 정말로 마음에 들었다.

# 4장

내 교육은 선회를 할 때까지 그 방 안에서 계속됐다. 그러니까, 봉포르 씨의 손님용 객실 말이다. 최면술에 걸렸을 때를 제외하면 잠도 자지 않았고, 사실 잘 필요도 없는 모양이었다. 그러는 내내 카펙 박사와 페니 둘 중 하나가 내 옆에 붙어서 도와주었다. 다행스럽게도 내가 연기할 인물은 역사 속의 그 어떤 사람보다도 철저하게 촬영과 녹음을 당한 사람이었고, 가까운 사람들로부터 도움을 받을 수도 있었다. 자료는 끝이 없었다. 문제는 내가 그중 얼마를 받아들일 수 있느냐 뿐이었다. 깨어 있는 상태로든, 최면에 걸린 상태로든.

어느 시점에서 봉포르를 싫어하기를 그만두었는지는 모르겠다. 카펙은 그 문제에서 내게 최면 암시를 걸지 않았다고 단언했고, 나는 그 말을 믿는다. 그래도 되겠느냐는 허락을 요청한 적이 없으며, 카펙이 의사이자 최면요법사로서 윤리적 기준을 철저히 준수하는 사람이라 확신하기 때문이다. 하지만 역할을 맡으려면 당연한 일일지도 모른다. 사실 역할을 연구하기 시작하면 책 더 리퍼라도 좋아하게 될 것이라 생각한다. 이런 식으로 생각해보자. 역할을 진정으로 습득하려면, 잠시 동안 그 인물이 되어야 한다. 그리고 사람이란 자신을 좋아하거나 자살하거나 둘 중 하나를 선택하기 마련이다.

"모든 것을 이해하면 모든 것을 용서하게 된다." 그리고 나는 봉포르를 이해하기 시작하고 있었다.

선회 때는 닥이 약속한 대로 1중력 하에서 휴식을 취할 수 있었다. 한순간도 자유낙하 상태에 처하지는 않았다. 우주선 선원들은 항해 도중 토치를 끄는 일을 꺼리는 모양이라, 우주선은 닥이 180도 비대칭 선회라고 부르는 움직임을 유지했다. 우주선은 그대로 동력을 유지할 수 있으며 꽤 빠르게 움직이지만, 균형 감각에 묘하게 불쾌한 영향을 끼치게 된다. 그 효과에는 코리올라누스나 뭐 그런 이름이 붙어 있는 모양이다. 코리올리스였나?

내가 우주선에 대해 아는 것이라고는, 행성 표면에서 사용하는 우주선은 진짜 로켓이지만 우주선 선원들은 그걸 '찻주전자'라고 부른다는 것뿐이다. 동력으로 증기나 물이나 수소 제트 엔진을 사용하기 때문에 그렇게 부른다고 한다. 그런 우주선은 제트 엔진의 열원이 원자로인데도 선원들은 진짜 원자력 우주선으로 간주하지 않는다. 톰 페인 호와 같은 장거리 점프용 우주선, 즉 토치십이야말로 (그들의 말에 따르면) 진짜배기인데, E가 $MC^2$과 동일하다는 점을 완벽하게 활용하기 때문이라는 것이었다. 아니, M이 $EC^2$이었던가? 그 있잖나. 아인슈타인이 발명한 그거 말이다.

닥은 이런 모든 내용을 내게 설명하려고 최선을 다했고, 분명 관심 있는 친구들에게야 아주 흥미진진했을 것이다. 그러나 나 같은 신사가 그런 일에 신경을 써야 할 이유가 어디 있겠는가. 내가 보기에는 저 과학자라는 젊은이들이 계산용 자를 들고 바쁘게 일할 때마다 삶이 더 복잡해지는 것만 같다. 세상 모든 것을 그대로 두면 뭐가 잘못되기라도 하는 걸까?

1중력 하에 있는 두 시간 동안 나는 봉포르의 개인 선실로 이동했다. 그의 옷을 입고 분장도 했으며, 모두가 나를 '봉포르 씨'나 '대장'이나 (카펙 박사의 경우) '조지프'라고 부르려고 신경을 썼다. 물론 그 목적은 내가 역할에 익숙해지게 하는 것이었다.

사실 그 모든 것에 페니는 빠져 있었다……. 그녀는 절대 나를 '봉포르 씨'라고 부르지 않았다. 최선을 다해 협조하기는 해도 그것만은 힘든 모양이었다. 자신의 상사에게 홀로 이룰 수 없는 연심을 품는 그런 부류의 비서임이 대본을 보듯 명백했다. 때문에 그녀는 나를 향해 깊고 비논리적이지만 또한 자연스러운 혐오감을 품고 있었다. 우리 둘 모두에게 힘든 상황이었고, 특히 나로서는 그녀가 정말로 매력적이라고 생각하고 있었으니 더욱 그랬다. 어떤 남자도 자신을 혐오하는 여인을 계속 주변에 두고는 최고의 작업을 할 수 없는 법이다. 그러나 나는 그에 반응하여 그녀를 혐오할 수가 없었다. 정말로 유감이라 느낄 뿐이었다. 물론 확실히 짜증이 나기는 했지만.

우리는 이제 실제 상황에서 리허설을 하는 중이었다. 톰 페인 호의 승무원 모두가 내가 봉포르가 아니라는 사실을 알고 있지는 않았기 때문이다. 정확히 어느 사람이 대역 작전을 알고 있는지는 알 수 없었지만, 닥, 페니, 카펙 박사만 남으면 긴장을 풀고 질문을 던질 수 있었다. 봉포르의 선임 사무관인 워싱턴 씨는 알고 있는 것이 거의 확실했지만, 그런 기색을 전혀 드러내 보이지 않았다. 그는 여윈 체구에 나이 든 물라토로, 성인처럼 입을 굳게 다문 얼굴의 남자였다. 당연히 알고 있을 사람이 두 명 더 있었지만, 그들은 톰 페인 호에 타지 않고 고우 포 브로크 호에서 대기하며 연막작전을 지휘하고, 언론과 늘상 벌어지는 특보에 대처하고 있었다. 그 두 사람은 봉포르의 언론 담당 홍보관인 빌 콥스먼과 로저 클리프턴이었다. 클리프턴의 업무는 어떤 식으로 설명해야 할지 모르겠다. 정계 대리인이랄까? 기억할지도 모르겠지만, 그는 봉포르가 총리 자리에 올랐을 때 특임장관직을 맡았던 친구다. 하지만 이렇게 말하는 정도로는 전혀 설명이 되지 않는다. 은유적으로 말해보기로 하자. 봉포르는 정책을 나누어주고, 클리프턴은 관직을 나누어주는 것이다.

이 내부 그룹의 사람들은 당연히 알고 있어야 했다. 알고 있는 사람이 더 있을지도 모르지만, 굳이 내게 알려줄 필요는 없다고 생각하는 모양이었다. 물론 봉포르의 나머지 참모진이나 톰 페인 호의 승무원 모두가 뭔가 묘한 일이 벌어지고 있다는 정도는 알고 있었다. 그저 그 일이 무엇인지 알 필요가 없을 뿐이었다. 많은 이들이 내가 승선하는 모습을 지켜보았지만, 당시 나는 '베니 그레이'였다. 그리고 다시 만났을 때, 나는 이미 '봉포르'였다.

진짜 분장 도구를 가져다 놓을 정도로 선견지명이 있는 친구가 따로 있는 모양이었지만, 나는 도구는 거의 사용하지 않기로 했다. 가까운 거리에서 보면 분장이 드러나 보일 수도 있으니까. 실리콘 살점을 사용하더라도 피부의 질감까지 완벽하게 모사할 수는 없다. 나는 반영구 염색약으로 피부색을 한두 단계 어둡게 하는 정도로 만족하고, 내면에서 그의 얼굴을 드러나 보이게 하기로 마음먹었다. 물론 머리털을 꽤 많이 희생하고, 카펙 박사가 모근을 비활성화해주는 과정은 필요했다. 딱히 신경 쓰지는 않았다. 배우는 언제나 가발을 쓸 수 있으니까. 그리고 잘 풀린다면 원한다면 그대로 은퇴해서 여생을 보낼 수 있을 정도로 돈을 벌 수 있으리라 확신하고 있었다.

반면 때로는 그 '여생'이라는 것 자체가 그리 길지 않으리라는 점을 떠올리곤 했다. 너무 많은 것을 아는 사람에 대해서, 또는 죽은 사람이 이야기를 하는 일에 대해서 흔히들 인용하는 속담이 있지 않은가. 하지만 솔직히 말하자면 나는 이 사람들을 신뢰하기 시작했다. 모두가 끝내주게 좋은 사람들이었다. 그들을 통해 연설을 듣고 영상을 보는 것만큼이나 봉포르에 대해 많은 것을 알게 되었다. 내가 알게 된 바에 따르면, 정치인이란 한 사람이 아니라 하나의 팀을 일컫는 말이다. 봉포르 본인이 훌륭한 인물이 아니라면 이런 사람들을 주위에 모을 수는 없었을 것이다.

가장 걱정되는 것은 화성인의 언어 쪽이었다. 대부분의 배우들이 그렇듯이, 나는 카메라 앞이나 무대에서 속여 넘길 수 있을 정도의 화성어, 금성어, 외부 목성어 등을 주워들어 왔다. 그러나 그들의 굴리거나 더듬거리는 자음 발음을 따라하는 일은 상당히 힘들다. 인간의 발성 기관은 화성인의 발성막처럼 자유자재로 움직이지 않기 때문에, 여기서 그 음을 차용해 인간의 글자로 '크크크'나 '즈즈즈'나 '르르르' 따위로 옮겨 적어봤자 원래의 발음과는 완전히 다르게 마련이다. 반투어로 '누'를 'Gnu'라고 적을 때 G가 원래의 소리와는 전혀 관계가 없는 것처럼 말이다. 예를 들자면, '즈즈즈'는 혀를 내밀고 부르르 떨 때와 흡사한 소리가 난다.

다행히도 봉포르는 외국어에 별로 재능이 없는 사람이었다. 그리고 나는 프로다. 나는 어떤 소리든 명확하게 판별하여 흉내 낼 수 있다. 둥근톱이 장작더미 속의 못에 부딪칠 때 나는 소리에서, 알을 품고 있다가 방해를 받았을 때 암탉이 내는 소리에 이르기까지. 따라서 봉포르가 사용하는 것과 흡사하게 어딘가 부족한 화성어를 익혀야 했다. 그가 자신의 재능 부족을 벌충하기 위해 상당히 노력한 덕분에, 그가 알고 있는 모든 화성어 단어와 문구는 실수를 확인하고 교정할 수 있도록 시청각 녹화가 되어 있는 상태였다.

그래서 나는 사무실로 가져온 프로젝터를 보면서 필름을 추려내고 질문에 답변하는 페니를 대동한 채로 그의 실수를 연구했다.

인간의 언어는 네 가지 부류로 나뉜다. 앵글로-아메리칸과 같은 활용형, 중국어와 같은 관계형, 옛 투르크어와 같은 교착형, 에스키모어와 같은 (문장 단위로 구성되는) 복합형. 물론 이제는 여기에 인간의 두뇌로서는 거의 이해할 수 없는, 비반복 즉발형의 괴상한 금성어 등을 추가해야 할 것이다. 다행스럽게도 화성어는 인간의 언어와 닮은 점이 많았다. 상용 언어인 기초 화성어는 관계형이며, 단순하고 명확한 의미만을 전달한다. 예를 들어 인사말은 '나 당신 본다'이다. 고급 화성어는 복합형이며 상당히 많은 수사가 들어가고, 그들의 복잡한 상벌과 대가와 의무 시스템의 뉘앙스를 곳곳에 포함하고 있다. 봉포르에게는 너무 힘든 일이었을 것이다. 페니가 말해준 바로는, 봉포르는 그들이 문자로 사용하는 죽 늘어선 점들은 어렵지 않게 읽어낼 수 있었지만, 말할 수 있는 고급 화성어는 문장 수백 개 정도에 지나지 않았다고 한다.

세상에, 그가 익힌 얼마 안 되는 문장들을 내가 얼마나 열심히 연습했는지!

페니는 나보다 더욱 심한 부담을 겪고 있었다. 그녀와 닥 모두 화성어를 약간 할 수 있었지만, 닥은 대부분 조종실에 들어앉아 있어야 했기 때문에 나를 가르치는 일은 그녀의 몫이 되었다. 작이 죽어서 일손이 부족해진 것이다. 우리는 도킹 지점까지 남은 수백만 마일 동안 2배 중력에서 1배 중력으로 가속을 늦추며 움직였는데, 그동안 그는 한 번도 아래로 내려오지 않았다. 나는 그 시간 동안 페니의 도움을 받아 입문 의식에 필요한 제례를 암기했다.

크크카 둥지의 일원이 되겠다고 받아들이는 연설을 완전히 익혔을 때 이런 일이 벌어졌다. 그 연설은 본질적으로는 정통파 유대교도 소년이 성년의 의무를 받아들이겠다고 말하는 선서문과 흡사한 느낌이었지만, 《햄릿》의 독백처럼 모든 단어가 규정되어 바꿀 수 없도록 이루어져 있었다. 나는 봉포르의 발음 실수와 얼굴 경련까지 넣어서 연설문을 낭독한 다음 물었다. "방금 그거 어땠나?"

"꽤나 괜찮군요." 그녀는 진지하게 대답했다.

"고맙네, 컬리 탑." 이 호칭은 봉포르의 화성어 연습용 녹음 필름에서 얻어들은 거였다. 봉포르가 편안한 기분일 때 그녀를 부르는 호칭이었다. 지금 상황에 딱 맞는 연기이기도 했다.

"감히 그런 식으로 나를 부르지 마!"

나는 정말로 깜짝 놀라서 그녀를 바라보며 말했다. 여전히 역할을 유지한 채로. "왜 그러는 게냐, 우리 착한 페니!"

"그렇게도 부르지 마! 이 가짜! 사기꾼! 이…… 배우 주제에!" 그녀는 자리에서 벌떡 일어나 최대한 멀리, 즉 문가까지 도망갔다. 그리고 그곳에 서서 내게서 얼굴을 돌린 채로, 손에 얼굴을 묻고 흐느끼면서 어깨를 떨고 있었다.

나는 엄청난 노력을 기울여 배역에서 억지로 빠져나왔다. 봉포르를 뱃속에서 끄집어내 내 진짜 얼굴이 드러나게 만든 다음, 내 목소리로 말했다. "러셀 양!"

그녀는 울음을 멈추고 몸을 돌렸고, 나를 보고는 놀라 입을 벌렸다. 나는 여전히 나 자신인 채로 덧붙였다. "이리 와서 여기 앉으시죠."

거절할 것처럼 보였지만, 다음 순간 마음을 고쳐먹었는지 천천히 자리로 돌아와 앉았다. 손은 무릎에 올려놓고 있었지만, 얼굴에는 여전히 '독설을 쏟아낼 준비를 하고 있는' 여자아이의 표정이 떠올라 있었다.

나는 한동안 아무 말도 하지 않고 가만히 앉아 있게 한 다음, 나직한 목소리로 입을 열었다. "그래요, 러셀 양. 나는 배우가 맞습니다. 그런 이유 때문에 나를 모욕하는 겁니까?"

그녀는 고집을 전혀 풀지 않는 표정이었다.

"나는 배우로서 배우의 일을 하러 여기 온 겁니다. 그 이유는 아시겠죠. 또한 내가 속임수에 걸려 이 일을 맡게 되었다는 것도 알고 있을 겁니다. 내가 아무리 정신이 나가도 두 눈을 뜨고는 이런 일을 맡을 리가 없으니까요. 당신이 내게 이 일을 시키고 싶지 않은 감정보다 내가 이 일을 하고 싶지 않은 감정이 더 클 겁니다. 브로드벤트 선장은 자신 있게 말하지만, 나는 목숨이 붙은 채로 이 일을 끝낼 수 있을지 확신할 수가 없습니다. 그리고 이 목숨은 정말 소중하거든요. 단 하나밖에 없으니 말입니다. 또한 당신이 왜 나를 인정하기 힘들어하는지도 알고 있다고 생각합니다. 하지만 꼭 필요한 것 이상으로 내 일을 힘들게 만들어야 하는 이유가 딱히 있는 겁니까?"

그녀는 입속으로 혼잣말을 웅얼거렸다. 나는 날카롭게 말했다. "똑바로 말해요!"

"정직하지 못한 일이에요! 추잡한 일이라고요!"

나는 한숨을 쉬었다. "물론 그렇겠지요. 뿐만 아니라 불가능에 가까운 일이기도 합니다. 다른 연기자들의 진심어린 지원이 없으면 말이죠. 그러니 브로드벤트 선장을 이리 불러서 그렇게 말하도록 합시다. 여기서 끝내자고요."

그녀는 얼굴을 번쩍 들더니 말했다. "안 돼요! 그럴 수는 없어요."

"왜 안 된다는 거지요? 진행하다가 발각되는 것보다는 여기서 포기하는 편이 훨씬 나을 겁니다. 나는 이런 상황에서는 연기를 할 수가 없어요. 인정합시다."

"하지만…… 하지만…… 해야 해요! 꼭 필요한 일이라고요."

"왜 필요하다는 거죠, 러셀 양? 정치적 이유입니까? 나는 정치에는 조금도 관심이 없습니다. 그리고 그쪽도 큰 관심을 가진 건 아닌 것으로 보입니다만. 그런데 왜 우리가 그런 걸 해야만 하는 겁니까?"

"그건…… 그건 그분께서……." 그녀는 흐느끼느라 목이 메어 제대로 말을 이을 수 없었다.

나는 자리에서 일어나 그쪽으로 가서 그녀의 어깨에 손을 얹었다. "압니다. 그러지 않으면 그가 수년에 걸쳐 이룩한 것이 전부 무너질 테니까요. 본인이 할 수 없어서, 친구들이 그의 문제를 덮어주고 그를 위해 대신하고 싶을 테니까요. 그의 친구들이 충성을 바치기 때문에. 당신이 그에게 충성을 바치기 때문에.

그렇다고 해도 그의 정당한 자리를 다른 사람이 차지한다는 것만으로도 고통스러울 겁니다. 거기다 비탄과 그에 대한 걱정 때문에 반쯤 정신이 나가 있을 테고요. 그렇지 않습니까?"

"그래요." 거의 알아들을 수도 없는 목소리였다.

나는 그녀의 턱을 잡고는 위로 들어올렸다. "내가 그의 자리를 대신 차지하고 있는 일이 왜 그리 견디기 힘든지 알고 있습니다. 당신은 그를 사랑하니까. 하지만 나는 지금 내가 아는 방법으로 그를 위해 최선을 다하고 있습니다. 똑똑히 보라고, 이 여자야! 나를 쓰레기 취급해서 내 일을 여섯 배는 더 힘들게 할 필요가 있나?"

그녀는 충격을 받은 표정이었다. 잠시 동안 그녀가 내 따귀를 때릴 거라는 생각이 들었다. 이내 그녀는 더듬거리며 말했다. "미안해요. 정말로 죄송해요. 다시는 이런 일이 없도록 하겠습니다."

나는 그녀의 턱을 놓고 경쾌하게 말했다. "그럼 다시 일로 돌아갑시다."

그녀는 움직이지 않았다. "용서해줄 수 있나요?"

"용서할 일이라곤 없어요, 페니. 그를 사랑하고 있고 걱정에 몸이 달아서 실수를 한 것뿐이니까. 그럼 이제 시작합시다. 글자 하나까지 완벽하게 연기해야 하니까요. 게다가 이제 몇 시간밖에 남지 않았고." 나는 즉시 다시 역할에 빠져들었다.

그녀는 필름 하나를 꺼내고 프로젝터를 다시 작동시켰다. 나는 그의 수락 연설 영상을 다시 한 번 끝까지 본 다음, 음소거 상태에서 내 목소리—아니, 그의 목소리—를 영상에 맞추어 그대로 읊었다. 페니는 어안이 벙벙한 표정으로 내 얼굴과 영상을 번갈아 바라보았다. 연설이 끝나자 나는 직접 프로젝터를 껐다.

"방금 어땠나?"

"완벽했어요!"

나는 봉포르의 웃음을 머금었다. "고맙네, 컬리 탑."

"천만에요…… '봉포르 씨'."

두 시간 후 우리는 고우 포 브로크 호와 도킹했다.

닥은 고우 포 브로크 호에서 건너온 로저 클리프턴과 빌 콥스먼을 바로 내 선실로 데려왔다. 영상을 통해 이미 잘 아는 얼굴들이었다. 나는 자리에서 일어나서 말했다. "잘 있었나, 로그. 이렇게 보게 되니 반갑구먼, 빌." 따뜻하지만 가벼운 목소리로, 이들의 긴밀한 관계를 감안한 인사였다. 서둘러 지구에 다녀오느라 고작 며칠 동안 떨어져 있었을 뿐이니까. 나는 다리를 절룩거리며 다가가 손을 내밀었다. 우주선은 고우 포 브로크 호의 화성에 근접한 궤도에 맞추느라 저출력 상태에 있었다.

클리프턴은 재빨리 나를 힐끔 보고는 맞추어 연기를 했다. 그는 입에서 시가를 빼고는 악수를 한 다음 나직하게 "돌아오셔서 다행입니다, 대장"이라고 말했다. 작은 키에 머리가 벗겨진 중년 남자로, 법률가 겸 능숙한 포커 플레이어로 보이는 사람이었다.

"내가 자리를 비운 동안 별 일은 없었나?"

"아뇨, 매번 있던 일뿐입니다. 페니에게 자료를 넘겼습니다."

"좋네." 나는 빌 콥스먼을 돌아보며 다시 손을 내밀었다.

그는 악수를 받지 않았다. 대신 그는 옆구리에 주먹을 대고 나를 올려다 본 다음 휘파람을 불었다. "대단하군! 정말로 될 수도 있을 거라는 생각이 드는데." 그는 위아래로 나를 훑어보고는 말했다. "이리 좀 돌아봐, 스마이스. 움직여보라고. 걷는 자세를 보고 싶은데."

봉포르가 불필요한 무례한 태도를 마주쳤을 때 느꼈을 법한 짜증이 실제로 내 마음속에서 일어났고, 당연하지만 내 얼굴에도 그런 기색이 드러났다. 닥은 콥스먼의 소매를 당기며 재빨리 말했다. "그만두게, 빌. 어떻게 하기로 했는지 잊은 건가?"

"쫄기는!" 콥스먼이 대답했다. "이 방에는 방음 장치가 되어 있다고. 그냥 준비가 다 됐는지 확인하고 싶을 뿐이야. 스마이스, 자네 화성어는 어떤가? 제대로 흉내 낼 수 있겠나?"

나는 고급 화성어로 끽끽대는 단음절어 한 마디를 읊조려 대답했다. 그 뜻은 대강 '규율에 따르자면 우리 둘 중 하나는 이곳을 떠나야 한다!'라는 뜻이었다. 그러나 그 진정한 의미는 그 이상으로, 이 말이 나온 후에는 보통 둘 중 하나의 둥지에 그 개체의 사망 소식이 전해지는 것으로 사태가 끝나게 된다.

웃으며 대답하는 꼴을 보니 콥스먼은 전혀 이해하지 못하는 모양이었다. "칭찬해줄 수밖에 없군, 스마이스. 훌륭한데."

그러나 닥은 이해한 모양이었다. 그는 콥스먼의 팔을 붙들고 말했다. "빌, 관두라고 말했을 텐데. 자네는 지금 내 우주선 안에 있고, 이건 명령이야. 지금부터 제대로 맞춰서 연기를 하게. 한순간도 빼놓지 말고."

클리프턴이 덧붙였다. "저 사람 연기에 맞추어주라고, 빌. 그런 식으로 해야 한다고 다들 동의했지 않나. 그러지 않으면 누군가 실수를 할지도 몰라."

콥스먼은 그를 힐끔 바라보더니 이내 어깨를 으쓱해 보였다. "알았어, 알았다고. 그냥 확인 좀 했을 뿐이야. 애초에 내가 꾸민 계획 아니었나." 그는 나를 향해 한쪽 입꼬리를 올려 웃음을 지으며 말했다. "잘 지내셨습니까, 봉포르 씨. 돌아오셔서 기쁘군요."

'씨'에 약간 과도하게 강조가 들어가기는 했지만, 나는 그에 맞춰 대답을 했다. "돌아오니 좋군, 빌. 내려가기 전에 내가 알아둬야 할 일은 없나?"

"없는 것 같은데요. 의식 후에 고다드 시티에서 기자회견이 있을 예정입니다만." 보아하니 내가 자신의 보고를 어떻게 받아들이는지 살피고 있는 모양이었다.

나는 고개를 끄덕였다. "잘 알겠네."

닥이 다급하게 끼어들었다. "잠깐, 로그, 그게 무슨 소린가? 꼭 필요한 건가? 자네가 확인한 건가?"

"선장이 안절부절 못하기 전에 덧붙일 생각이었는데." 콥스먼이 클리프턴을 돌아보며 말을 이었다. "내가 알아서 처리하고, 기자들에게 대장이 의식 도중에 건성후두염이 도졌다고 말할 생각이야. 아니면 미리 준비해놓은 질문만 받기로 하고, 의식이 진행되는 도중에 내가 답변을 써줄 수도 있겠지. 이렇게 가까이서 봐도 모습이나 목소리가 완벽하니, 그 정도는 감수할 만하다고 생각하는데. 어떻게 생각하십니까, '봉포르' 씨? 할 수 있을 것 같나요?"

"아무 문제도 없을 것이라 생각하네, 빌." 정체를 들키지 않고 화성인들의 눈을 통과할 수 있다면야 인간 기자 한 무리 정도는 원하는 만큼 대화를 나누어도 아무 문제없을 것이라 자신할 수 있었다. 이제 봉포르의 대화 방식에 완벽히 익숙해져 있었으며 그의 정책과 정견에 있어서도 대충 감을 잡고 있었기 때문이다. 그리고 딱히 명확한 대상을 지칭해 말할 필요는 없었으니까.

클리프턴은 걱정하는 얼굴이었다. 그러나 그가 입을 열기 전에 우주선의 스피커가 먼저 울부짖었다. "선장님은 지금 즉시 조종실로 와주십시오. 4분 전입니다."

닥이 서둘러 말했다. "자네들끼리 전부 마무리를 짓게. 지금은 이 썰매를 격납고에 밀어 넣어야 하니까. 도울 사람이라고는 애송이 엡스테인밖에 없단 말이야." 그는 서둘러 문 쪽으로 달려갔다.

콥스먼이 소리쳤다. "잠깐, 선장! 한 가지 할 말이 있는데……." 그는 잠시 멈춰 작별인사를 하지도 않고 그대로 선장을 따라 문으로 나가버렸다.

로저 클리프턴은 콥스먼이 열어두고 간 문을 닫은 다음, 자리로 돌아와서 천천히 입을 열었다. "기자회견이라는 위험을 감수하고 싶습니까?"

"자네들에게 달린 문제지. 내가 맡은 일이라면 하고 싶다네."

"음……, 그렇다면 감수할 만한 가치는 있겠군요. 질문을 미리 준비하는 방식으로 말입니다. 하지만 실제로 회견을 하기 전에 빌의 답변을 제가 검토해보겠습니다."

"잘 알겠네." 그리고 나는 덧붙였다. "미리 10분 정도 답변을 살펴보게 해준다면 아무런 문제도 없을 걸세. 나는 뭐든 빨리 익힐 수 있거든."

그는 나를 살펴보았다. "그거 하나는 명백하군요…… 대장. 좋아요, 의식이 끝난 다음에 페니를 통해서 답변 목록을 전달하겠습니다. 그러면 잠시 화장실에라도 가셔서 완벽하게 암기해 나오면 되겠지요."

"그 정도면 되겠지."

"그렇겠죠. 어, 이제 직접 뵙고 나니 훨씬 기분이 나아졌다고 말씀드려야 할 것 같습니다. 달리 제가 도움을 드릴 것은 없습니까?"

"없는 것 같네, 로그. 아, 한 가지 있기는 하군. 혹시…… '그'에 대한 소식은 없나?"

"아? 음, 있기도 하고 없기도 합니다. 아직 고다드 시티에 있기는 한 모양입니다. 그건 확실하죠. 화성 밖으로 나가지도, 나라 밖으로 나가지도 않았습니다. 그러려는 생각이었으면 우리가 확실히 저지한 셈이죠."

"흠? 고다드 시티는 그리 큰 동네가 아니지 않나? 인구가 1만 명 정도밖에 안 될 텐데? 문제가 뭔가?"

"문제는 우리 측에서 당신이, 아니 그러니까 '그'가 실종되었다는 점을 인정할 수가 없다는 겁니다. 일단 입문 의식을 처리하고 나면 당신을 눈에 띄지 않는 곳에 감추어놓고, 납치 사건이 방금 일어났다고 선포할 수 있겠지요. 그러면 당국에서 도시를 나사 하나까지 분해해 살펴볼 겁니다. 도시 관료들은 모두 인류당에서 지명한 사람들이지만, 의식을 마친 후에는 협조를 할 수밖에 없을 테지요. 세상에서 제일 적극적인 협조가 될 겁니다. 크크카그랄 둥지에서 그들을 휩쓸어버리고 도시를 그대로 분해하기 전에 찾아내려면 서둘러야 할 테니까요."

"아, 나는 아직도 화성인의 정신세계와 습속을 익히는 중이라네."

"우리 모두 그렇지요!"

"로그, 하나 물어보겠네. 음…… 그가 아직 살아 있으리라 생각하는 이유가 뭔가? 그를 죽인다면 목적 완수도 편해질 테고 위험 부담도 줄어들지 않겠나?" 냉혹하게 행동하기만 한다면 시체 하나 정도 없애는 일이 얼마나 간단한지를 눈앞에서 직접 목격한 참이었다.

"무슨 뜻인지 알겠습니다. 하지만 그 문제 역시 화성인들의 '적절함'의 개념과 연관되어 있습니다. (그는 '적절함'을 화성인들의 단어로 말했다) 의무를 이행하지 못했을 때, 그들이 받아들이는 유일한 변명은 바로 죽음입니다. 만약 그를 단순히 살해한다면 화성인들은 죽음 이후에도 그를 둥지의 일원으로 받아들일 겁니다. 그러면 그 둥지 전체, 아마도 화성의 모든 둥지가 그의 복수를 하려고 들고 일어설 겁니다. 인류 종족 전체가 죽음을 맞거나 살해당하더라도 화성인들은 신경조차 쓰지 않을 겁니다. 하지만 입문을 막으려 죽여버린다면……, 그건 완전히 다른 이야기가 되는 겁니다. 의무와 적절함의 문제거든요. 화성인이 특정 상황에 반응하는 경우를 보면, 때로는 너무 자동적이라 본능에 의한 행동이 떠오르기도 합니다. 물론 엄청난 지성을 가지고 있으니 본능은 아니겠지요. 하지만 정말 빌어먹을 방식으로 행동하는 경우도 있거든요." 그는 얼굴을 찌푸리며 덧붙였다. "때론 서식스 지방을 떠나지 않는 편이 나았을 거라는 생각이 들기도 합니다."

경고음이 들려와 우리는 대화를 멈추고 침대로 향했다. 닥은 일부러 시간을 빠르게 맞춘 모양이었다. 자유낙하에 들어갔을 즈음에는 고다드 시티에서 온 셔틀 로켓이 우리를 기다리고 있었다. 우리 다섯은 다 함께 내려가기로 했고, 객실에는 딱 그 숫자만큼의 자리가 있었다. 이번에도 치밀한 계획의 승리였다. 상주 대표 의원이 우주선으로 올라와 나를 만나고 싶다는 의견을 피력했고, 브로드벤트가 우리 쪽에서 남은 자리를 전부 사용해야 한다는 점을 고지한 다음에야 포기했기 때문이다.

내려가는 동안 나는 화성의 지표를 제대로 살펴보려 노력했다. 지금까지는 톰 페인 호의 조종석에서 한 번 슬쩍 보는 정도밖에는 할 수 없었기 때문이다. 수도 없이 가본 곳이어야 하는데, 그걸 보면서 통상적인 관광객의 호기심을 표출해 보일 수는 없지 않겠는가. 그러나 제대로 볼 수조차 없었다. 셔틀의 조종사는 활강 궤도에 들어갈 때까지 우주선을 기울여주지 않았고, 그때쯤 나는 산소마스크를 챙겨 쓰느라 바빴기 때문이다.

그 끔찍한 화성식 산소마스크가 우리를 끝장낼 뻔 했다. 그걸 미리 연습할 시간이 없었기 때문이다. 닥은 미처 생각을 하지 못했고, 나는 그게 문제가 될 거라고 예상조차 할 수 없었다. 예전에 우주복과 수중용 호흡기를 착용해본 적이 있었기 때문에 이번에도 같을 것이라 여기고 있었던 것이다. 그렇지 않았다. 봉포르가 좋아하는 마스크는 입을 덮지 않는 종류로, 미쓰비시의 '스위트 윈드'였다. 콧구멍 속에 직접 압축 공기를 제공하는 기구다. 코 집게와 콧구멍 마개가 있고, 콧구멍 안으로 들어가는 튜브가 귀 밑을 통해 목 뒤편에 달려 있는 압축공기 공급기로 연결된다. 익숙해지고 나면 훌륭한 기계라는 점은 인정하겠다. 착용한 채로 말하고 먹고 마실 수 있으니 말이다. 그러나 나로서는 차라리 치과 의사의 양손을 입 안에 넣는 쪽을 택하겠다.

진짜 문제는 후두부의 근육을 의식적으로 닫는 연습을 해야 한다는 것이다. 압력 차이를 이용해 작동하는 기계이기 때문에, 그러지 않으면 찻주전자처럼 쉭쉭거리는 소리가 계속 나게 된다. 다행히도 조종사는 승객 모두가 마스크를 착용하자 내부 기압을 화성 수준으로 낮추어주었고, 나는 20분 동안 그 기구를 사용하는 법을 익힐 수 있었다. 그러나 잠시 동안은 이 한심한 장난감 때문에 모든 일이 들통날 것이라는 생각을 피할 수가 없었다. 그러나 나는 곧 정신을 차리고, 이 물건을 지금까지 수백 번은 사용해봤으며, 이제는 칫솔만큼이나 익숙해졌다고 되뇌었다. 이내 나는 그 사실을 믿게 되었다.

닥의 준비 덕분에 내려가는 한 시간 동안 상주 대표 의원과 한담을 나누는 일은 막을 수 있었지만, 그걸로 완전히 떨쳐내지는 못한 모양이었다. 그는 공항 활주로까지 셔틀을 마중 나왔다. 시간을 아슬아슬하게 맞춘 덕분에 다른 사람들을 상대할 필요는 없었다. 도착하자마자 화성인들의 도시로 가야 했기 때문이다. 당연한 일이기는 해도, 나의 동족들보다 화성인들과 어울리는 편이 더 안전하다니 정말 괴상한 상황이었다.

그것도 화성에서 그런 일을 겪게 되다니.

# 5장

부스로이드 의원은 물론 인류당에서 임명한 사람이며, 공공 기술직을 제외하면 그의 모든 부하들 역시 마찬가지이다. 그러나 닥은 부스로이드가 음모에 연관되어 있지 않을 가능성이 6대 4라고 말해주었다. 정직하지만 어리석은 사람으로 간주하는 모양이었다. 그리고 같은 이유로 닥이나 로그 클리프턴 모두 퀴로가 총리가 이 일에 연관되어 있을 것이라 생각하지 않았다. 그들은 납치 사건의 주범이 자기네들을 '행동파'라고 부르는 인류당 내부의 은밀한 테러 집단일 것이라 추측했다. 그리고 그들 뒤에는 그런 행동에서 상당한 이득을 얻는 거물 재력가들이 존재할 것이라 여겼다.

나로서는 행동파와 햄버거 판매원도 구별하지 못할 지경이었지만 말이다.

그러나 화성에 착륙한 직후, 우리 친구 부스로이드가 닥이 생각한 만큼 정직하고 어리석은 친구인지 의심이 들 만한 사건이 하나 일어났다. 사소한 일이긴 했지만, 역할 연기에 구멍을 뚫는 것은 항상 이런 사소한 일들이다. 내가 '매우 중요한 손님'이었기 때문에 의원은 나를 만나고 싶어 했다. 또한 대의회의 의원직 외에 다른 직책이 없으며 개인 여행 중이었기 때문에 공식적인 의례 따위는 없었다. 주변에 있는 사람은 보좌관뿐이었다. 덤으로 15세 정도 되는 소녀 한 명하고.

사진으로 이미 의원의 얼굴을 비롯한 꽤나 많은 내용을 알고 있는 상태였다. 로그와 페니가 세심하게 요약정리를 해주었기 때문이다. 나는 그와 악수를 나누고, 부비강염 증세는 요새 어떤지 묻고, 마지막으로 방문했을 때 보냈던 즐거운 시간에 대해 감사 인사를 하고, 봉포르의 장기라 할 수 있는 따뜻한 남자 대 남자의 자세로 보좌관과 대화를 나누었다. 그리고 나는 꼬마 숙녀 쪽으로 시선을 돌렸다. 부스로이드에게 자녀가 있으며, 그중 하나가 어림잡아 이 정도 나이와 성별이라는 사실은 알고 있었다. 내가 모르는 것은—그리고 아마도 로그와 페니도 모르는 것은—내가 이 아이를 만난 적이 있는지였다.

나를 구해준 것은 부스로이드였다. "아마 내 딸 디어드리를 만나본 적은 없으시겠지요. 꼭 따라오고 싶다고 해서 말입니다."

내가 연구한 영상 속에는 봉포르가 소녀를 대하는 모습은 나오지 않았다. 따라서 나는 단순히 봉포르 그 자신이 되어야 했다. 자기 아이도 조카딸도 가져본 적이 없는 50대 중반의 독신남으로, 10대 소녀들을 대한 경험은 별로 없지만 온갖 부류의 낯선 이들을 대면하는 일에는 능숙한 사람으로 말이다. 따라서 나는 그녀가 실제 나이의 두 배는 되는 것처럼 대하기로 했다. 손에 입을 맞추는 것만 빼고. 아이는 얼굴을 붉히며 제법 기뻐하는 모습이었다.

부스로이드는 아이가 사랑스러워 어쩔 줄 모르는 표정으로 말했다. "얘야, 어서 부탁을 해보거라. 또 언제 기회가 있을지 모르니까."

그녀는 더욱 얼굴을 붉히며 말했다. "선생님, 혹시 서명을 받을 수 있을까요? 저희 학교 친구들이 서명을 모으거든요. 쿼로가 씨 서명은 있어요……. 선생님 서명도 받고 싶어요." 그녀는 뒤춤에 숨기고 있던 작은 책을 앞으로 내밀었다.

나는 면허증 제출을 요구받은 헬리콥터 조종사 같은 느낌이 들었다. 면허증은 집에 놔두고 온 다른 바지에 들어있는데 말이다. 온갖 것을 연구했는데도 봉포르의 서명을 위조할 일이 있을 거라는 생각은 하지도 못했다. 젠장, 이틀 반 정도로 모든 것을 익힐 수는 없는 일 아닌가!

하지만 봉포르로서 이런 요구를 거절할 수 있을 리가 없었다. 그리고 나는 봉포르였다. 나는 기분 좋게 웃으며 말했다. "쿼로가 씨 서명이 있다고 하셨지요?"

"네, 선생님."

"서명만 있나요?"

"네. 어…… 거기다 '행운을 빌며'라고 적어주셨어요."

나는 부스로이드 쪽으로 윙크를 해 보였다. "'행운을 빌며'로

끝인가요? 나는 젊은 아가씨들에게는 항상 '사랑을 담아'를 붙이는 것을 잊지 않는데 말입니다. 어디 그러면 이렇게 해보죠." 나는 그녀에게서 작은 책을 받아들고 책장을 넘기며 훑어보았다.

"대장." 닥이 다급하게 말했다. "이제 시간이 별로 없습니다."

"진정 좀 하게." 나는 고개를 들지도 않고 말했다. "아가씨 한 명을 위해서라면 화성 전체가 기다릴 수도 있는 법이야." 나는 페니에게 책을 넘겼다. "책의 크기를 확인해주겠나? 나중에 거기 붙일 만한 크기의 사진을 보내라고 일러주게. 물론 제대로 서명을 해서 말이야."

"알겠습니다, 선생님."

"그렇게 해도 괜찮겠나요, 디어드리 양?"

"네!"

"좋아요. 부탁해줘서 고맙군요. 이제 떠나도 되네, 선장. 의원님, 저쪽이 우리 차입니까?"

"그렇습니다, 봉포르 씨." 그는 절레절레 고개를 저었다. "아무래도 우리 가족 한 명을 그쪽의 확장주의 이단으로 개종시켜 버리신 모양이로군요. 취미 삼아 하시는 겁니까? 오리 사냥이나 뭐 그런 식으로?"

"따님을 못된 사람들에게 노출시키면 곤란하다는 교훈이 되겠지요. 아, 디어드리 양?" 나는 다시 악수를 나누었다. "이렇게 찾아와주셔서 감사합니다, 의원님. 애석하지만 이제 서둘러야 할 것 같군요."

"아, 물론입니다. 즐거웠습니다."

"고맙습니다, 봉포르 선생님!"

"내 쪽이 더 고맙지요."

나는 갑작스럽거나 초조해 보이지 않도록 천천히 몸을 돌렸다. 주변에는 여전히 포토그래퍼와 뉴스 차량과 녹음기와 수많은 기자들이 있었다. 빌은 기자들이 우리에게 다가오지 못하도록 막고 있었다. 우리가 이동하려 방향을 돌리자, 그는 손을 흔들며 "나중에 봅시다, 대장"이라고 말하고는 다시 기자 한 명과 대화를 시작했다. 로그, 닥, 페니는 나를 따라 차에 올라탔다. 우주 공항은 언제나 그렇듯 제법 붐비고 있었다. 지구의 우주 공항만큼은 아니지만, 그래도 꽤나 사람이 많았다. 부스로이드가 내 연기에 넘어간 이상 다른 사람들에는 딱히 걱정이 들지 않았다. 물론 내가 봉포르가 아니라는 사실을 아는 사람이 분명 이곳에 나와 있을 테지만 말이다.

그러나 나는 그런 작자들에게는 신경을 쓰지 않기로 했다. 자기들의 범죄 행각을 드러내지 않고는 우리를 귀찮게 할 수 없을 테니까.

차는 롤스로이스 아웃랜더로 내부 기압 조절이 되어 있었지만, 다른 사람들이 산소마스크를 벗지 않았기 때문에 나도 그대로 놔두기로 했다. 나는 오른쪽에 자리를 잡았고, 로그가 내 옆에 앉고, 페니가 그 옆에 앉았다. 닥은 접이식 의자에 긴 다리를 휘감으며 앉았다. 운전사는 칸막이 너머에서 우리를 힐끔 보고는 시동을 걸었다.

로그가 나직하게 말했다. "거기서 잠깐 걱정을 좀 했습니다."

"걱정할 일이 뭐가 있나. 그럼 이제 다들 조용히 좀 해주겠나. 마지막으로 연설을 검토해보고 싶으니."

사실은 화성의 풍경을 보고 감탄하고 싶었을 뿐이다. 연설 내용은 완벽하게 암기하고 있었으니까. 운전사는 우리를 태운 채 수많은 창고를 지나쳐 공항 북쪽 끝으로 나왔다. 버위스 무역회사, 다이애나 유한운송회사, 삼행성 연맹, I. G.파벤인더스트리 등의 간판이 보였다. 거의 인간과 비슷한 수의 화성인들이 주변에 보였다. 우리 지구 땅돼지들은 화성인이 달팽이처럼 느리다는 인상을 가지고 있다. 그리고 보다 중력이 강한 우리 행성에서는 실제로 느리기도 하다. 그러나 그들의 고향 행성에서는 바위 위를 흘러가는 물처럼 동체의 밑동을 놀려 부드럽게 미끄러지듯 움직인다.

우리의 오른쪽, 그러니까 남쪽으로는 공항의 활주로 너머로 너무 가깝게 대운하의 지평선이 보였다. 건너편 기슭은 보이지 않았다. 우리 앞에는 크크카 일족의 둥지가 환상 속의 도시처럼 기다리고 있었다. 그 연약한 아름다움을 바라보며 가슴이 뛰고 있을 때 갑자기 닥이 몸을 움직였다.

창고 주변의 차들을 지나치며 무리 없이 움직이고 있는데 바로 앞에서 우리를 향해 달려오는 차가 한 대 보였다. 나는 별 생각 없이 그 모습을 바라보고 있었지만, 닥은 문제가 일어날 경우를 항상 대비하고 있었던 모양이다. 다른 차가 제법 가까워지자, 그는 갑자기 칸막이를 밀어 넘어트린 다음 운전석으로 몸을 들이밀고, 운전사의 목 너머로 팔을 뻗어 운전대를 잡았다. 우리 차는 방향을 오른쪽으로 틀어 간신히 충돌을 면했고, 다시 왼쪽으로 틀어 간신히 도로에서 벗어나지 않았다. 아슬아슬한 상황이었다. 이제 공항을 벗어나 운하변의 고속도로를 달리는 중이었기 때문이다.

며칠 전 아이젠하워 호텔에서는 닥에게 별 도움이 되지 못했지만, 당시에는 무기도 없고 문제가 일어나리라는 생각도 하지 못하고 있었다. 오늘 역시 독설을 제외하면 무기가 없는 것은 마찬가지였지만, 마음의 준비는 조금 더 되어 있는 상황이었다. 닥은 뒷좌석에서 몸을 뻗어 차를 운전하느라 정신이 없었다. 그리고 운전사는 처음에는 당황했으나 이제는 다시 운전대를 빼앗아 오려고 애를 쓰고 있었다.

나는 앞으로 달려가 왼손으로 운전사의 목을 감은 다음, 오른손 엄지로 갈빗대를 세게 찔렀다. "움직이면 그대로 날아갈 줄 알아!" 〈이층의 신사〉에 등장하는 악당 주인공의 목소리였다. 대사 역시 그 주인공의 것이었다.

포로는 순식간에 매우 잠잠해졌다.

닥이 다급하게 물었다. "로그, 저 자들이 뭘 하고 있나?"

클리프턴은 뒤를 돌아보더니 말했다. "차를 돌리고 있는데."

닥이 대답했다. "좋습니다, 대장. 앞으로 넘어갈 테니 계속 총을 대고 계십쇼." 말을 하면서 이미 움직이고 있었다. 비좁은 차 안에서 긴 다리를 움직이는 일이 꽤나 힘들어 보였다. 그는 운전석에 자리를 잡고는 기쁜 듯 말했다. "바퀴 달린 물건으로는 고속도로에서 롤스로이스를 따라잡을 수 없지." 그는 댐퍼를 잡아당겼고, 커다란 차는 쏜살같이 달려 나갔다. "상황이 어때 보이나, 로그?"

"방금 차를 돌렸네."

"좋았어. 그럼 이 작자는 어떻게 할까? 그대로 던져버리나?"

내 포로는 몸을 꿈틀거리며 말했다. "난 아무것도 안 했다고!" 엄지로 더 세게 찌르자 그는 다시 잠잠해졌다.

"아, 물론 아무것도 안 했지." 닥은 도로에서 눈을 떼지 않으며 동의했다. "그저 작은 사고를 일으키려 했을 뿐일 거야. 봉포르 씨가 약속에 늦도록 만들기 위해서 말이지. 자네가 자기 목숨이 아까워 속도를 줄이지만 않았더라도 성공했을지도 몰라. 배짱이 부족한 모양이지?" 커브를 틀자 타이어가 비명을 질렀고, 자이로 균형 장치는 차가 뒤집어지지 않게 하려 애썼다. "이제 어떤가, 로그?"

"포기한 모양인데."

"그렇군." 닥은 속도를 늦추지 않았다. 아무래도 시속 300킬로미터는 가볍게 넘어버린 모양이었다. "자기네 일당이 타 있으면 폭탄을 떨어뜨리지는 않을지도 모르겠어. 어떻게 생각하나, 친구? 놈들이 자네를 소모품 취급할 거라고 생각하나?"

"지금 무슨 말을 하는지 전혀 모르겠다고! 이랬다가는 나중에 곤란해질 줄 알아!"

"정말로? 명망 있는 네 사람의 말을 전과자 한 명의 말로 덮을 수 있으리라 생각하나? 내가 보기에 자네는 추방형을 당한 사람인 것 같은데. 어쨌든 봉포르 씨는 내가 운전하는 차를 선호하시니까, 자네가 그분을 위해 호의를 좀 베풀어주었으면 좋겠네." 매끈한 도로 위에 놓인 벌레 허물이라도 밟은 모양인지, 차가 흔들리는 바람에 나는 포로와 함께 지붕을 뚫고 날아갈 뻔했다.

"봉포르 씨는 무슨, 얼어 죽을!" 포로는 거의 욕설을 하는 것처럼 소리쳤다.

닥은 한동안 말을 멈추고 있다, 마침내 다시 입을 열었다. "아무래도 이 작자를 그냥 내던져버려서는 안 될 것 같습니다, 대장. 내려드린 다음에 우리가 조용한 곳으로 데려가기로 하지요. 구슬리면 입을 열지도 모르겠군요."

운전사는 도망치려 시도했다. 나는 그의 목을 더 세게 감으며 다시 한 번 엄지로 갈빗대를 찔렀다. 손가락의 느낌은 열 광선총의 총구의 감촉과는 별로 비슷하지 않을지도 모른다. 하지만 구태여 확인해보고 싶은 사람이 있겠는가? 그는 몸에서 힘을 빼고 언짢은 태도로 말했다. "설마 약물을 쓰려는 것은 아니겠지."

"세상에, 설마!" 닥은 놀란 투로 대답했다. "그건 불법이 아닌가. 페니 아가씨, 혹시 옷핀 가지고 있나?"

"네, 물론이죠, 닥." 영문을 모르겠다는 투였고, 나도 마찬가지였다. 그러나 그녀 쪽은 겁을 먹지는 않은 모양이었다. 나는 아니었지만.

"좋아. 자네 혹시 손톱 아래로 옷핀을 찔러 넣는 일에 대해 들어본 적이 있나? 사람들 말로는 입을 열지 말라는 최면도 깨트릴 수 있다고 하던데. 무의식이나 뭐 그런 거에 직접 작용하는 모양이야. 문제는 시술 대상이 아주 기분 나쁜 소음을 낸다는 거지. 그래서 우리는 모래전갈 말고는 누구도 귀찮게 하지 않을 둔덕으로 데려갈 생각이야. 그리고 자네가 전부 털어놓은 다음에는—이게 제일 끝내주는 부분인데!—자네가 털어놓고 나면 그대로 풀어줄 생각이거든. 아무 짓도 하지 않고, 도시까지 걸어서 돌아가게 해주겠어. 하지만 이제 잘 들게! 자네가 정말로 얌전하고 협조적으로 나온다면, 상을 하나 줄 걸세. 산소마스크를 쓰고 걸어갈 수 있게 해주지."

닥은 말을 멈추었다. 한동안 희박한 화성의 공기가 지붕을 스치고 지나가는 소리 말고는 아무것도 들리지 않았다. 건강한 인간이라도 산소마스크가 없으면 화성 표면에서는 200야드 정도밖에 걸을 수 없다. 언젠가 죽기 전에 거의 반 마일을 걸었던 사람 이야기를 보았던 것 같기는 하지만. 계기판을 힐끔 보니 우리가 고다드 시티에서 23킬로미터 떨어진 곳까지 나왔다는 사실을 확인할 수 있었다.

포로는 천천히 말했다. "정말이야. 이 일에는 아무것도 모른다고. 그냥 사고를 내라고 돈을 받았을 뿐이야."

"우리가 자네 기억에 자극을 주도록 해보지." 화성인 도시로 통하는 문이 바로 우리 앞에 보였다. 닥은 속도를 줄이기 시작했다. "여기서 내리시면 될 겁니다, 대장. 로그, 자네 총을 꺼내들고 우리 손님을 인계받지 그러나."

"알겠네, 닥." 로그는 내 옆으로 와서는 남자의 갈빗대를 찔렀다. 이번에도 맨손이었다. 나는 옆으로 비켜섰다. 닥은 정문 바로 앞에 차를 멈추었다.

"4분 정도 여유가 있군요." 그는 즐겁게 말했다. "꽤 좋은 차인데요. 이런 차를 갖고 싶은데. 로그, 잠깐 손을 풀고 뒤로 물러나주게."

클리프턴은 그 말에 따랐고, 닥은 숙련된 솜씨로 운전사의 목 측면을 손날로 때렸다. 남자는 즉시 축 늘어졌다. "이 정도면 차에서 내리는 동안에는 조용히 있을 걸세. 둥지의 눈이 미치는 곳에서 소란을 피울 수는 없지. 시간을 확인해볼까."

우리는 그렇게 했다. 이제 마감까지 3분 30초가량이 남아 있었다. "정확하게 시간을 맞춰 들어가야 하네. 알겠지? 일러도 늦어도 안 되거든. 정확하게 가야 해."

"잘 알겠네." 클리프턴과 나는 한목소리로 대답했다.

"아마 진입로를 따라 들어가는 데 30초 정도가 걸릴 걸세. 남은 3분으로 뭘 하고 싶나?"

나는 한숨을 쉬었다. "긴장이나 좀 풀어야겠군."

"별로 긴장한 것처럼 보이지는 않는데. 아까 거기서도 조금도 실수하지 않았지 않나. 기운 내라고, 이 친구야. 두 시간 후면 자네도 집에 돌아가 있을 거야. 보수로 주머니가 묵직해진 상태로 말이지. 이제 최종 코스에 들어온 거라고."

"그랬으면 좋겠군. 꽤나 힘든 일이었으니. 음, 닥?"

"왜 그러나?"

"잠깐 이리 좀 와보게." 나는 차에서 내려서 조금 떨어진 곳으로 가자고 손짓을 했다. "만약 내가…… 저 안에서 실수를 하면 어떻게 되나?"

"음?" 닥은 놀란 표정을 짓더니 조금 과도하게 신나게 웃어 보였다. "실수는 안 할 거야. 페니 말로는 자네가 성문 인식기를 통과할 수 있을 정도로 완벽하다고 하던데."

"그래도 실수를 한다면 말이야."

"실수 안 할 거라니까. 기분이 어떤지는 알고 있네. 처음으로 혼자 착륙을 시도할 때도 그런 기분이 들었어. 하지만 막상 일을 시작하니까 제대로 하느라 너무 바빠서 실수를 저지를 겨를도 생기지 않더군."

클리프턴이 열은 공기 속으로 크게 소리쳐 불렀다. "닥! 시간은 보고 있나?"

"아직 징하게 많다고. 1분도 넘게 남았어."

"봉포르 씨!" 페니의 목소리였다. 나는 몸을 돌려 차로 돌아갔다. 그녀는 차에서 내려 손을 내밀었다. "행운을 빌어요, 봉포르 씨."

"고맙네, 페니."

로그도 악수를 했고, 닥은 내 어깨를 두드려주었다. "35초 전일세. 시작해야겠어."

나는 고개를 끄덕이고 진입로를 오르기 시작했다. 아마 약속한 정확한 시간에서 1,2초 이내였을 것이다. 내가 꼭대기에 도착하자 육중한 문이 뒤로 밀리듯 열렸기 때문이다. 무심코 심호흡을 한 나는 빌어먹을 마스크를 원망했다.

그리고 나는 무대에 올랐다.

몇 번을 해도 마찬가지지만, 초연을 하는 밤 커튼이 올라갈 때는 숨이 멎고 심장이 멈출 것 같은 느낌이 든다. 그래, 물론 자기 배역은 잘 알고 있다. 그래, 전부 예전에 해본 일이다. 하지만 그런 사실은 아무 상관도 없다. 처음 무대로 걸어 나가서 자신을 보고 있는 수많은 눈을 마주하고, 자신의 대사를 기다리는, 뭔가를 기대하고 있는 사람들을 보면……, 모두가 당신이 대사를 틀리기를 기대하고 있는지도 모른다는 느낌이 든다. 그 때문에 세상에는 프롬프터라는 물건이 존재하는 것이다.

나는 무대 위에 올라 내 관중을 바라보고는 달아나고 싶은 기분에 사로잡혔다. 30년 만에 처음으로 겪는 무대 공포증이었다.

둥지의 형제들이 내 눈이 닿는 모든 곳에 가득 들어차 있었다. 내 앞으로는 길이 하나 열려 있었고, 그 옆으로 수천 명의 화성인들이 아스파라거스처럼 빽빽하게 모여 서 있었다. 가장 먼저 해야 하는 일은 천천히 저 길의 가운데로 내려가서 반대쪽 끝에 도착한 다음, 둥지 내부로 통하는 층계를 내려가는 것이었다.

몸을 움직일 수가 없었다.

나는 속으로 되뇌었다. "이봐, 정신 차려. 너는 존 조지프 봉포르라고. 여기 수십 번도 더 와봤단 말이야. 여기 사람들은 네 친구야. 여기 온 이유는 네가 여기 오고 싶어 했고, 그들이 와주길 원했기 때문이야. 그러니까 저 통로로 걸어가자고. 딴 딴따 딴! '신부 입장!'"

다시 봉포르의 감정이 돌아왔다. 나는 이번 일을 완벽하게 해

내려 단단히 마음을 먹은 조 봉포르 아저씨였다. 우리 백성과 우리 행성을 위해, 그리고 나의 친구 화성인들을 위해. 나는 심호흡을 하고 한 걸음을 옮겼다.

그 심호흡이 나를 구했다. 천상의 향기가 밀려들어 온 것이다. 수천, 수억 명의 화성인이 빽빽하게 운집해 있는 곳이라, 누군가 '정글의 욕망'을 상자째 떨어트려 깨트린 것 같은 냄새가 났다. 너무 강렬한 냄새 때문에 나는 무의식적으로 페니가 따라 들어온 것은 아닌지 확인하려 뒤를 힐끔거렸다. 내 손아귀 안에서 그녀의 따뜻한 손길이 느껴졌다.

나는 절룩거리며 화성에서 화성인이 이동하는 속도에 맞추려 애쓰며 통로를 따라 내려갔다. 내 뒤편으로 화성인들이 움직여 통로를 메웠다. 때로 아이들이 어른의 곁을 떠나 내 앞으로 뛰쳐나오기도 했다. 여기서 '아이'라는 말은 분열 후의 화성인을 이르는 말로, 성인의 절반 정도 부피에 절반을 살짝 넘는 키를 가진다. 이런 화성인은 절대 둥지를 떠나지 않기 때문에 우리는 꼬마 화성인이 존재할 수 있다는 사실을 잊고 살아간다. 분열 후에는 원래 크기까지 돌아오고 뇌가 완전히 회복되고 기억을 모두 되찾는 데 거의 5년이 걸린다. 그 성장기 동안 아이는 아주 기본적인 것을 배우는 데도 애를 먹는다. 융합과 분열을 통한 유전자 재배열과 그 뒤로 이어지는 재생의 시간 동안 아이는 아무런 역할도 맡을 수가 없다. 봉포르의 필름 중 하나는 이 주제에 대한 강의였는데, 딱히 훌륭하다고는 할 수 없는 아마추어 성우의 목소리가 녹음되어 있었다.

아이들은 언제나 그렇듯 활기찬 바보고, 따라서 적절함과 그에 따르는 모든 의무로부터 예외가 된다. 하지만 모두가 아이들을 엄청나게 사랑한다.

가장 작은 크기의, 내가 보기에는 똑같이 생긴 화성인 아이 두 명이 미끄러져 나와 내 앞길을 막아섰다. 마치 차도로 뛰어든 어리석은 강아지처럼. 나로서는 멈추거나 그들을 밀치고 지나갈 수밖에 없었다.

그래서 나는 걸음을 멈추었다. 아이들은 더 가까이 다가와 내 길을 완전히 막아버리고, 서로 재잘거리며 촉수를 이리저리 뻗기 시작했다. 나는 그들이 하는 말을 전혀 이해할 수 없었다. 그들은 즉시 내 옷을 잡아당기고 몽글몽글한 발을 소매 주머니에 집어넣었다.

군중이 너무 빽빽하게 모여 있어 옆으로 돌아갈 수가 없었다. 나는 두 가지 욕구 사이에서 갈등을 하고 있었다. 다른 무엇보다 아이들이 너무 귀여워서 혹시 어딘가 그들을 위해 쟁여놓은 과자가 없는지 확인해보고 싶을 지경이었다. 그러나 그보다 우선되는 것은 입문 의식이 발레처럼 철저하게 스케줄에 따라 진행된다는 사실이었다. 이 복도를 따라 걸어가지 않으면, 나는 그 유명한 젊은 크크카그랄 본인이 저지른 '적절함에 반하는 죄'를 저지르게 되는 것이다.

그러나 아이들은 길을 비켜줄 생각이 없는 모양이었다. 한 명은 내 회중시계를 발견했다.

나는 한숨을 쉬다가 향수 냄새에 거의 압도돼버렸다. 이제 나는 도박을 걸어보기로 했다. 아이에게 입을 맞추는 관습이 전 우주에 보편적으로 존재하는 것이며, 심지어는 화성인의 적절함에 대한 존중에도 앞설 것이라 내기를 걸어본 것이다. 나는 한쪽 무릎을 끓어 아이들과 눈높이를 맞춘 다음, 잠시 그들을 토닥거리고 비늘 위를 쓰다듬었다.

그리고 나는 자리에서 일어나서 말했다. "지금은 이 정도면 됐다. 가야 한단다." 이것만으로도 내가 알고 있는 얼마 안 되는 기초 화성어 어휘의 상당 부분을 사용한 셈이었다.

아이들은 내게 달라붙었지만, 나는 부드럽게 그들을 한쪽 옆으로 밀어내고는 길을 따라 걸어갔다. 잃어버린 시간을 메우려면 서둘러야 했다. 생명 막대가 내 등에 구멍을 뚫지는 않았고, 내가 저지른 적절함에 대한 위반이 아직 처형 단계까지 이르지는 않았다는 희망이 생겼다. 나는 내부 둥지로 들어가는 층계에 도달해 아래로 내려가기 시작했다.

* * *

여기 별표 한 줄은 입문 의식을 의미한다. 왜냐고? 그 자세한 내용은 크크카 둥지의 일속 사이의 비밀이기 때문이다. 가족 내부의 문제니까.

이런 식으로 생각해보자. 모르몬교도에게도 절친한 이방인 친구가 있을 수 있다. 그러나 그 우정을 통해 이방인이 솔트레이크시티의 성전에 들어갈 수 있는가? 그런 적도 없고 앞으로도 없을 것이다. 화성인들은 서로의 둥지를 완전히 자유롭게 오가곤 한다. 그러나 내부 둥지는 오직 자기 일족의 것만 들어갈 수 있다. 심지어 융합 배우자도 그런 권리를 가지지 못한다. 비밀결사의 일원이 결사 밖에서 의식의 내용을 자세히 말할 수 없는 것과 마찬가지로, 나 역시 자세한 내용을 말할 권리가 없다.

아, 개략적인 내용을 말하는 정도는 괜찮을 것이다. 모든 둥지의 형식이 기본적으로는 동일하고, 내 역할 역시 다른 후보들과 다를 것이 없을 테니까. 내 보증인, 즉 봉포르의 가장 오랜 화성인 친구인 크크카르레쉬가 문가에서 나를 맞이하고는 생명 막대로 위협했다. 나는 적절한 의식의 절차를 깨면 즉시 내 목숨을 앗아갈 것을 요구했다. 솔직히 말해 사진을 자세히 보고 오기는 했지만 눈앞의 화성인을 알아보지는 못했다. 하지만 의식의 절차에 따르자면 분명 그였을 것이다.

이어 어머니와 조국을 사랑하고 공공 도덕을 준수하며 주일학교를 한 번도 빼먹지 않았다는 틀에 박힌 선서를 하고나니 들어가도 된다는 허가가 내려졌다. 르레쉬는 나를 이끌고 이리저리 지정된 장소를 돌아다녔고, 나는 매번 질문이 내려올 때마다 답변을 했다. 단어 하나 몸짓 하나까지도 고전 중국 연극처럼 완벽하게 정형화되어 있었다. 그렇지 않았더라면 나로서는 도저히 진행할 수가 없었을 것이다. 대부분의 경우 나 자신이 무슨 말을 하는지조차 알지 못한 채, 그저 대사가 들어갈 곳을 확인하고 반응할 뿐이었으니까. 화성인들이 선호하는 어두운 조명 덕분에 더욱 힘들었다. 두더지처럼 이리저리 더듬거리며 움직여야 했다.

한번은 호크 맨틀과 공연을 한 적이 있었다. 그가 죽기 얼마 전 완전히 귀가 먹었을 때였다. 그야말로 진정한 배우였다! 청신경이 완전히 죽어버렸기 때문에 보청기를 쓸 수도 없는 상태였다. 가끔은 입술을 읽어 자기 차례를 파악할 수도 있었지만, 항상 쓸 수 있는 방법은 아니었다. 그는 직접 작품을 연출했고, 완벽하게 시간을 맞춰 움직였다. 나는 그가 대사를 읊은 다음 걸어가다가 갑자기 몸을 돌려 쏘아붙이는 말을 내뱉는 모습을 본 적이 있다. 들리지 않는 대사에 맞춰서, 오로지 타이밍만으로.

이번에도 그와 같았다. 나는 배역을 알고 연기할 뿐이었다. 상대방이 실수하면 그건 그쪽 문제일 뿐이다.

하지만 항상 대여섯 개의 막대가 나를 겨누고 있는 상황은 별로 사기를 북돋아주는 것이 아니다. 나는 속으로 실수 한 번 한다고 태워 죽이지는 않을 거라 되뇌고 있었다. 어차피 나는 가련하고 어리석은 인간일 뿐이니, 최소한 노력하는 모습을 보였다는 점은 인정해줄 수 있지 않겠는가. 물론 딱히 인정을 받을 것이라 믿은 것은 아니지만.

수일은 족히 될 것 같은 시간이—사실 그럴 리는 없었다. 의식 전체가 정확히 화성의 자선 주기의 9분의 1이 걸리도록 되어 있었으니까—아니, 영원에 가까운 시간이 흐른 후, 우리는 식사를 했다. 음식의 정체는 알 수 없었지만 아마 그 편이 더 나았을 것이다. 적어도 독은 없었던 모양이다.

다음으로 장로들이 연설을 했고, 나는 그에 화답해 수락 연설을 했고, 그들은 내게 이름과 막대를 주었다. 이제 나는 화성인이 된 것이다.

막대를 사용하는 법도 모르는 데다 새 이름은 수도꼭지에서 물새는 소리처럼 들렸지만, 그 순간 나는 화성에서 사용하는 적법한 이름을 받았고, 공식적으로 이 행성에서 가장 귀족적인 집단의 일원이 된 것이었다. 정확히 52시간 전까지만 해도 지구에 빈털터리로 주저앉아서, 마지막 남은 반 임페리얼 주화로 카페 마냐나에서 낯선 사람에게 술을 사고 있던 내가 말이다.

이 정도면 낯선 사람에게 함부로 친근하게 굴어서는 안 된다는 교훈이 되겠지.

나는 최대한 빨리 빠져나왔다. 닥이 즉시 그곳을 떠나야 할 정당한 이유가 있다는 내용의 문장을 미리 만들어주었고, 그걸 읊조리자 그들은 나를 보내주었다. 여대생 회관 건물에 들어온 남자처럼 초조한 상태였다. 이제 나를 이끌어줄 의식이 동나버린 상황이니까. 사소한 잡담조차 관습의 굴레에 단단히 얽혀 있는데, 나는 그런 쪽으로는 전혀 아는 바가 없었다. 따라서 나는 변명의 말을 입에 올리고는 밖으로 나갔다. 르레쉬와 다른 장로 하나가 나를 바래다주었고, 밖으로 나와서는 다른 한 쌍의 아이들과 잠깐 노닥거리기도 했다……. 뭐 아까의 아이들일 수도 있지만. 정문에 도달하자 두 장로는 끽끽거리는 영어로 작별 인사를 하고는 나를 홀로 내보내주었다. 등 뒤로 문이 닫히자 간신히 심장이 다시 뛰는 것이 느껴졌다.

롤스로이스는 내가 내렸던 위치에서 그대로 기다리고 있었다. 서둘러 그쪽으로 다가가자 문이 열렸고, 놀랍게도 차 안에는 페니 혼자뿐이었다. 뭐 기분이 나빴다는 얘기는 아니지만. 나는 크게 소리쳤다. "어떤가, 컬리 탑! 성공했다고!"

"성공하실 줄 알았어요."

나는 막대를 칼처럼 들고 제식 인사를 해 보였다. "이제 크크카즈즈어르라고 부르게." 두 번째 음절을 발음할 때는 앞니에 혀를 대고 부르르 떨어야 한다.

"그거 조심해서 다루세요!" 그녀는 불안한 듯 이렇게 말했다.

나는 앞좌석의 그녀 옆에 앉아서 물었다. "이 물건을 어떻게 쓰는 건지 알고 있나?" 긴장이 풀리며 기분 좋은 피로감이 찾아왔다. 맥주를 쭉 들이켜고 두툼한 스테이크를 먹은 다음 평론가의 리뷰를 기다리고 싶은 기분이었다.

"아뇨. 하지만 조심하세요."

"그냥 여길 누르기만 하면 되는 것 같던데." 나는 이렇게 말하며 행동에 옮겼고, 정면 유리에 깔끔한 직경 2인치의 구멍이 뚫리며 차의 공기가 빠져나가버렸다.

페니는 헉 하고 숨을 삼켰고, 나는 말했다. "세상에, 미안하네. 닥이 사용법을 가르쳐줄 때까지 얌전히 치워놓지."

그녀는 마른침을 삼켰디. "괜찮습니다. 어느 쪽을 겨눌 것인지만 신경 쓰세요." 그녀는 차를 몰기 시작했고, 나는 화성에 거칠게 차를 모는 사람이 닥 말고 또 있다는 사실을 깨닫게 되었다.

내가 만든 구멍으로 휘파람 소리를 내며 바람이 밀려 들어왔다. 나는 말했다. "서두르는 이유가 뭔가? 기자회견을 하려면 대사를 더 연구해야 하는데. 가져온 거겠지? 다른 친구들은 어디 있나?" 나는 우리가 붙잡은 운전사에 대해서는 완전히 잊고 있었다. 둥지의 문이 열린 순간부터 그에 대해서는 전혀 생각하지 않았던 것이다.

"아뇨, 올 수가 없었어요."

"페니, 왜 그러는 겐가? 무슨 일이 벌어진 거야?" 나는 도움 없이 기자회견을 할 수 있을지 여부를 생각하고 있었다. 입문 의식에 대해 슬쩍 언급하면 될지도 모른다. 그 부분은 지어낼 필요가 없었으니까.

"봉포르 씨예요. 봉포르 씨를 찾아냈어요."

DOUBLE STAR

# 6장

그 순간까지 페니가 나를 '봉포르 씨'라고 부르지 않았다는 사실을 깨닫지 못하고 있었다. 물론 그럴 수 없었을 것이다. 나는 더 이상 그가 아니었으니까. 나는 다시 봉포르 씨의 대역으로 고용된 배우 로리 스마이스가 돼버린 것이다.

나는 좌석에 몸을 기대며 한숨을 쉬고 몸에 긴장을 풀었다. "그럼 마침내 끝난 셈이로군. 무사히 빠져나온 거야." 엄청난 짐을 어깨에서 내려놓은 기분이 들었다. 내려놓기 전까지는 그게 얼마나 무거운지조차 깨닫지 못하고 있었다. 심지어 '절룩거리는 쪽' 다리조차도 더 이상 쑤셔오지 않았다. 나는 손을 뻗어 운전대를 잡고 있는 페니의 손을 토닥이고는 나 자신의 목소리로 말했다. "전부 끝나서 다행이로군요. 하지만 당신이 옆에 있던 때가 그리워질 겁니다. 당신은 훌륭한 배우예요. 하지만 최고의 공연이라도 끝날 때가 찾아오고, 배우들은 흩어지게 마련이지요. 나중에 또 볼 기회가 있었으면 좋겠군요."

"나도 그랬으면 좋겠어요."

"닥이 나를 숨겨놓았다가 몰래 톰 페인 호로 데려갈 방법을 마련해놓았겠죠?"

"나도 몰라요." 어딘가 묘한 기색이 서린 목소리였다. 슬쩍 바라보자 그녀는 울고 있었다. 순간 심장이 잠깐 멎는 듯했다. 페니가 울고 있다고? 우리가 헤어진다는 사실 때문에? 믿을 수 없는 일이었지만 믿고 싶었다. 여러분은 내 잘생긴 용모와 끝내주는 매너 덕분에 여성들이 한눈에 반할 것이라 생각하겠지만, 애석하게도 수많은 여성들이 내 매력에 쉽사리 저항하는 능력을 가지고 있는 모양이었다. 페니는 딱히 의식도 않고 그럴 수 있는 모양이었고.

"페니." 나는 다급하게 말했다. "대체 왜 울고 있는 겁니까? 이러다 사고 나겠어요."

"견딜 수가 없어요."

"자, 얘기 좀 해봐요. 뭐가 문제인 겁니까? 사람들이 그를 찾아서 데려왔다고만 했지, 그 이상은 말해준 것이 없지 않습니까." 순간 끔찍하지만 논리적인 의심이 하나 떠올랐다. "설마…… 살아 있던 거죠. 아닙니까?"

"그래요, 살아 계셔요. 하지만, 아, 그분이 부상을 당했다고요!" 그녀가 흐느끼기 시작하는 바람에 내가 운전대를 잡아야 했다.

그녀는 곧 정신을 차렸다. "미안해요."

"내가 운전할까요?"

"괜찮을 거예요. 게다가 당신은 운전할 줄 모르잖아요……. 그러니까, 운전할 줄 몰라야 하잖아요."

"허? 말도 안 되는 소리를. 나는 운전할 줄 아는 데다 이제 그런 건 더 이상……." 나는 말끝을 흐렸다. 순간 아직 관계가 있을지도 모른다는 생각이 떠오른 것이다. 만약 납치범들이 폭력을 휘둘러 봉포르에게 눈에 띌 정도의 상처를 입혔다면, 그런 몰골로 대중 앞에 나설 수 없을지도 모르는 것이다. 적어도 크크카 둥지에 입문한 지 15분밖에 지나지 않은 상황에서는. 어쩌면 예의 기자회견을 치르고 공공연하게 행성을 떠나는 역할을 내가 맡고, 몰래 숨어서 배에 오르는 쪽이 그가 될지도 모른다. 뭐, 상관없는 일이다. 커튼 콜 정도일 뿐이니까. "페니, 닥과 로그가 내가 역할을 조금 더 맡아주기를 바라고 있는 건가요? 기자들 앞에서 연기를 해야 합니까? 아니면 안 해도 됩니까?"

"나도 몰라요. 시간이 없었거든요."

우리는 이미 공항 근처의 창고 건물들에 가까워지고 있었고, 고다드 시티의 거대한 투명 반구들이 시야에 나타났다. "페니, 속도를 좀 줄이고 제대로 이야기를 좀 해봐요. 상황을 알아야 연기를 하지 않겠습니까."

운전사가 전부 불어버린 모양이었다. 옷핀 요법을 적용했는지 여부는 구태여 묻지 않기로 했다. 걸어서 갈 수 있도록 풀어주었지만 마스크는 빼앗지 않았다고 한다. 나머지 사람들은 닥이 운전대를 잡은 채로 총알처럼 고다드 시티로 돌아왔다. 그 차에 타지 않아 다행이라는 생각이 들었다. 우주선 선원들은 우주선 외의 탈것을 운전하지 못하게 법으로 규제해야 한다.

그들은 운전사가 털어놓은 주소지, 즉 맨 처음 건설한 돔 아래 있는 구시가로 향했다. 내가 들은 바로는 페니키아인들이 아프리카 북서부를 넘어 대서양으로 나간 이래로 모든 항구에 존재해왔던 그런 무법지대인 모양이었다. 추방된 전과자, 매춘부, 뚜쟁이, 부랑자, 기타 온갖 쓰레기 같은 족속이 존재하는, 경찰도 항상 짝을 지어 돌아다녀야 하는 곳이었다.

운전사에게서 빼낸 정보는 정확했지만 몇 분 정도 유효기간이 지난 모양이었다. 방에 누군가 감금되어 있었다는 점은 분명했다. 적어도 일주일은 사람이 있었던 흔적이 있는 침대와 아직 뜨거운 커피가 든 주전자가 있었으니까. 그리고 구식 틀니 하나가 수건에 싸여 서랍에 들어 있었는데, 클리프턴이 봉포르의 물건이라고 확인해주었다. 그러나 봉포르 본인은 그곳에 없었고, 납치범들 역시 마찬가지였다.

그들은 원래 계획을 실행에 옮기기로 하고 그곳을 떠났다. 납치 사건이 입문 의식 직후에 일어났다고 주장하고, 크크카 둥지에 호소하겠다고 부스로이드를 위협하는 계획 말이다. 그러나 그들은 구시가를 떠나기 직전에 봉포르와 마주쳤다. 일주일 치의 수염이 덥수룩하게 자란, 지저분하고 멍한 표정의 나이 든 노숙자의 모습이었다. 남자들은 그를 알아보지 못했지만 페니는 그를 발견하고 차를 멈추게 만들었다.

그녀는 이 부분을 말하며 다시 울음을 터트렸고, 덕분에 화물

적재용 선창으로 향하는 긴 트럭을 들이받을 뻔했다.

사태를 이성적으로 재구성해보자면 두 번째 차에 탄 졸개들, 즉 우리와 충돌하려 했던 작자들이 보고를 했고, 우리를 적대하는 조직의 수수께끼 지도자들이 그 보고를 통해 납치 작전은 더 이상 쓸모가 없다는 결론을 내린 모양이었다. 지금까지 그 문제에 대해 몇 번이고 설명을 들었지만, 그들이 단순히 봉포르를 살해하지 않았다는 점은 꽤나 놀라웠다. 그들이 한 짓이 훨씬 세심하고 그들의 목적에 부합하며, 단순한 살해보다 훨씬 잔인하다는 것을 깨닫게 된 것은 훨씬 나중의 일이었다.

"그래서 그는 지금 어디 있습니까?" 내가 물었다.

"닥이 3번 돔의 보이저 호스텔로 데려갔어요."

"지금 그리로 가는 겁니까?"

"나도 몰라요. 로그는 그냥 가서 당신을 데려오라고만 한 다음에 호스텔의 직원용 문으로 들어가버렸어요. 음, 아뇨, 그리 가서는 안 될 것 같네요. 어떻게 해야 할지 모르겠어요."

"페니, 차를 세워요."

"네?"

"이 차에도 전화가 있을 것 아닙니까. 정확하게 무얼 해야 할지 알게 되기 전까지, 아니면 결정하기 전까지는 움직이지 않을 겁니다. 하지만 한 가지는 확실하군요. 닥이나 로그가 내가 사라질 때가 되었다고 판단을 내리기 전까지 배역을 계속해야 된다는 것 말입니다. 기자들과 대화할 사람이, 사람들 눈앞에서 톰 페인 호로 떠날 사람이 필요하니까요. 봉포르 씨 본인이 몸치

장을 하고 직접 그런 일을 할 수 없다는 것은 분명하겠지요?"

"네? 아, 불가능해요. 직접 보지 못했으니 그런 소리를 하는 거죠."

"그래요, 직접 보지 못했죠. 당신 말을 믿겠습니다. 좋아요, 페니. 나는 다시 '봉포르 씨'가 되고 당신은 내 비서가 되는 겁니다. 지금 시작하지요."

"알겠습니다…… '봉포르 씨.'"

"그럼 부디 전화를 걸어 브로드벤트 선장과 연결해주겠나?"

차 안에는 전화번호부가 없었기 때문에 그녀는 '안내 센터'를 통해 연락을 해야 했다. 마침내 보이저의 클럽하우스와 연락이 닿았다. 나는 양쪽의 대화를 모두 들을 수 있었다. "파일럿 클럽, 켈리 부인입니다."

페니는 마이크를 손으로 가리며 물었다. "제 이름을 대도 될까요?"

"당당하게 하게나. 숨길 게 있는 것도 아니지 않나."

"이쪽은 봉포르 씨의 비서입니다만." 그녀는 심각한 투로 말했다. "그분의 개인 조종사가 거기 있습니까? 브로드벤트 선장 말입니다."

"나도 누군지는 알아요, 아가씨." 그리고 외치는 소리가 들렸다. "어이! 거기 담배 피우는 녀석들! 닥 어디로 갔는지 본 사람 없어?" 잠시의 침묵 후 그녀는 말을 이었다. "자기 방으로 간 모양이네요. 지금 호출할게요."

곧 페니가 말했다. "선장? 대장이 하실 말씀이 있으시다는데요." 그러고는 내게 전화기를 넘겼다.

"대장일세, 닥."

"아. 지금 어디 계십니까…… 대장?"

"아직 차 안에 있지. 페니가 태워줬다네. 닥, 빌이 기자회견을 잡은 걸로 알고 있는데. 어디서 하는 건가?"

머뭇거리는 모양이었다. "전화해주셔서 다행입니다, 대장. 빌이 취소시켰어요. 그…… 상황에 조금 변동이 있었습니다."

"페니도 그렇게 말하더군. 나야 아무래도 상관없네. 조금 지쳐서 말이야. 닥, 오늘 밤은 땅에서 머물고 싶지가 않거든. 안 좋은 다리가 쑤시기 시작해서, 자유낙하 상태에서 제대로 쉬고 싶다네." 나는 자유낙하 상태를 싫어했지만, 봉포르는 그렇지 않았다. "자네나 로그가 의원님에게 내 사과를 전해주고 나머지도 좀 처리해주겠나?"

"저희가 알아서 전부 처리하겠습니다, 대장."

"좋아. 내가 타고 갈 셔틀은 언제쯤 준비해줄 수 있나?"

"픽시 호가 여전히 대기하고 있습니다, 대장. 3번 게이트로 나가시면 전화를 걸어서 활주로 차량을 대기시켜놓겠습니다."

"아주 좋군. 끊겠네."

"그럼 이만."

나는 페니에게 제자리에 되돌려놓으라고 전화기를 건네며 말했다. "컬리 탑, 이 전화 주파수가 감시 중인지 아닌지 모르겠군. 차 자체에 도청장치가 붙어 있을지도 모르지. 어느 쪽이든 놈들은 두 가지를 깨달았을 걸세. 닥이 어디 있는지, 그리고 그에 의해 그가 어디에 있는가까지. 또한 내가 다음으로 무슨 일을 할 것인가도 알게 되겠지. 혹시 이런 사실을 감안해서 제안하고 싶은 일이 없나?"

그녀는 생각에 잠겨 있다가 비서용 공책을 꺼내 그 위에 이렇게 썼다. '차를 버리죠.'

나는 고개를 끄덕이고는 그녀에게서 공책을 건네받아 이렇게 썼다. '3번 게이트가 얼마나 멀리 있나?'

그녀가 대답했다. '걸어갈 만한 거리입니다.'

우리는 조용히 차에서 내려 걸음을 옮겼다. 그녀는 아까 차를 세웠을 때 창고 건물 하나에 붙은 관계자 주차구역에 들어가 있었다. 따라서 차는 분명 얼마 지나지 않아 원래 있던 곳으로 돌아가게 될 것이다. 그리고 그런 일은 이제 신경 쓸 필요 없는 사소한 문제일 뿐이었다.

나는 50야드 정도 걸어가다 곧 발을 멈추었다. 뭔가 문제가 있었다. 물론 날씨 문제는 아니었다. 화성의 보라색 하늘에서 태양이 환히 비추는, 마음이 푸근해지는 날씨였다. 차량도 행인도 우리에게는 전혀 주의를 기울이지 않고 있었다. 또는 적어도 그 주의는 나보다는 나와 함께 있는 아름다운 젊은 아가씨 쪽을 향하고 있었다. 그래도 나는 왠지 모를 불안감을 느꼈다.

"왜 그러세요, 대장?"

"흠? 바로 그때문이로군!"

"네?"

"제대로 '대장' 노릇을 못 하고 있단 말일세. 이렇게 위험에서

도망치려 하는 일은 이 역에 맞지 않는 행동이거든. 돌아가지, 페니."

그녀는 항의하지 않고 나를 따라 차로 돌아왔다. 이번에는 뒷좌석에 오른 다음, 그녀가 3번 게이트 쪽으로 차를 몰아가는 동안 근엄하게 자리에 앉아 있었다.

우리가 처음 들어온 게이트는 아니었다. 닥이 이곳을 고른 이유는 승객보다는 화물편이 더 많은 곳이었기 때문인 모양이다. 페니는 교통 표지판에는 조금도 신경 쓰지 않고 커다란 롤스로이스를 그대로 게이트 앞으로 가져다 댔다. 공항 경찰이 그녀를 저지하려 했지만, 그녀는 차갑게 이렇게 쏘아붙일 뿐이었다.

"봉포르 씨의 차량입니다. 부디 의원 사무실로 연락해서 이쪽에서 출발할 예정이라고 전달해주시겠습니까?"

경찰은 말문이 막힌 듯 뒷좌석을 바라보고는, 내 얼굴을 알아봤는지 경례를 붙이고는 그대로 있게 해주었다. 나는 친근하게 손을 흔들어 답했고, 그는 나를 위해 차 문을 열어주었다. "부서장님이 철책 뒤편의 공간을 비워놓아야 한다고 항상 강조하셔서 말입니다, 봉포르 씨." 그는 이렇게 사과를 했다. "하지만 괜찮을 겁니다."

"차는 즉각 치워도 될 걸세." 내가 말했다. "비서하고 같이 바로 떠날 거라서. 탑승용 차량은 도착해 있나?"

"즉시 게이트 쪽에 알아보겠습니다, 선생님." 그리고 그는 자리를 떴다. 내가 원하는 정도의 청중들이 모여 있었다. '봉포르 씨'가 전용 차량을 타고 등장해서 자기 우주선으로 떠났다고 확증해줄 수 있을 만큼의 인원이었다. 나는 생명 막대를 나폴레옹의 지휘봉처럼 옆구리에 끼고 그를 따라 절뚝거리며 걸어갔고, 페니도 내 뒤를 따랐다. 경찰은 게이트 관리자와 대화를 나누더니 웃으며 돌아와 말했다. "탑승용 차량이 대기하고 있습니다, 선생님."

"정말 고맙네." 나는 완벽한 타이밍을 맞춘 일에 스스로에게 축하를 보내며 말했다.

"어……." 경찰은 당황한 듯 머뭇거리다 서둘러 낮은 소리로 덧붙였다. "저도 확장주의자입니다, 선생님. 오늘 정말 대단한 일을 하셨습니다." 그는 경외의 감정이 담긴 눈길로 생명 막대를 힐긋 바라보았다.

나는 이런 경우에 봉포르가 어떤 행동을 취할지 정확하게 알고 있었다. "이런, 그거 고맙구먼. 자네가 아이를 많이 가지기를 빌겠네. 다수당의 자리를 견고하게 만들어야 하지 않겠나."

그는 내 말에 필요 이상으로 감격한 듯했다. "그거 정말 훌륭한 말씀인데요! 어, 제가 다른 데 가서 그 표현을 사용해도 될까요?"

"물론일세." 우리는 이렇게 대화를 나누며 걸음을 옮겼고, 나는 게이트를 지나치려 했다. 그때 게이트 담당자가 내 팔을 건드렸다. "어…… 여권 좀 보여주시겠습니까, 봉포르 씨."

아마 표정이 조금도 변하지 않았을 것이라 생각한다. "여권, 페니."

그녀는 차가운 표정으로 관리를 바라보았다. "브로드벤트 선장이 절차 문제는 전부 처리할 겁니다."

그는 나를 바라보고는 눈길을 돌렸다. "괜찮을 것이라 생각은 합니다만. 저로서는 여권을 확인하고 일련번호를 기록해놓아야 합니다."

"그래, 물론 그렇겠지. 아무래도 브로드벤트 선장에게 활주로로 나와달라고 해야겠구먼. 혹시 내 셔틀에 이륙 시간이 등록되어 있소? 관제탑에 연락해서 잠시 '연기'해달라고 해주시오."

그러나 페니는 화가 잔뜩 난 표정이었다. "봉포르 씨, 이건 말도 안 됩니다! 예전에는 이런 식으로 절차로 제약을 건 적이 없지 않습니까. 적어도 화성에서는요."

경찰이 다급하게 끼어들었다. "물론 괜찮지 않겠어, 한스. 어쨌든 이분은 봉포르 씨잖아."

"그렇지. 하지만……."

나는 행복한 미소를 지으며 끼어들었다. "보다 단순한 방법이 있다네. 혹시 자네가…… 자네 이름이 어떻게 되나?"

"해슬원터입니다. 한스 해슬원터요." 그는 머뭇거리며 대답했다.

"해슬원터 씨, 혹시 부스로이드 의원에게 전화를 해줄 수 있다면 내가 직접 그와 대화를 하겠네. 그러면 내 조종사가 여기로 내려올 필요도 없을 테고, 나 역시 한 시간 이상 시간을 절약할 수 있지 않겠나."

"어, 별로 그러고 싶지는 않은데요, 선생님. 공항 총책임자에게 연락을 해드리는 것은 어떨까요?" 그는 이렇게 제안했다.

"그냥 부스로이드 씨의 번호만 가르쳐주게. 내가 직접 걸겠네." 이번에는 목소리에 살짝 냉기를 싣는 것도 잊지 않았다. 바쁘고 중요한 인물이 민주주의적인 태도를 유지하고 싶어 하면서도, 아랫사람들로부터 자신이 감내할 수 있는 이상의 방해와 시달림을 받았을 때 보이는 태도였다.

이걸로 충분했다. 그는 서둘러 말했다. "분명 아무 문제 없을 겁니다, 봉포르 씨. 저는 그저…… 규칙이라는 게 있으니까요."

"그래, 나도 알고 있네. 고맙네." 나는 그대로 게이트로 들어가기 시작했다.

"잠깐요, 봉포르 씨! 이쪽 좀 봐주십시오."

나는 주변을 둘러보았다. i에는 점을 찍고 t에는 가로선을 그어야 직성이 풀리는 꼼꼼한 공공의 충복들이 시간을 끌어준 덕분에, 대중 매체가 간신히 우리를 따라잡은 모양이었다. 한 남자가 무릎을 꿇은 채로 스테레오 박스를 내 쪽으로 겨누고 있었다. 그는 고개를 들고 말했다. "막대를 우리에게 잘 보이게 들어주시겠습니까." 다양한 장비를 든 일군의 사람들이 우리 주변으로 모여들어 있었다. 롤스로이스의 지붕에도 한 명 올라가 있었다. 한 사람은 내게 마이크를 들이밀었고, 다른 사람은 지향성 마이크를 총처럼 내게 겨누고 있었다.

나는 자기 이름이 소문자로 적힌 것을 본 주연 여배우처럼 화가 났지만, 다음 순간 내가 누구여야 하는지를 기억해냈다. 나는 웃음을 머금으며 천천히 움직였다. 봉포르는 영상 속 움직임은 더 빠르게 보인다는 사실을 잘 알고 있었다. 나는 훌륭하게 그의 움직임을 모사해냈다.

"봉포르 씨, 기자회견을 취소하신 이유가 뭡니까?"

"봉포르 씨, 의회에서 화성인에게 제국의 온전한 시민권을 제공하려 한다는 주장이 제기되어 왔습니다. 여기에 대해 한 말씀 해주시겠습니까?"

"봉포르 씨, 현재 내각에 대한 불신임 투표 제청은 언제쯤 하실 생각이십니까?"

나는 막대를 든 손을 들어 보이며 웃음을 지었다. "한 번에 하나씩 해주시겠소! 처음 질문이 뭐였지요?"

그들은 당연히 모두 동시에 대답했다. 그들이 순서를 정할 때까지 나는 아무것에도 대답하지 않고 시간을 죽일 수 있었다. 바로 그때 빌 콥스먼이 사람을 헤치고 현장에 등장했다. "너무 잔인하지 않나, 자네들. 대장은 아주 힘겨운 하루를 보낸 참이라고. 내가 자네들이 원하는 질문에는 전부 대답해주겠네."

나는 손을 들어 그를 제지했다. "1,2분 정도는 괜찮을 걸세, 빌. 신사 여러분, 이제 곧 떠나야 하지만 여러분의 질문에 대해 개략적으로 대답하려 시도해보겠소. 내가 아는 바, 현 정부는 화성과 제국의 관계를 재고할 생각이 전혀 없다고 할 수 있소. 따라서 현 내각에 포함되어 있지 않은 내 의견이 크게 영향을 끼칠 수는 없을 거요. 그런 질문은 퀴로가 씨에게 하는 편이 어떻겠소. 야당 쪽에서 불신임 투표를 언제 강행할 것인가에 대해서는, 승리가 확실하지 않으면 시도하지 않을 거라고만 말해두겠소. 그리고 그 점에 있어서는 여러분이나 나나 아는 것이 비슷하겠지."

누군가 말했다. "별로 새로운 내용이 없는 것 같은데요?"

"새로운 내용을 말하려 하지 않았기 때문이오." 나는 이렇게 맞받아치며 미소를 머금어 어조를 조금 완화시켰다. "내가 제대로 대답할 수 있는 질문을 하면 답변해주겠소. '아내분께 폭력을 휘두르는 일은 관두셨습니까?' 따위의 악의를 실은 질문을 하면, 그에 대해서는 확실히 되받아쳐 줄 수 있지." 그리고 나는 머뭇거렸다. 봉포르가 솔직하고 정직한 사람이며, 특히 대중 매체를 대할 때 그런 태도를 보이는 것으로 알려졌다는 점을 떠올렸기 때문이다. "하지만 여러분 앞에서 시간을 끌려는 것은 아니오. 여러분 모두 내가 오늘 여기에 있는 이유를 알고 있을 테니까. 이렇게 말해보도록 합시다. 원한다면 인용해도 좋소." 나는 마음속을 더듬어 지금까지 공부한 봉포르의 연설문 중에서 적절한 대목을 끄집어냈다. "오늘 일은 단순히 한 사람의 영예로 그치는 것이 아니오. 이것은……." 나는 화성인의 막대를 들어 보이며 말을 이었다. "우리 위대한 두 종족이 낯설음의 간극을 이해를 통해 극복할 수 있다는 증거인 것이오. 우리 종족은 별들 사이로 퍼져 나가고 있고, 결국 우리의 수가 극도로 부족하다는 사실을 깨닫게 될 것이오. 아니, 깨닫고 있소. 별들 사이로 세력을 확장하는 일에 성공하려면, 우리는 진심을 다해 정직하고 겸허하게 다른 이들을 대해야 하오. 우리 화성인 이웃들이 틈만 나면 지구를 침공해 올 것이라는 소리를 들은 적이 있소. 그건 말도 안 되는 소리요. 지구는 화성인들에게 적합한 땅이 아니오. 우리의 것을 지키는 것은 좋소. 하지만 공포와 증오에 이끌려 어리석은 짓을 하지는 않도록 합시다. 편협한 마음으로는 별을 소유할 수 없는 법이오. 우리는 우주 그 자체처럼 넓은 마음을 가져야 하오."

기자가 눈썹을 찡그리며 말했다. "봉포르 씨, 지난 2월에 같은 연설을 하셨던 것 같은데요."

"내년 2월에도 듣게 될 거요. 1월, 3월, 다른 모든 달에도. 진실은 아무리 반복해 말해도 지나치지 않은 법이니." 나는 게이트 관리자 쪽을 바라보며 덧붙였다. "유감이지만 이제 가야겠소. 출발 시간을 놓치기는 싫으니까." 나는 몸을 돌려 게이트를 지나갔고, 페니도 나를 따라왔다.

우리는 방사능 방호 장비가 된 소형 차량에 탑승했고, 문이 쉭 소리와 함께 닫혔다. 자동 운전 차량이었기 때문에 운전사를 위해 연기를 유지할 필요는 없었다. 나는 자리에 몸을 던지며 긴장을 풀었다. "휴!"

"아주 훌륭하게 해내신 것 같아요." 페니가 진지하게 말했다.

"그 친구가 내가 인용한 연설을 알아차렸을 때 조금 애를 먹었지."

"그래도 무사히 끝내셨잖아요. 그런 게 영감이겠죠. 당신은…… 정말로 그분의 목소리로 말했어요."

"혹시 그중에 이름을 불러주어야 했을 정도로 친근한 사람은 없었나?"

"딱히요. 아마 한두 사람 정도겠지만, 이렇게 서두르는 상황에서는 그래줄 거라고 기대하지는 않았을 거예요."

"이렇게 사이에 끼어서 곤란해질 줄이야. 그 골칫덩이 게이트 관리자와 여권 따위 때문에. 페니, 아무래도 닥이 아니라 자네가 여권을 가지고 다녀야 할 것 같은데."

"닥이 가지고 있는 건 아니에요. 우리 모두 각자 여권을 가지고 다니거든요." 그녀는 자기 가방 속으로 손을 뻗어 작은 책자를 꺼냈다. "제 건 여기 있어요. 하지만 도저히 내놓을 수가 없었죠."

"음?"

"납치를 당하셨을 때 본인 여권을 가지고 계셨어요. 재발급을 요청할 엄두도 내지 못했죠. 지금 이런 상황에서는요."

갑자기 지독한 피로가 몰려왔다.

닥이나 로그에게서 딱히 지령이 내려오지 않았기 때문에 나는 셔틀을 타고 올라가 톰 페인 호에 들어갈 때까지 역할을 연기했다. 그리 어려운 일은 아니었다. 그저 그대로 선실로 들어가 자유낙하 상태에서 길고 끔찍한 시간을 보내면서, 손톱을 잘근잘근 씹으며 지표에서 무슨 일이 벌어지고 있는지 궁금해하고 있을 뿐이었다. 멀미약의 도움을 받아 나는 마침내 공중에 둥실 뜬 채로 얕은 잠을 청할 수 있었다. 하지만 이건 실수였다. 잠이 들었다 깨는 것을 반복하며 연달아 끔찍한 악몽에 시달렸기 때문이다. 기자들이 나를 공격하고, 경찰이 내 어깨를 붙들고, 화성인들이 막대를 겨누는 꿈들이었다. 모두 내가 가짜라는 사실을 알고 있었고, 자기네들끼리 누가 나를 데려가서 지하 감옥에 가둘 권리를 가지는지를 놓고 말싸움을 벌이는 중이었다.

가속 경고음이 들려 나는 잠에서 깨어났다. 닥의 우렁찬 목소리가 울리고 있었다. "처음이자 마지막 적색경보! 3분의 1중력! 1분!" 나는 서둘러 침대로 돌아가 난간을 붙들었다. 중력이 돌아오자 기분이 훨씬 나아졌다. 3분의 1이면 별로 강한 중력은 아니었다. 내 짐작으로는 화성 표면과 비슷할 것이다. 하지만 속을 진정시키고 바닥이 바닥으로 느껴지게 하는 데에는 분명 도움이 되었다.

5분 정도 지나서 닥이 문을 두드리더니, 내가 문을 향해 움직이는 동안 자기가 알아서 열고 돌아왔다. "잘 지내셨습니까, 대장."

"잘 있었나, 닥. 자네가 돌아온 것을 보니 정말로 기쁘군."

"제가 기쁜 것만 하겠습니까." 그는 지친 투로 말했다. 그는 내 침대를 곁눈질했다. "저기서 다리 좀 뻗어도 되겠습니까?"

"마음대로 하게."

그는 침대에 누워서 한숨을 쉬었다. "젠장, 정말로 지치는군! 일주일 내내 잘 수 있을 것 같아……. 아무래도 진짜 그래야겠어."

"우리 둘 다 마찬가지 아닌가. 어…… 그래서, 그 사람은 이리 옮겼나?"

"그래. 이런 끔찍한 장애물 경주는 생전 처음이군!"

"그렇겠지. 그래도 제퍼슨 공항에서 임기응변으로 대처한 것에 비하면 이런 작고 격식 없는 공항에서 일을 벌이는 쪽이 분명 더 쉽지 않겠나."

"허? 아니, 이쪽이 더 힘들다네."

"에?"

"당연한 소리 아닌가. 여기서는 모두가 서로를 알고 있어. 그리고 모든 사람들이 자기가 본 것을 말하고." 닥은 삐딱한 미소를 지었다. "그분을 냉동 운하새우 상자에 넣어서 운반해 왔다네. 수출 관세까지 지불해야 했지."

"닥, 그 사람 상태가 어떤 건가?"

"글쎄……." 닥은 얼굴을 찌푸렸다. "카펙 박사 말로는 완벽하게 회복할 수 있을 거라 하네. 시간문제일 뿐이지." 그리고 그는 감정을 폭발시키듯 덧붙였다. "그 쥐새끼들을 잡을 수만 있다면! 자네도 놈들이 그분에게 한 짓을 보면 마음이 꺾이고 눈물이 터져 나올 걸세. 그런데 놈들에게 손을 댈 수가 없다니. 그분을 위해서 말이야."

닥 본인도 울음을 터트리기 직전이었다. 나는 부드럽게 말했다. "그 사람에게 가혹한 행동을 했다는 말은 페니에게 들었어. 얼마나 심한 부상을 입은 건가?"

"뭐? 페니 말을 오해한 모양이로군. 끔찍하게 더럽고 면도가 필요하다는 점 말고는 물리적으로는 조금도 문제가 없었다네."

나는 어안이 벙벙해졌다. "그 작자들이 폭력을 사용했다는 말인 줄 알았는데. 야구방망이로 죽어라 후려치거나 그런 줄로만 알았지."

"차라리 그 편이 나았을 걸세! 뼈가 좀 부러진 정도가 뭐 어떻단 말인가? 아냐, 아냐. 놈들은 그분의 뇌에다 장난질을 쳐놨다네."

"아……." 순간 속이 역겨워졌다. "세뇌 말인가?"

"그래. 그렇기도 하고, 아니기도 하지. 그분의 입을 열려고 한 짓은 아닐 거야. 정치적으로 중요한 비밀 따위를 숨기는 분이 아니었으니까. 항상 모든 일을 터놓고 해결하셨고, 모두가 그 사실을 알고 있지. 분명 그분을 통제하기 위해서, 도망치지 못하도록 하기 위해 사용한 것일 테지."

그는 말을 이었다. "박사 말로는 놈들이 그분을 얌전하게 만들기 위해 매일 최소량만을 주사한 것 같다고 하더군. 그분을 풀어주기 전까지는 말이야. 그리고 풀어줄 때 코끼리를 끽끽거리는 얼간이로 만들어버릴 정도의 양을 한 번에 투여한 걸세. 지금 그분의 전두엽은 목욕용 스펀지처럼 약물에 흠뻑 절어 있을 거야."

너무 역겨워서 식사를 하지 않은 것이 다행이라 여겨질 정도였다. 한때 이런 주제에 대한 글을 읽은 적이 있는데, 너무 혐오스러워 도리어 매료될 지경이었다. 내 마음속에는 사람의 인격을 가지고 노는 일이 부도덕적이고 저열한 짓이라는 절대 명제가 있었던 모양이다. 그에 비하면 살인 따위는 깨끗한 경범죄에 지나지 않는다. '세뇌'란 후기 암흑시대의 공산주의 운동에서 유래된 용어다. 처음에는 인간의 의지를 꺾고 물리적인 모욕과 치밀한 고문을 통해 인격을 개조하는 일을 의미했다. 그러나 이런 방식을 사용하면 몇 달이 걸릴 수도 있다. 훗날 사람들은 '보다 나은' 방법을, 몇 초면 사람 하나를 나불대는 노예로 바꾸어 놓을 수 있는 기술을 찾아냈다. 바로 여러 종류의 코카인 유도체 중 하나를 사람의 전두엽에 직접 주사해버리는 것이다.

이런 저열한 요법은 처음에는 합법적인 목적으로, 예를 들어 고통에 시달리는 환자를 편하게 하고 정신 요법을 시술하기 위해서 사용되었다. 그런 경우에는 전두엽 절제술을 대체하는 셈이므로 인도적인 측면에서 발전이라 할 수 있을 것이다. '전두엽 절제술'은 이제 '정조대'만큼이나 과거의 단어가 되어버렸지만, 그 뜻을 설명하자면 사람의 대뇌에 나이프를 넣고 휘저어 목숨을 빼앗지 않고 인격을 앗아가버리는 시술을 말한다. 그래, 예전에는 사람들이 진짜로 그런 짓을 했었다. '악마를 쫓아내기 위해' 사람을 구타하던 것과 마찬가지로 말이다.

공산주의자들은 약물을 통한 세뇌라는 신기술을 효율적으로 만들었고, 공산주의자가 사라진 다음에는 군에서 기술을 더욱 갈고 닦았다. 가볍게 약물을 투여해 지휘관의 명령에 따르게 만들 수도, 흠뻑 투여해서 영혼 없는 원형질 덩어리로 만들 수도 있었다. 모든 것이 군 조직을 위해서라는 미명하에 저질러진 일이다. 애초에 자기 비밀을 고이 간직하고 싶을 정도로 완고한 사람이 존재한다면 어떻게 '전우애'를 향유할 수 있겠는가? 그리고 비밀을 숨기고 있지 않다는 사실을 확인하고 싶다면, 안구 뒤편까지 바늘을 찔러 뇌에 떠버리 주스를 쏘아 넣는 것 이상의 방법이 또 있겠는가? '계란을 깨지 않고는 오믈렛을 만들 수 없는 법이다.' 악당의 궤변이란 전부 이런 식이지. 하!

물론 아주 오래전부터 이런 짓거리는 불법이 되었다. 법원의 허가를 받은 다음 치료를 위해 사용할 때를 제외하고는 말이다. 그러나 범죄자들은 이런 약물을 일상적으로 사용하고, 경찰 역시 언제나 백합처럼 깨끗한 것은 아니다. 죄수의 입을 열 수 있는 데다 눈에 띄는 외상은 조금도 남지 않으니까. 작업을 마친 다음에 전부 잊어버리라는 지시를 내릴 수도 있다.

닥이 봉포르 씨가 겪은 일을 설명해주었을 때 이미 이런 사전 지식을 대부분 알고 있었고, 나머지는 우주선에 있던 바타비아 대백과사전에서 찾아낸 내용이다. '고문' 항목의 '정신 통합'에 대한 설명을 참조하기 바란다.

나는 고개를 저으며 마음속에서 악몽을 몰아내려 했다. "하지만 회복할 수 있다는 거지?"

"의사 선생 말로는 뇌의 구조를 바꾸는 약물은 아니라고 하더군. 그저 마비시킬 뿐이지. 언젠가는 혈류가 약물을 모두 씻어 내버릴 거라고 했네. 신장에 도달해서 몸 밖으로 빠져나가는 거지. 하지만 시간이 걸릴 걸세." 닥은 나를 바라보았다. "대장?"

"어? 이제 그 '대장' 짓거리는 관둘 때가 되지 않았나? 그 사람이 돌아왔는데."

"바로 그 문제 때문에 상의를 하고 싶었던 걸세. 대역 일을 조금만 더 오래 맡아주면 자네에게 폐가 되려나?"

"하지만 왜? 이제 여기 위에는 우리 편 사람들밖에 없지 않나."

"사실 그게 그렇지는 않다네. 로렌초, 지금까지 우리는 이 비밀을 지독할 정도로 치밀하게 지켜왔다네. 나도 알고, 자네야 당연히 알지." 그는 손가락을 꼽으며 말을 이었다. "거기에 의사 선생과 로그와 빌이 있지. 물론 페니도 있고. 지구 쪽에 랭스턴이라는 친구가 하나 더 있는데, 자네는 만나본 적이 없지. 아마 지미 워싱턴은 눈치를 챘을 테지만, 그 사람은 자기 어머니에게라도 절대 말하지 않을 걸세. 이번 납치 사건에 얼마나 많은 인원이 관여되어 있는지는 알 수 없지만 분명 그리 많지는 않겠지. 어쨌든 놈들 쪽에서 감히 입을 열 수는 없을 테고. 그리고 웃기는 점은, 놈들이 원한다고 하더라도 그분이 사라졌다는 사실 자체조차 증명할 수가 없다는 거야. 어쨌든 내 요점은 이걸세. 여기 토미 호 선상에도 우리 계획을 알지 못하는 선원과 기타 놈팡이들이 수도 없이 많아. 친구, 잠시 여기 머물면서 매일 선원이나 지미 워싱턴 휘하의 아가씨 등에게 모습을 비추는 것은 어떻겠나? 그분이 회복되는 동안에 말이야. 어떤가?"

"음…… 안 될 이유는 없을 것 같은데. 얼마나 오래 걸릴 것 같나?"

"돌아가는 동안만이지. 천천히 가속해서 느리게 돌아갈 생각일세. 자네에게도 쾌적할 거야."

"좋아. 닥, 이 일은 보수를 계산할 때 넣지 않아도 되네. 이번 일을 돕는 건 내가 세뇌라는 짓거리를 혐오하기 때문이니까."

닥은 자리에서 벌떡 일어나 내 어깨에 손을 올렸다. "자네는 내가 좋아하는 부류의 사람이야, 로렌초. 보수 걱정은 말게. 알아서 잘 처리해줄 테니." 그리고 그는 태도를 바꾸어 말했다. "좋습니다, 대장. 그럼 아침에 뵙지요."

그러나 한 가지 일거리는 다른 일거리를 불러오게 마련이다. 닥이 돌아온 이후 시작한 가속은 그저 방송국에서 후속 보도용 셔틀을 보내기 힘들도록 보다 먼 궤도로 바꾸기 위한 것일 뿐이었다. 나는 자유낙하 상태에서 깨어나 알약을 먹은 다음 간신히 아침식사를 했다. 얼마 지나지 않아 페니가 등장했다. "안녕히 주무셨나요, 봉포르 씨."

"잘 잤나, 페니." 나는 객실 쪽으로 슬쩍 머리를 기울여 보이며 말했다. "다른 소식 없나?"

"없습니다, 대장. 여전해요. 선장이 할 말이 있다는데 괜찮으시다면 그쪽 선실로 와주실 수 있으십니까?"

"문제될 거야 없지." 페니도 나를 따라 들어왔다. 닥은 한 곳에 머물러 있기 위해 의자에 발뒤꿈치를 고정시키고 있었다. 로그와 빌은 의자에 고정끈으로 묶여 있었다.

닥이 주위를 둘러보고 말했다. "와주셔서 감사합니다, 대장. 도움이 좀 필요해서요."

"좋은 아침일세. 그래, 무슨 일인가?"

클리프턴은 항상 그렇듯이 정중하게 경의를 표해 보이며 가볍게 대장이라고 불렀다. 콥스먼은 고개만 끄덕였다. 닥은 말을 이었다. "이번 일을 깔끔하게 마무리 지으려면 한 번 더 모습을 보여주셔야 할 것 같습니다."

"흠? 내 생각에는……."

"잠깐 기다려보십쇼. 방송사들에서는 오늘쯤 대장이 제대로 된 연설을 하나 해줄 거라고 기대하고 있습니다. 어제 있었던 일을 언급하면서 말이죠. 로그는 취소시킬 생각이었는데, 빌이 어쨌든 연설문을 작성하긴 했습니다. 문제는 대장이 그걸 해줄 생각이 있느냐지요."

고양이를 입양할 때의 문제는 언제나 아기고양이가 딸려온다는 것이다. "어딘가? 고다드 시티인가?"

"그건 아닙니다. 바로 대장 선실에서 하면 됩니다. 그걸 포보스로 전송하면, 그쪽에서 화성으로 재전송하면서 동시에 뉴 바타비아로 통하는 전용 회선에도 올려줄 겁니다. 그럼 그걸 지구의 네트워크에서 잡아서 금성, 가니메데, 기타 등등으로 전송해주겠지요. 네 시간도 지나지 않아 태양계 전체에 퍼져나가겠지만 대장은 선실에서 조금도 벗어날 필요가 없는 겁니다."

이런 장대한 네트워크 시스템에는 어딘가 사람을 끓어오르게 하는 데가 있었다. 방송에 출연해 본 건 딱 한 번뿐이고, 그때도 편집 때문에 내 얼굴은 고작 27초 동안만 등장했을 뿐이었다. 하지만 네트워크 전체에 내 얼굴이 나온다는 생각을 하면…….

닥은 내가 머뭇거린다고 생각하고 덧붙였다. "별로 힘든 일은 아닐 겁니다. 장비가 있으니 여기 토미 호 선상에서 바로 촬영을 할 수 있거든요. 그런 다음에 우선 이쪽에서 돌려보고 필요하다면 편집을 하면 될 겁니다."

"그래…… 잘 알겠네. 빌, 자네가 대본을 가지고 있나?"

"그런데."

"어디 한번 보세."

"무슨 소리지? 때가 되면 다 알아서 드릴 텐데."

"거기 손에 들고 있는 그거 아닌가?"

"뭐, 그렇지."

"그럼 한번 읽어보지."

콥스먼은 짜증이 난 표정이었다. "녹화를 하기 한 시간 전에 드릴 거라고. 즉석에서 생각해낸 것처럼 들리는 쪽이 훨씬 효과가 좋거든."

"준비하지 않은 것처럼 말하는 것도 결국 세심한 준비의 결과물일세, 빌. 그건 내 전문 분야고. 나도 알고 있어."

"어제 우주공항에서는 준비 없어도 잘 하던데. 이것도 그냥 똑같은 속임수를 사용해주면 돼. 같은 방식으로 해줬으면 좋겠거든."

콥스먼이 시간을 끌면 끌수록 봉포르의 인격이 보다 강하게 발현되고 있었다. 아무래도 내가 폭풍을 불러오려는 모습을 눈치챘는지, 클리프턴이 재빨리 끼어들었다. "아, 그 정도로 하게, 빌! 연설문을 넘겨줘."

콥스먼은 코웃음을 치며 연설문을 내 쪽으로 던졌다. 자유낙하 상태라 종이는 그대로 허공을 날아왔지만, 공기가 있기 때문에 사방으로 흩어져버렸다. 페니가 종이를 전부 모아 순서를 맞춘 다음 내게 건넸다. 나는 그녀에게 감사를 표할 뿐 다른 말은 하지 않고 그대로 내용을 읽기 시작했다.

실제로 연설할 때 걸릴 시간에 비하면 찰나에 지나지 않을 짧은 시간 동안 내용을 훑어봤다. 다 읽은 후 고개를 들었다.

"어떻습니까?" 로그가 말했다.

"처음 5분 동안은 입문 의식에 관한 이야기로군. 나머지는 확장당의 정책에 대한 설명이고. 지금까지 내가 연구해 온 연설과 거의 비슷한 구성일세."

"그렇습니다." 클리프턴이 동의했다. "입문 의식을 나머지 내용으로 들어가기 위한 도입부로 사용하는 거지요. 알고 계시겠지만, 머지않아 내각 불신임 투표를 제청할 생각이거든요."

"잘 알겠네. 이런 절호의 기회를 놓칠 수야 없겠지. 글쎄, 다 괜찮기는 한데, 한 가지……."

"한 가지? 무슨 걱정이 있으십니까?"

"글쎄…… 인물 구축의 문제지. 몇 군데에서 어휘를 수정했으면 좋겠네. 그 사람이 사용할 만한 어휘가 아니야."

콥스먼은 숙녀 앞에서 사용할 수 없는 단어를 뱉으며 폭발했다. 나는 그를 차갑게 바라보았다. "제정신이 아닌 모양인데, 스마이스." 그는 말을 이었다. "봉포르가 어떤 말을 쓰는지 누가 더 잘 알 것 같나? 네놈? 아니면 지난 4년 동안 그 사람의 연설문을 써온 사람?"

나는 분노를 억누르려 애썼다. 그의 말에도 일리가 있었기 때문이다. "그렇다고 해도 종이 위에서는 괜찮아 보이는 말이 실제 연설로 옮기면 제대로 전달되지 않을 수도 있지 않은가. 봉포르 씨가 뛰어난 연설가였다는 사실은 이미 잘 알고 있네. 응

당 웹스터, 처칠, 데모스테네스 등과 같은 반열에 오를 만한, 단순한 어휘로 세상을 울리는 연설을 해낼 수 있는 사람이지. 그럼 여기 자네가 두 번 사용한 '비타협적인'이라는 단어를 한번 보게. 내가 연설을 한다면 이런 단어를 사용할 걸세. 문학 방면으로 박식하다는 사실을 자랑하고 싶어서 다음절어를 선호하는 편이거든. 하지만 봉포르 씨라면 '고집 센'이나 '완고한'이나 '양보하지 않는' 등의 표현을 쓸 걸세. 당연하지만 그 편이 감정을 훨씬 효과적으로 전달할 수 있기 때문이지."

"네놈은 제대로 연설을 하는 일에나 신경 쓰라니까! 단어는 내가 알아서 할 테니까."

"이해를 못 하는 모양인데, 빌. 나는 연설이 정치적으로 효과적이든 아니든 아무 신경도 쓰지 않아. 내 일은 인물의 연기를 완벽하게 해내는 것뿐이라네. 하지만 내가 연기하는 인물의 입에 그가 절대 사용하지 않을 대사가 쑤셔 박히면 어떻게 연기를 하겠나. 염소가 그리스어를 말하는 것처럼 억지로 하는 가짜 연기로 보일 거란 말이네. 하지만 내가 그 연설을 '그'가 사용할 만한 단어를 사용해서 할 수 있다면 자동적으로 연설이 자연스러워지겠지. 그 사람은 훌륭한 연설가니까."

"잘 들어, 스마이스. 연설문을 쓰라고 네놈을 고용한 게 아니야. 네놈을 고용한 이유는……."

"그만 두게, 빌!" 닥이 끼어들었다. "그리고 그 '스마이스' 짓거리도 자중하고. 어떤가, 로그? 어떻게 생각하나?"

클리프턴이 말했다. "그러니까 대장, 여기서 마음에 들지 않는 건 표현 문제뿐이라는 겁니까?"

"음, 그렇네. 사실 여기 쿼로가 씨에 대한 개인적인 비방도 잘라냈으면 좋겠군. 그리고 그의 자금줄에 대한 암시도 말이야. 진짜 봉포르처럼 들리지가 않거든."

그는 부끄러워하는 표정을 지었다. "그건 제가 직접 집어넣은 겁니다. 하지만 대장 말이 맞을 것 같군요. 그분은 증명되지 않은 일에는 항상 선의의 해석을 하시는 분이었지요." 그는 잠시 침묵을 지키다 이내 말을 이었다. "필요하다고 생각되는 부분은 전부 바꾸십시오. 일단 촬영을 한 다음에 돌려볼 수 있으니까요. 언제든 편집을 할 수도 있고, '기술적 문제'를 빌미로 취소할 수도 있을 겁니다." 그는 진지한 얼굴로 웃음을 지었다. "이렇게 정했네, 빌."

"젠장, 이런 말도 안 되는 짓거리가 세상에 어디……."

"결정 내렸다고 했네, 빌."

콥스먼은 그대로 방을 뛰쳐나가버렸다. 클리프턴은 한숨을 쉬었다. "빌은 항상 B씨를 제외한 다른 사람에게 지시를 받는 일을 싫어했지요. 하지만 유능한 친구기는 합니다. 어, 대장, 녹화 준비에 얼마나 걸릴 것 같습니까? 16시 정각에 방송을 시작해야 하는데요."

"나도 모르지. 어쨌든 시간은 맞추겠네."

페니가 나를 따라 사무실로 들어왔다. 그녀가 문을 닫은 다음 나는 말했다. "앞으로 한두 시간 정도는 자네가 없어도 괜찮을 걸세, 페니. 의사 선생에게 멀미약이나 좀 더 달라고 해주겠나.

필요할지도 모르니까."

"네, 대장." 그녀는 얼굴을 내 쪽을 향한 채로 문으로 날아갔다. "저기, 대장?"

"왜 그러나, 페니?"

"그분의 연설문을 자기가 전부 썼다는 빌의 말을 믿지 말라고 하고 싶어서요!"

"믿지 않았네. 나도 그 사람의 연설문을 전부 들었으니까. 이걸 읽고 어떻게 그런 생각을 하겠나."

"빌이 초안을 제출하기는 하죠. 꽤나 자주요. 로그도 마찬가지예요. 나도 한 적이 있어요. 그분은……, 그분은 괜찮다고 생각하면 어디서든 아이디어를 가져오셔요. 하지만 연설에 들어가면, 그분은 오로지 자신의 언어를 사용해서 말씀하세요."

"분명 그렇겠지. 이번 연설문을 미리 작성해두었다면 좋았을 텐데."

"그냥 최선을 다해주세요!"

나는 그렇게 했다. 처음에는 단순히 동의어를 바꾸는 것에서 시작했다. 라틴어 어원의 복잡하고 발음하기 어려운 단어를 게르만어 어원의 단순한 말로 바꾸는 일이었다. 그런 다음에는 흥분으로 얼굴이 벌겋게 날아오른 채 연설문을 통째로 분해해버렸다. 배우에게 있어 대본을 가지고 장난치는 것만큼 재미있는 일도 없는 법이다. 애초에 그럴 기회가 별로 없으니까.

청중으로는 페니 한 명만을 들였고, 닥에게 말해 우주선 내부에서 도청을 하는 사람이 없는지 확인해달라고 했다. 그 덩치 큰 멍청이가 나를 속이고 자기는 직접 들었을 것 같지만 말이다. 연설시작 3분 후 페니는 눈물을 흘리기 시작했고, 연설을 끝냈을 때에는 (방송국의 지시대로 정확하게 28분 30초가 걸렸다) 축 늘어져버렸다. 나는 확장주의 강령 자체에는 조금도 손을 대지 않았다. 지금 말하고 있는 사람은 확장주의의 공식적인 선도자, 존 조지프 봉포르 님이었으니까. 그저 그의 메시지와 전달 방식을 재구축했을 뿐이다. 많은 부분은 그의 예전 연설에서 따온 문장으로 구성되어 있었다.

묘한 점은 연설하는 동안 내가 그의 말을 단어 하나까지 진심으로 믿고 있었다는 것이다.

어쨌든 정말 끝내주는 연설이었다!

일을 마친 다음 우리는 모두 모여 녹화 내용을 재생하고 귀를 기울였다. 내 영상까지 포함한 전체 재생이었다. 지미 워싱턴이 자리에 참석해준 덕분에 빌 콥스먼도 입을 다물고 있었다. 전부 끝난 다음에 나는 말했다. "어떤가, 로그? 내용을 편집할 필요가 있겠나?"

그는 입에서 시가를 빼고 말했다. "아뇨, 만약 제 의견이 필요하시다면, 대장, 그냥 이대로 내보내자고 말하겠습니다."

콥스먼은 다시 방을 떠났다. 그러나 워싱턴 씨는 눈물을 가득 담은 눈으로 내 쪽으로 다가왔다. 자유낙하 상태에서 눈물은 귀찮은 존재다. 갈 곳이 없기 때문이다. "봉포르 씨, 정말로 훌륭했습니다."

"고맙네, 지미."

페니는 말문이 막힌 모양이었다.

그런 다음 나는 그대로 선실로 돌아갔다. 최고의 연기를 한 다음에는 탈진해버리는 법이다. 나는 여덟 시간도 넘게 곯아떨어져 있다가 경보음이 들리는 바람에 잠에서 깨어났다. 내 침대에 몸을 고정해놓은 상태였기 때문에—자유낙하 상태에서 이리저리 날아다니며 잠을 자는 것을 싫어하기 때문이었다—구태여 움직일 필요는 없었다. 하지만 지구로 돌아가는 중이라는 사실을 알고 있었기 때문에, 나는 첫 번째 경보와 두 번째 경보 사이에 조종실을 호출했다. "브로드벤트 선장?"

"잠깐 기다려주십쇼, 대장." 엡스타인이 대답하는 소리가 들렸다.

그리고 닥의 목소리가 들렸다. "네, 대장? 지금 일정대로 움직이는 중입니다. 대장의 명령에 따라서 말입니다."

"어? 아, 그래, 물론이지."

"아마 클리프턴 씨가 그쪽 선실로 가고 있을 겁니다."

"잘 알겠네, 선장." 나는 다시 침대에 누워서 기다렸다.

1배 중력으로 가속을 시작한 즉시 로그 클리프턴이 방으로 들어왔다. 그의 얼굴에는 내가 해석할 수 없는 묘한 우려의 표정이 떠올라 있었다. 승리감, 걱정, 혼란이 동일한 분량으로 섞인 표정이었다. "왜 그러나, 로그?"

"대장! 놈들이 선수를 쳤습니다! 퀴로가 내각이 사임을 했어요!"

# 7장

아직 잠이 덜 깼는지 머리가 돌아가지 않았다. 나는 머리를 흔들어 정신을 차리려 했다. "근데 왜 그리 걱정을 하는 건가, 로그? 자네들이 애초에 목표로 삼은 일이 바로 이것 아니었나?"

"글쎄, 음, 물론입니다. 하지만……." 그는 말을 멈추었다.

"하지만 왜? 이해할 수가 없구먼. 여기 자네들은 바로 이런 일을 일어나게 하기 위해 일하고 계략을 꾸며온 것 아닌가. 그리고 이제 이겼는데도 식장에 들어가고 싶은지 어떤지 자기 마음을 모르는 신부처럼 굴고 있지 않은가. 이유가 뭔가? 고약한 사기꾼들은 사라지고, 정당한 신의 자식들이 때를 만난 것 아닌가. 그렇지 않나?"

"어…… 정치에 대해서는 별로 아는 바가 없다고 했지요."

"그렇다는 걸 알고 있지 않나. 내가 있던 극단에서 지휘자에 입후보했다가 진 적이 있지. 덕분에 정치에 대한 관심이 깔끔하게 사라졌거든."

"음, 그러니까, 요는 타이밍이 중요하다는 겁니다."

"우리 아버지도 항상 그렇게 말씀하셨지. 이거 보게, 로그. 그러니까 선택할 여지가 있었더라면 쿼로가가 여전히 자리에 앉아 있는 편을 선택했을 거라는 말인가? 그 친구가 선수를 쳤다고 하지 않았나."

"설명해보지요. 우리가 정말로 원한 것은 불신임 투표를 제청한 다음 승리하고, 그를 통해 내각 총선거를 실시하는 것이었습니다. 하지만 우리가 원할 때, 우리가 선거에서 승리할 수 있다는 생각이 들 때 말입니다."

"아하, 그렇다면 지금은 선거를 이길 수 없다는 소리군. 쿼로가가 다시 5년 동안 재임하게 될 것이라 생각하는 것 아닌가. 아니면 적어도 인류당이 말이야."

클리프턴은 열심히 머리를 굴리고 있는 모양이었다. "아뇨, 아마 선거에서 승리할 가능성이 꽤나 높을 겁니다."

"음? 아무래도 내가 잠이 덜 깬 모양인데. 설마 이기고 싶지 않은 건가?"

"물론 이기고 싶지요. 하지만 그렇게 사임해버려서 우리가 어떻게 된 건지 모르시겠습니까?"

"아무래도 모르는 것 같구먼."

"자, 현 정권을 구성하는 정부는 헌법이 명시하는 대로 5년 안에는 어느 때에도 총선거를 실시할 수 있습니다. 평소라면 가장 시기가 적절할 때에 제국의 시민들에게 매달리겠지요. 하지만 외압이 없다면 공고와 선거 사이의 기간에 사임을 하지는 않을 겁니다. 이해가 되죠?"

정치에는 거의 관심이 없었지만 지금 상황이 묘하게 흘러간다는 건 분명했다. "그런 것 같네."

"하지만 이번에는 퀴로가 내각이 총선거를 결의한 다음 전원 사퇴해버린 겁니다. 제국에 제대로 된 정부가 남지 않은 거지요. 따라서 제국의 군주가 다른 사람을 불러 선거 전까지 나라를 통치할 '임시 대행' 정부를 구성해야 합니다. 법률에 따르면 대의회의 의원이기만 하면 누구든 불러들일 수 있지만, 선례에 따르자면 사실 다른 선택지가 없습니다. 내각 총사퇴가 일어나면—그러니까, 내부에서 직위를 변경하는 것이 아니라, 전부 업무를 관두면 말입니다—군주는 반대당의 당수를 불러와서 '임시 대행' 정부를 구성해야 합니다. 우리 정치 체제에서는 필수적인 일이지요. 형식적인 총사퇴를 방지할 수 있으니까요. 과거에는 다른 시스템을 여러 번 시도해보기도 했습니다. 속옷을 갈아입듯이 내각이 바뀌던 적도 있었지요. 하지만 지금 우리가 사용하는 체제는 내각에 책임을 지게 해주는 겁니다."

그의 말뜻을 이해하느라 워낙 바빠서 다음 말을 거의 놓칠 뻔했다. "따라서 당연하게도 황제가 봉포르 씨를 뉴 바타비아로 소환하게 된 겁니다."

"어? 뉴 바타비아라? 흠!" 나는 지금까지 제국의 수도에 가본 적이 없다는 생각을 하고 있었다. 달에 갔을 때는 복잡다단한 내 직업 덕분에 잠시 여행을 할 만한 시간도 돈도 없었던 것이다. "그래서 지금 항해를 시작한 거로군? 뭐, 나로서는 별 상관없는 일일세. 토미 호가 당장 지구로 돌아가지 않더라도 자네들이라면 나를 돌려보내 줄 방법 정도는 찾아낼 수 있지 않겠나."

"뭐라고요? 원 세상에, 그 걱정은 지금은 하지 마시죠. 때가 되면 브로드벤트 선장이 당신을 돌려보내 줄 방법 정도는 수도 없이 꾸며낼 수 있을 겁니다."

"미안하네. 자네들이 더 중요한 일에 여념이 없다는 사실을 잊고 있었네, 로그. 그래, 이제 일이 다 끝났으니 집으로 돌아가고 싶어 몸이 달아 있거든. 하지만 며칠, 아니 한 달 정도라도 달에서 지내는 정도는 상관없겠지. 딱히 급한 일이 있는 것도 아니고. 어쨌든 소식을 전하려고 들러주다니 고맙구먼." 나는 그의 얼굴을 살폈다. "로그, 자네 뭔가 엄청나게 걱정하고 있는 것 같은데."

"이해가 안 되십니까? 황제가 봉포르 씨를 호출한 겁니다. 황제 본인이요! 그리고 봉포르 씨는 대중 앞에 나설 수 있는 상태가 아닙니다. 놈들이 도박을 건 겁니다. 그리고 이걸로 우리가 외통수에 빠질 수도 있다는 겁니다!"

"음? 잠깐 기다려보게. 천천히 하자고. 자네가 무슨 결론을 내린 건지는 알겠네. 하지만 이거 보게, 친구. 우리는 아직 뉴 바타비아에 도착한 것이 아니잖나. 1억 마일, 아니 2억 마일, 아니 어찌됐든 멀리 떨어진 곳에 있다고. 카펙 박사라면 그때쯤이면 그 사람을 일으켜 세워서 제대로 말할 수 있을 정도로 만들 수 있지 않겠나. 안 그런가?"

"글쎄…… 그러기를 바라고 있습니다만."

"하지만 확신할 수 없다는 건가?"

"확신할 수가 없지요. 카펙 말로는 이 정도로 많은 양의 약물에 대해서는 임상 결과가 거의 없다고 하더군요. 개인의 내분비계 상태와 사용한 약물의 종류에 달려 있다고 합니다."

나는 순간 임시 대역이 공연 직전에 내게 강력한 설사약을 먹였을 때의 일이 떠올랐다. (하지만 나는 어쨌든 공연을 강행했다. 정신이 육체를 이길 수 있다는 명제의 좋은 예라고 할 수 있을 것이다. 그런 다음에는 놈을 해고시켰고.) "로그, 놈들이 마지막에 과도한 약물을 투여한 이유는 그저 가학 심리 때문이 아니었던 거로군. 이런 상황을 만들고 싶었던 거야!"

"그렇게 생각합니다. 카펙도 같은 생각이고요."

"잠깐! 그렇다면 퀴로가 본인이 이 납치 사건의 배후에 있다는 말 아닌가. 그렇다면 폭력배 집단이 제국을 운영하고 있었다는 소리고!"

로그는 고개를 저었다. "꼭 그런 것은 아닙니다. 가능성으로만 따져도 높지 않아요. 하지만 적어도 당내 행동파를 제어하는 작자들이 인류당 내부의 역학관계에도 영향을 끼친다는 말은 되겠지요. 그렇다고 그들에게 의혹을 제기할 수는 없을 겁니다. 우리의 손이 닿지 않는 곳에서 막대한 영향력을 행사하는 자들이니까요. 어쨌든 퀴로가에게 납작 엎드려 죽은 척을 할 때가 됐다는 신호를 보내고 명령에 따르게만 하면 되는 일 아닙니까." 그리고 그는 덧붙였다. "왜 지금이 적기인지에 대해서는 따로 암시를 줄 필요조차 없을 테지요."

"끔찍하군! 제국 최고위에 오른 사람이 그런 식으로 장사를 접고 사퇴할 수 있다고 말하는 건가? 배후에 있는 누군가가 그러라고 시켰다는 것만으로?"

"유감이지만 제가 생각하기에는 그런 일이 벌어진 것 같습니다."

나는 고개를 저였다. "정치판은 정말로 더럽구먼!"

"그건 아닙니다." 클리프턴은 딱 잘라 대답했다. "더러운 판 따위는 없습니다. 다만 가끔 더러운 선수를 상대하게 될 뿐이지요."

"뭐가 다른지 모르겠는데."

"완전히 다르다고 할 수 있지요. 퀴로가는 삼류 정치가에, 꼭두각시입니다. 제 소견으로는 악당들의 꼭두각시라고 할 수 있지요. 하지만 존 조지프 봉포르에게는 삼류라 할 만한 면모는 조금도 없으며, 결코 그 누구의 꼭두각시였던 적도 없습니다. 그 분은 추종자로서는 대의를 믿고, 지도자로서는 신념을 가지고 이끄는 분입니다!"

"내 실수를 인정하겠네." 나는 겸허하게 말했다. "그래, 그래서 어떻게 할 생각인가? 닥이 시간을 질질 끌어서 그 사람이 제대로 일을 할 수 있을 상태가 될 때까지 토미 호가 뉴 바타비아에 도착하지 않게 할 수는 없나?"

"시간을 끌 수는 없습니다. 1중력 이상으로 가속을 할 필요는 없을 겁니다. 봉포르 씨 정도의 연령이 되는 사람이 심장에 과도하게 부하를 줄 수는 없는 노릇이니까요. 하지만 미룰 수는 없습니다. 황제가 소환하면 가야 하는 법이니까요."

"그럼 어떻게 하나?"

로그는 대답하지 않고 나를 물끄러미 바라보았다. 나는 화가 나기 시작했다. "이봐, 로그. 말도 안 되는 소리는 하지 말게! 이건 나와는 아무 관계없는 일이야. 우주선 위에 가끔씩 모습을 비추는 것을 제외하면 내 일은 끝났네. 지저분하든 아니든 정치는 내 영역이 아니야. 그냥 보수를 지불하고 집으로 돌려보내주기만 하면, 나는 남은 인생 동안 선거인 등록조차 안 하고 살아갈 거네!"

"아마 아무것도 하지 않으셔도 될 겁니다. 카펙 박사가 분명 그분을 제 상태로 돌려놓을 테니까요. 하지만 그렇게까지 힘든 일도 아니고—입문 의식 정도는 아니란 말입니다—그저 황제를 알현하고 나서……."

"황제라고!" 나는 거의 비명을 지를 뻔했다. 대부분의 미국인과 마찬가지로 나 역시 왕족이라는 존재를, 그런 개념 자체를 진심으로 받아들이지 못하면서도, 군주 자체에 대해서는 마음속 깊은 곳에 인정할 수 없는 경외감을 품고 있었다. 어쨌든 우리 미국인은 뒷문으로 들어온 존재니까. 제국의 문제에서 온전한 발언권을 얻기 위해 동맹의 지위를 포기했을 때, 우리의 지역 정부와 헌법 등은 그대로 두어도 좋다는 명확한 동의가 있었다. 또한 왕족에 속하는 사람은 절대 미국을 방문해서는 안 된다는 협정도. 어쩌면 그게 문제일지도 모른다. 왕족에 익숙해지면 그들에게 이 정도로 경탄하지는 않을 수 있으니까. 어쨌든 '민주적인' 미국의 여성들이야말로 궁정의 사교계에 데뷔하고 싶어 안달이 나 있다고 악명이 높지 않던가.

"진정 좀 하시죠." 로그가 대답했다. "아마 아무것도 하지 않아도 될 겁니다. 그저 대비를 하고 싶을 뿐이에요. 지금 말하고 싶은 건 '임시 대행' 정부에는 딱히 문제될 게 없다는 겁니다. 법률을 통과시키지도 않고, 정책을 바꾸지도 않아요. 일은 전부 제가 알아서 하겠습니다. 선생이 해야 할 일은 단 하나—뭔가를 해야 하는 상황이 된다면 말입니다만—빌렘 왕 앞에 정식으로 모습을 드러내는 것뿐입니다. 그리고 그분이 건강을 회복할 때까지 충분히 제어 가능한 상황에서 기자회견을 한두 번 정도 하면 됩니다. 지금까지 한 일이 훨씬 힘들었을 겁니다. 그리고 선생이 필요한 상황이 오든 말든 보수는 지불하겠습니다."

"젠장, 이건 돈 문제가 아니라고! 이건, 음, 희곡의 역사에서 유명한 인물*의 말을 빌어 말하자면, '나는 빼주게'라고 해야 할 상황이지."

로그가 대답을 하기도 전에 빌 콥스먼이 노크도 하지 않고 내 선실로 밀고 들어와서는, 우리를 둘러보더니 클리프턴을 향해 날카롭게 말했다. "말해줬나?"

"그래." 클리프턴이 말했다. "맡지 않겠다고 하시는군."

"허? 말도 안 되는 소리!"

"말도 안 되는 소리가 아닐세." 나는 대답했다. "그리고 참고

* 새뮤얼 골드윈(1879~1974), 미국의 영화 제작자.

로 말해두겠는데, 빌, 방금 들어온 문에는 노크를 하기에 딱 좋은 부분이 달려 있다네. 우리 직종에서는 문을 두드리면서 '잠시 괜찮은가?'라고 소리치는 관습이 있어서 말이야. 자네가 기억을 해주었으면 좋겠네."

"아, 좀 닥쳐! 지금 한시가 급하다고. 대체 일을 맡지 않겠다는 헛소리는 뭐야?"

"헛소리가 아닐세. 내가 애초에 계약한 일이 아니잖나."

"개수작은! 스마이스, 네놈은 너무 멍청해서 깨닫지 못했는지 모르지만, 이제는 물러서기에는 너무 깊이 발을 들여놨다고. 그렇게 굴면 몸에 좋지 못할 거야."

나는 그에게 다가가서 팔을 잡아챘다. "지금 날 협박하자는 겐가? 그렇다면 밖으로 나가서 대화를 나누어보지."

그는 내 팔을 떨쳐냈다. "우주선 안에서? 정말 단순한 작자로군. 하지만 그 돌대가리 속에 이 난장판을 만든 게 네놈 자신이라는 생각은 떠오르지 않았나 보지?"

"무슨 소린가?"

"이 친구 말은……." 클리프턴이 대답했다. "퀴로가 정부의 몰락이 선생이 오늘 아침에 한 연설의 직접적인 결과물이라고 확신하고 있다는 뜻입니다. 그의 말이 맞을 수도 있어요. 하지만 그건 논점을 벗어난 문제입니다. 빌, 제발 최소한이라도 예의를 갖출 수 없겠나? 말다툼을 한다고 해서 뭐가 해결된단 말인가."

내가 퀴로가의 사임을 가져왔을 수도 있다는 가설에 너무 놀라서 콥스먼의 이빨을 털어내고 싶다는 욕구조차도 전부 잊어버릴 지경이었다. 진심으로 하는 소릴까? 그래, 물론 끝내주게 훌륭한 연설이기는 했다. 하지만 그런 결과가 가능하단 말인가?

글쎄, 만약 그랬다면 분명 업무를 훌륭하게 수행한 것일 테지.

나는 놀라움을 느끼며 물었다. "빌, 지금 자네가 방금 내 연설이 자네에게는 너무 지나칠 정도로 훌륭했다고 칭찬하고 있다고 받아들여도 되겠나?"

"허? 얼어 죽을, 그럴 리가! 형편없는 연설이었지."

"그런가? 두 가지를 동시에 충족시킬 수는 없을 텐데. 형편없는 연설이 너무 크게 부풀려져서 인류당을 그대로 자리에서 쫓아내버릴 정도였다는 소리 아닌가. 혹시 그렇게 말하고 싶은 건가?"

콥스먼은 짜증이 가득한 표정으로 답변을 하려다, 클리프턴이 애써 웃음을 참고 있다는 사실을 깨달았다. 그는 얼굴을 찌푸리고는 다시 대답을 시작하려다……, 결국 어깨를 으쓱하며 말했다. "좋아, 악당 자식. 네 말이 맞다. 그 연설은 퀴로가 정부의 몰락과는 아무 관계도 없었을지도 몰라. 어쨌든 지금 해야 하는 일이 있는 건 분명하잖나. 대체 왜 네놈 몫의 의무를 다하려 하지 않는 거지?"

나는 그자를 바라보며 애써 분노를 삼켰다. 이번에도 봉포르의 영향이 효력을 발휘했다. 차분한 배역을 연기하면 배우의 내면도 차분해지는 법이다. "빌, 이번에도 역시 두 가지를 동시에

만족시킬 수는 없네. 자네는 나와의 관계에서 나를 고용인 이상으로 생각하지 않는다는 점을 명백히 보여주었네. 그에 따르면 이미 끝난 내 작업물 말고는 나한테는 아무런 의무도 없어. 내가 원하지 않는 한 다른 일로 고용할 수는 없지 않나. 그리고 나는 그 일을 원하지 않는 상황일세."

그는 다시 입을 열었지만 나는 그대로 그의 말을 잘랐다. "이걸로 끝일세. 이제 나가주게나. 자네는 여기 오지 말았으면 하네."

그는 어안이 벙벙해진 모양이었다. "네놈이 뭐라고 여기서 명령을 내릴 수 있다고 생각하는 거야?"

"아무도 아니지. 자네가 지적한 대로 아무도 아니야. 하지만 여기는 선장이 지정한 내 개인 선실일세. 그러니 지금 나가지 않으면 내가 직접 내쫓겠네. 자네 태도가 마음에 들지 않거든."

클리프턴이 조용히 덧붙였다. "얌전히 나가게, 빌. 상황이 어떻게 변해도, 이곳은 현재 선생의 개인 선실일세. 그러니 떠나는 게 좋을 거야." 로그는 머뭇거리다 이렇게 덧붙였다. "아무래도 우리 둘 다 나가는 편이 좋을 것 같군요. 합의점을 찾기 힘들 것 같으니 말입니다. 실례해도 되겠습니까…… 대장?"

"물론일세."

나는 자리에 앉아 이 문제를 한동안 곱씹어보았다. 가벼운 말다툼일 뿐이었지만 콥스먼의 도발에 반응했다는 점만으로도 충분히 유감이었다. 품위 없는 행동이었으니까. 하지만 마음을 정리해본 결과 콥스먼에 대한 개인적 감정이 내 결정에 영향을 끼치지 않았다고 확신할 수 있었다. 그가 등장하기 전에 이미 결론을 내린 상태였으니 말이다.

문 쪽에서 절제된 노크 소리가 들렸다. 나는 소리쳤다. "누군가?"

"브로드벤트 선장입니다."

"들어오게, 닥."

그는 방으로 들어와 자리에 앉았고, 한참 동안 손거스러미를 뜯어내는 일에 관심을 보이는 듯했다. 그러다 그는 마침내 고개를 들고 말했다. "만약 그 자식을 감옥에 처넣어버리면 생각이 바뀌겠나?"

"어? 이 우주선에 감옥이 있던가?"

"아니. 하지만 임시변통으로 하나 만드는 정도는 어렵지 않지."

나는 그 두꺼운 머릿속에서 돌아가는 생각을 읽으려 애쓰며 그를 물끄러미 바라보았다. "내가 부탁하면 진짜로 빌을 감옥에 넣을 건가?"

그는 고개를 들고 눈썹을 찡긋하며 비틀린 미소를 지었다. "아니. 그런 일 정도로 함부로 행동해서는 선장의 그릇이라 할 수 없겠지. 그분 본인이 그런 명령을 내린다고 해도 듣지 않을 걸세." 그는 봉포르가 있는 방 쪽으로 고갯짓을 해 보이며 말했다. "남자라면 오직 자신만이 내릴 수 있는 결정이 있는 법이거든."

"바로 그거지."

"음…… 자네도 그런 종류의 결정을 내렸다고 들었네만."

"그렇다네."

"그런가. 나는 그동안 자네를 상당히 존경하게 됐다네, 이 친구야. 처음 만났을 때는 겉치레에만 신경 쓰는 속이 텅 빈 작자인 줄만 알았어. 내 생각이 틀렸던 모양일세."

"칭찬 고맙군."

"그러니 자네에게 애원하지는 않겠네. 그냥 말해주게. 제반 사항을 놓고 토론할 가치도 없는 건가? 이미 모든 상황을 충분히 검토한 건가?"

"이미 결단을 내렸다네, 닥. 이건 내가 끼어들 수 있는 분야가 아니야."

"그래, 자네 말이 옳을지도 모르지. 유감일세. 그분이 시간에 맞춰 자리를 털고 일어나기를 바라는 수밖에 없겠군." 그는 자리에서 일어섰다. "그리고 말인데, 페니가 자네와 이야기를 하고 싶다더군. 이번에도 자네가 즉시 내쳐버리지만 않는다면 말일세."

나는 딱딱하게 웃었다. "'그리고 말인데'인가? 순서가 잘못된 것 아닌가? 카펙 박사가 등장해서 내 팔을 비틀 차례인 것 같은데?"

"차례를 넘기기로 했다네. B씨 때문에 바쁘거든. 그래도 이 말 하나는 전해달라더군."

"흠?"

"지옥으로나 꺼져버리라고 했네. 조금 미사여구가 들어가기는 했지만, 기본적인 뜻은 이거야."

"그렇게 말했나? 뭐, 따뜻한 불가에 박사님 자리도 맡아놓겠다고 전해드리게나."

"페니를 들여보내도 되겠나?"

"아, 물론이지! 하지만 시간낭비라고 미리 말해두는 편이 좋을걸. 내 답은 여전히 '아니요'니까."

그리고 나는 마음을 바꿨다. '정글의 욕망' 향기가 풍겨오면 상대방의 논점이 훨씬 논리적으로 느껴지다니, 정말 묘한 일 아닌가? 페니가 부당한 방법을 사용했다는 것은 아니다. 눈물조차 흘리지 않았으니까. 물론 내가 그녀에게 손을 댄 것도 아니고. 다만 그녀의 논점을 계속해서 받아들이다 보니 결국 더 이상 물러설 구석이 남지 않았을 뿐이다. 회피할 시도조차 할 수 없었다. 페니는 구세주 타입이고, 그녀의 진실한 마음은 전염성이 강하니까.

* * *

화성에 갈 때의 작업량은 뉴 바타비아로 가는 동안 학습한 양에 비하면 아무것도 아니었다. 이미 인물의 기본은 완성되어 있으니 이제 배경을 채워 넣어서 거의 모든 상황에서 봉포르일 수 있도록 준비해야 했다. 목표가 황제 알현이기 때문에 뉴 바타비아에 도착하면 수백, 수천의 사람들을 만나게 될 것이 분명했다. 로그는 해야 할 일이 있는 저명인사들이 흔히 그렇듯 몇 겹의 방어선을 준비해주겠다고 했다. 그래도 사람을 만나기는 해야 할 것이다. 저명인사는 저명인사고, 그 사실을 피할 수는 없는 법이니까.

지금 수행하려 하는 아슬아슬한 외줄타기 곡예가 가능한 이유는 봉포르의 팔리 파일이 존재하기 때문이다. 아마 지금까지 만들어진 팔리 파일 중에서도 가장 훌륭할 것이다. 팔리는 20세기 정치가, 내 기억에 의하면 아이젠하워의 사무장이었던 사람* 이다. 그리고 그가 정치가의 개인 관계를 다루기 위해 창안해낸 시스템은 독일인이 창안한 전시 참모 본부 시스템과 비견할 만하다. 그러나 나는 페니가 봉포르의 파일을 보여주기 전까지 그 이름조차 들어본 적이 없었다.

사실 그저 사람들에 대한 내용을 기록한 파일일 뿐이다. 하지만 정치의 기술이란 결국 사람이 전부이지 않은가. 이 파일에는 봉포르가 기나긴 공직 생활 동안 만났던 수천 명의 사람에 대한 모든, 또는 거의 모든 내용이 담겨 있었다. 서류 한 장마다 그 사람에 대해 봉포르가 개인적인 접촉을 통해 알게 된 사실이 적혀 있었다. 뭐든지, 아무리 사소한 것이라도. 사실 제일 먼저 보이는 것이 사소한 내용이었다. 아내의 이름과 별명, 아이들, 애완동물, 취미, 음식이나 주류의 취향, 편견, 괴팍한 성격 등. 그 뒤로는 봉포르가 그 사람과 대화를 나눈 모든 상황의 일시와 장소, 짤막한 메모가 이어졌다.

* F. D. 루즈벨트의 사무장이었다.

가능하다면 사진도 첨부되어 있었다. '특별 항목', 즉 봉포르 본인이 직접 알게 된 것이 아니라 검색을 통해 찾아낸 정보는 있을 수도 없을 수도 있었다. 요는 그 사람의 정치적인 중요도에 달린 일이었다. 때로는 '특별 항목'이 수천 단어에 이르는 온전한 인물 소개일 경우도 있었다.

페니와 봉포르 두 사람 모두 체온을 동력으로 작동하는 소형 녹음기를 가지고 다녔다. 혼자 있을 때면 봉포르 본인이 시간 날 때마다 자기 녹음기에 내용을 기록했다. 화장실이나 차를 타고 있을 때 등. 페니가 동행하는 경우에는 그녀가 손목시계로 위장한 자기 녹음기에 내용을 기록했다. 그러나 내용을 문서로 옮기고 마이크로필름에 담는 일까지 페니가 할 수는 없었다. 지미 워싱턴의 수하 여직원 두 명이 오로지 그 일에만 매달리고 있었다.

페니가 그 엄청난 양의 팔리 파일을 보여주고—그리고 정말로 엄청난 양이었다. 필름 하나당 1만 단어 이상이 담겨 있었는데도—그 물건이 봉포르 씨의 인간관계에 대한 개인적 정보라고 말해주었을 때 나는 비명신음 소리를 냈다. (비명을 지르며 동시에 신음을 흘리는 것이다. 보다 강렬한 감정을 덧실어서)

"이거 너무 잔인하지 않은가, 우리 아가씨! 도저히 불가능한 일이라고. 사람 머리로 어떻게 저걸 다 외울 수 있겠나."

"그야 뭐, 물론 불가능하겠죠."

"방금 저게 그 사람이 자기 친구와 지인들에 대해 기억하고 있는 내용이라고 말하지 않았나."

"조금 다릅니다. 그분께서 기억하고 싶어 하는 내용이라고 말했지요. 하지만 불가능한 일이기 때문에 이런 방법을 사용하시는 거예요. 걱정하지 마세요. 아무것도 암기할 필요는 없으니까요. 그저 이런 정보를 제공할 수 있다는 점을 알려드리고 싶은 겁니다. 누군가를 만나기 전에 적어도 1, 2분 정도 그 사람의 팔리 파일을 검토할 수 있도록 하는 것이 제 일이니까요. 필요하다면 같은 방식으로 보호를 해드릴 수도 있습니다."

나는 그녀가 책상 단말기에 띄워놓은 파일 하나를 바라보았다. 남아프리카 공화국 프리토리아에 사는 손더스 씨라는 사람이었던 것 같다. 그 사람은 스너플즈 불리보이라는 이름의 불도그를 한 마리 키우고 있고, 별 특징 없는 자녀 한 무리를 데리고 있으며, 소다수를 탄 위스키에는 라임을 살짝 첨가하는 것을 좋아했다. "페니, 설마 B씨가 이런 사소한 일까지 기억하고 있는 양 행동한다는 건가? 내 눈에는 사기에 가까운 일로 보이는데."

자신의 우상을 폄훼했다는 이유로 화를 내는 대신 페니는 진지하게 고개를 끄덕였다. "저도 한때는 그렇게 생각했습니다. 하지만 대장, 그건 잘못된 시각에서 보고 계신 거예요. 친구분의 전화번호를 받아 적어본 적 없으신가요?"

"어? 물론 있지."

"그게 부정직한 행동인가요? 고작 전화번호도 외우지 못할 정도로 신경을 쓰지 못했다는 이유로 친구분께 사과를 하실 건가요?"

"음? 잘 알겠네, 내가 졌군. 완벽히 이해했네."

"여기 내용은 그분의 기억력이 완벽하다면 기억하고 싶은 내용이에요. 그렇지 못한 이상, 친구의 생일을 잊지 않으려 티클러 파일을 사용하는 것과 마찬가지로 사기라고는 할 수 없는 거지요. 사실 다른 점도 없어요. 이건 모든 내용을 기록하는 대형 티클러 파일일 뿐이에요. 하지만 그게 다가 아니죠. 정말로 중요한 사람을 만나보신 적이 있나요?"

나는 기억을 더듬어보았다. 페니는 연극계의 거장들을 말한 것이 아니었다. 그런 이들이 존재한다는 사실조차 거의 모르고 있었으니까. "예전에 한번 워필드 대통령을 만난 적이 있다네. 그때 열 살인가 열한 살 정도의 아이였지."

"그때 어떤 일이 있었는지 정확하게 기억하고 있나요?"

"그야 당연하지. 그분은 '어쩌다 팔이 부러진 게냐, 애야?'라고 물어보셨다네. 그리고 나는 '자전거를 타다 다쳤어요, 대통령 각하'라고 대답했지. 그리고 그분은 '나도 똑같은 일을 겪었단다. 내 경우에는 쇄골이었지만'이라고 말씀하셨지."

"그분이 아직 살아계셨다면 그 일을 기억하고 있을 것 같나요?"

"그럴 리가 있나."

"기억하고 있을 수도 있어요. 그분도 팔리 파일을 사용했을 수 있으니까요. 이 팔리 파일에는 그 나이대의 아이들도 수록되어 있어요. 아이는 자라나서 성인이 되니까요. 요는 워필드 대통령과 같은 최고위층의 인물은 기억할 수 있는 한도보다 훨씬 많은 사람들을 만난다는 거예요. 무수한 군중에 속해 있는 사람들은 그 유명한 사람과의 만남을 세세한 부분까지 기억하게 되지요. 하지만 그 모든 사람들에게 있어 세상에서 가장 중요한 사람은 바로 자기 자신이에요. 정치가라면 그 사실을 절대 잊어서는 안 되죠. 따라서 정치가에게 있어, 그런 사람들이 자신에 대해 기억하는 그런 사소한 내용을 기억할 방법을 마련한다는 자체만으로도 예의 바르고 친절하고 상냥한 행동인 거예요. 정치에서는 반드시 필요한 일이기도 하고요."

나는 페니에게 말해 빌렘 왕에 대한 팔리 파일을 띄우게 했다. 비교적 내용이 짧아서 처음에는 낙담했지만, 곧 그 사실이 봉포르가 황제를 잘 알지 못하며 공적인 장소에서만 몇 번 만났다는 뜻이라는 결론을 내렸다. 봉포르가 처음 총리직을 맡은 것은 전임 황제 프레데릭이 죽기 전이었던 것이다. 특별 항목도 없었고, 그저 '오랑주 왕실 항목을 참조할 것'이라는 주석만이 붙어 있었다. 나는 그 말에 따르지 않았다. 수백만 단어에 달하는 제국과 제국 이전의 가문의 역사를 파헤칠 시간은 없었을 뿐더러, 학창시절에는 역사 과목에서 우등 성적을 받기도 했으니까. 황제에 대해서는 봉포르 혼자만이 알고 있는 내용만 필요했다.

문득 팔리 파일 안에 지금 우주선에 있는 모든 사람들이 수록되어 있을 거라는 생각이 들었다. 그들 모두(a)사람이며 (b)봉포르가 만난 사람이었기 때문이다. 나는 페니에게 그 내용을 띄워 달라고 부탁했다. 그녀는 조금 놀란 것 같았다.

그리고 바로 내가 놀라게 됐지만. 톰 페인 호 안에는 대의회의 의원이 여섯 명이나 타고 있었다. 물론 로그 클리프턴과 봉포르 씨가 있다. 그러나 닥의 파일 첫 항목은 이렇게 시작했다. "브로드벤트, 대리어스 K., 자유 여객 조합 소속 상급 대의원." 또한 그가 물리학 박사 학위를 소지하고 있으며, 9년 전 제국 대회 권총 사격 준우승자이며, '에이시 윌라이트'라는 필명으로 시집을 세 권이나 출판했다는 사실도 기록되어 있었다. 나는 두 번 다시 사람을 겉보기만으로 판단하지 않겠다고 굳게 다짐했다.

봉포르의 어눌한 필체로 이런 주석이 붙어 있었다. '여자한테 터무니없이 약함. 반대 경우도 마찬가지지만!'

페니와 카펙 박사 역시 대의회의 일원이었다. 심지어는 지미 워싱턴조차도 그랬는데, 훗날 알게 된 바에 의하면 '안전한' 구역을 맡고 있었다. 라플란드의 대표라고 하니 분명 그 지역구에는 순록과 산타클로스도 포함되어 있을 것이다. 덤으로 그는 제일성서진리성령교회의 성직자기도 했다. 나로서는 들어본 적이 없는 종파였지만, 과묵한 목사처럼 보이는 그의 외모에 어울리는 항목이었다.

나는 특히 페니에 관한 내용을 아주 즐겁게 읽었다. 친애하는 페넬로페 탈리아페로 러셀 양 말이다. 그녀는 조지타운에서 정치학 석사 학위를 받았고 웰즐리에서 학사 학위를 받았는데, 어쩐지 전혀 놀랍지 않았다. 그녀는 '선거구 없는 대학 소속 여성'의 대표였는데, (훗날 알게 된 바에 따르면) 이 또한 안전한 지위였다. 그런 여성들은 5대 1의 비율로 확장주의 지지자였기 때문이다.

그 아래에는 그녀의 장갑 크기, 기타 신체 부위의 치수, 선호하는 색(옷 입는 법에 대해서 충고를 좀 해줄 수 있을 듯했다),

좋아하는 향수(물론 '정글의 욕망'이었다), 그 외의 세부 사항이 잔뜩 기록되어 있었다. 대부분은 별 악의 없는 내용이었지만, 여기에도 '주석'이 달려 있었다.

'강박증에 가까울 정도로 정직함. 숫자에 약함. 유머 감각이 없지만 나름 자부심을 가지고 있음. 식사에는 까다롭지만 설탕 체리는 게걸스럽게 해치움. '모든 생명의 어머니' 콤플렉스가 약간 있음. 인쇄된 문서를 보면 반드시 읽고야 맘.'

그 아래에는 다시 한 번 봉포르의 필체로 이런 내용이 덧붙어 있었다. '아, 컬리 탑! 또 훔쳐보는 모양이로구나.'

나는 페니에게 돌려주며 혹시 자신의 팔리 파일을 읽은 적이 있는지를 물어보았다. 그녀는 바로 퉁명스럽게 내 일에나 신경 쓰라고 쏘아붙였다! 그러고는 얼굴을 빨갛게 물들이고 사과를 하기는 했지만 말이다.

대부분의 시간을 학습에 쓰면서도, 나는 겉모습을 다시 확인하고 재조정을 가하는 데에도 시간을 들였다. 색채계를 사용해 반영구 피부 염색을 확인하고, 극도로 주의를 기울여 주름살을 새로 만들고, 사마귀 두 개를 덧붙이고, 전체 작업을 전기 붓으로 고정시켰다. 내 얼굴을 되찾으려면 피부를 벗겨내는 시술을 해야 할 테지만, 망가지지 않으며 아세톤으로 지울 수 없고 냅킨과 같은 위험 요소에도 안전한 분장을 하려면 어쩔 수가 없었다. 심지어는 카펙이 봉포르의 건강 기록에 가지고 있던 사진을 참조해 '불편한' 다리에 흉터를 추가하기도 했다. 봉포르에게 아내나 정부가 있었더라도 겉모습만으로는 진짜와 가짜를 분간해내지 못했을 것이다. 상당히 골치 아픈 일이었지만, 역할 연기라는 정말로 어려운 문제에서 잠시 해방될 수 있는 것만으로도 나쁘지 않았다.

그러나 여행 동안 정말로 전력을 쏟은 것은 봉포르의 생각과 신념을 받아들이는 일이었다. 다시 말하자면 확장당의 정책 자체를 말이다. 어떻게 말하면 봉포르 본인이 확장당 자체라고 할 수도 있었다. 단순히 가장 중요한 지도자가 아니라, 당의 사상가이자 가장 위대한 정치가였던 것이다. 확장주의는 이제 처음 창당했을 때의 '우리의 운명을 획득하자' 따위의 단순한 사상이 아니었다. 당시 확장당은 한 가지 공통점을 가진 온갖 오합지졸의 모임이었다. 그 공통점이란 천상의 미개척지가 인류의 미래에 있어 가장 중요하다는 믿음이었다. 봉포르는 그런 확장당에 이론과 도덕을 부여했으며, 제국의 깃발 아래 모두가 자유와 평등한 권리를 누려야 한다는 중심 사상을 심어주었다. 그는 인류가 백인종이 아프리카와 아시아에서 저지른 실수를 두 번 다시 되풀이해서는 안 된다는 이야기를 반복하곤 했다.

그러나 나는 한 가지 사실 때문에 혼란에 빠져 있었다. 이런 문제에 있어서는 극도로 순진한 사람이었으니 말이다. 확장당의 초기 역사는 현재의 인류당의 상황과 놀랍도록 비슷해 보인다는 것이다. 나는 정당이 사람처럼 성장에 따라 급격하게 변하기도 한다는 사실을 모르고 있었다. 인류당이 확장 운동의 일부 분파에서 발생했다는 사실 정도는 알고 있었지만, 그 문제를 자세히 생각해본 적은 없었다. 사실 당연한 일이었다. 하늘을 바라보지 않는 정당은 결국 역사의 흐름에 따라 세력이 줄어들고 당선자를 내놓지 못하게 되었으며, 올바른 노선을 선택한 하나의 정당이 두 분파로 갈리게 된 것이다.

아무래도 너무 앞서가는 모양이다. 내 정치적 교육은 이렇게 논리적으로 진행되지 않았다. 처음에는 그저 봉포르의 공식 발언을 있는 그대로 받아들였을 뿐이었다. 물론 지구를 떠날 때도 했던 일이지만 당시에는 그가 어떤 식으로 말하는지를 연구하고 있었다. 그리고 이제 그 말의 내용을 받아들이기 시작한 것이다.

봉포르는 위대한 전통을 따르는 훌륭한 연설가였지만 일단 논쟁을 시작하면 신랄한 표현도 마다하지 않았다. 예를 들어 화성인 둥지와의 조약, 즉 '티코의 화합'을 두고 논쟁이 벌어지는 와중에 뉴 파리에서 한 연설이 있다. 이 조약 덕분에 그는 총리 직위에서 물러나야 했다. 강행하기는 했지만 그 과정에서 일어난 마찰 때문에 재신임 투표에서 패배한 것이다. 그렇지만 퀴로가는 감히 그 조약을 파기할 엄두를 내지 못했다. 나는 이 연설에 특히 관심을 기울여 경청했다. 나 자신도 별로 좋아하는 조약이 아니었기 때문이다. 인간이 화성에서 누리는 것과 동일한 권리를 화성인이 지구에서도 누릴 수 있게 해줘야 한다는 발상 자체가 끔찍하게만 들렸던 것이다. 물론 크크카 둥지를 직접 방문하기 전의 이야기지만.

"소위 인류당이라 스스로를 칭하는 나의 적들은……." 봉포르는 살짝 혀짤배기소리를 섞어 이렇게 말했다. "자기네의 '인류에 의한, 인류를 위한, 인류의 정부'라는 구호가 링컨의 불멸의 명언을 시대에 맞게 옮겼을 뿐이라고 주장합니다. 그러나 그들의 목소리는 에이브러햄의 목소리지만, 그들의 손은 큐 클럭스 클랜의 손입니다. 일견 순수해 보이는 저 구호에는 '세상 모든 곳에 존재하는 모든 인종을, 오로지 인간에 의해서, 특권을 가진 일부의 이득을 위해 다스리는 정부'라는 뜻이 숨어 있습니다.

하지만 나의 적들은 항변합니다. 우리에게는 별들 사이로 계몽의 불빛을 퍼트릴 신이 내린 의무를 지고 있지 않느냐고, 야만인들에게 우리의 문명을 전파해야 하지 않느냐고. 이건 리머스 아저씨 수준의 사회학 이론입니다. 흑인들이 영가를 부르고 마사 할머니는 그들 모두를 따뜻하게 바라보고 있는 모습이 아닙니까! 아름다운 장면을 골라 찍어서 좁은 액자 안에 걸어 놓은 겁니다. 채찍이나 노예 경매장은 그 그림 속에 보이지 않습니다. 회계실도 마찬가지겠지요!"

나는 자신이 확장주의자까지는 아니더라도 봉포르주의자가 되어가고 있는 것을 발견했다. 그의 말에 담긴 논리에 설득이 되었는지는 확신할 수가 없다. 사실 아직까지도 논리적인지 확신하지 못하고 있다. 그러나 나는 모든 것을 수용하는 마음으로 그 영상을 지켜보았다. 나는 그가 무슨 말을 하는지 완벽하게 이해하고, 필요하다면 그의 자리에서 다른 말을 사용해서 같은 의견을 피력하고 싶었다.

어쨌든 내 눈 앞에는 자신이 무엇을 원하는지, 그리고 (훨씬 드물지만!) 왜 그것을 원하는지를 알고 있는 남자가 있었다. 나는 감탄할 수밖에 없었고, 그에 따라 자연스레 나 자신의 신념을 돌아보게 보게 되었다. 나는 무엇을 위해 살아왔는가?

당연하지만 연기를 위해서다! 나는 연기를 통해 성장했고, 연기를 좋아했고, 예술이 노력을 쏟을 가치가 있는 일이라는, 논리로 설명할 수 없는 신념을 가지고 있었다. 그리고 내가 돈을 벌 수 있는 유일한 방법이기도 했다. 하지만 그 외에는 뭐가 있는가?

나는 일반적인 윤리 관념에 크게 구애받은 적이 없는 사람이다. 슬쩍 맛보기는 했다. 현금이 없는 배우에게도 공공 도서관은 언제나 사용 가능한 유희 수단이니까. 하지만 내게는 장모님의 키스처럼 영양소가 부족하다는 느낌만 들곤 했다. 철학자란 시간과 충분한 양의 종이만 있으면 뭐든 옳다고 증명해낼 수 있는 족속들이니까.

대부분의 아이들이 받는 도덕 수업에 대해서도 같은 의구심을 느꼈다. 거의 다 쓸데없는 헛소리일 뿐이며, 개중 의미가 있는 부분은 '착한' 아이는 어머니의 낮잠을 방해하지 않는 아이이며 '착한' 어른은 걸리지 않고 은행 계좌를 빵빵하게 채울 수 있는 사람이라는 암시를 하고 있는 듯했다. 아니, 이 따위는 됐다!

하지만 들개에게도 생활 규범은 있는 법이다. 내 규범은 무엇인가? 내가 어떻게 살아왔는가? 아니면 적어도, 어떻게 살아야 한다고 생각해왔는가?

'쇼는 계속되어야 한다.' 나는 항상 이 말을 믿고 신조로 삼아 살아왔다. 하지만 왜 쇼가 계속되어야 하는가? 정말로 끔찍한 쇼도 있는데. 그야 뭐, 당신이 쇼를 하기로 동의했고, 눈앞에 청중이 있기 때문일 것이다. 매 공연에 최선을 다하라고 보수를 받았기 때문일 것이다. 고용주에게 빚을 진 것이다. 또한 무대 연출과 매니저와 감독과 다른 극단 사람들에게도 빚을 진 것이다. 또한 당신에게 연기의 기술을 가르쳐준 사람들, 그리고 옥외 극장과 석조 좌석이 있던 먼 옛날의 사람들, 심지어는 시장 바닥에 쪼그리고 앉아 있던 이야기꾼에게도 빚을 졌기 때문일 것이다. 노블레스 오블리주랄까.

나는 이런 생각은 어떤 직업에도 적용할 수 있다는 결론을 내렸다. '가치에 맞는 상품을 제공할 것.' '주춧돌부터 완공까지' 건축가의 사명을 다할 것. 히포크라테스 선서. 팀의 발목을 잡지 말 것. 정당한 보수에 정동한 노동. 이런 명제는 구태여 증명이 필요하지 않다. 삶의 필수적인 일부이니까. 영원히, 은하계의 반대편에서도 진리로 남을 테니까.

나는 문득 봉포르가 원하는 결론을 살짝 훔쳐본 듯한 느낌을 받았다. 만약 시간과 공간을 초월하는 윤리적 기초가 존재한다면, 그 윤리는 화성인과 인류 모두에게 진리일 것이다. 어떤 항성 주변을 노는 어떤 행성에서도 진리일 것이다. 그리고 그 진리에 따라 행동하지 않는다면 인류는 결코 별을 지배하는 자리에 서지 못할 것이다. 보다 나은 다른 종족이 표리부동하다는 이유로 인류를 단죄할 테니까.

확장의 대가는 도덕이다. '속기 쉬운 작자에게는 공정한 거래를 제안하지 마라'라는 격언은 광대한 우주에 적용하기에는 너무 속이 좁은 철학이다.

그러나 봉포르는 달콤함과 광명을 설교하지 않았다. "나는 평화주의자가 아닙니다. 평화주의란 사회 집단에 대가를 지불하지 않고 그 이득만 취하려는 자들이 내뱉는 부정직한 교의입니다. 그러고는 그 속임수의 대가로 성자의 후광을 취하려 들지요. 의장님, 삶은 자신의 삶을 잃는 일을 두려워하지 않는 이들에게 속하는 것입니다. 이 법안은 통과되어야 합니다!" 이 말을 하며, 그는 자리에서 일어나 군사력의 사용에 반대 의견을 표한 자기 당 의원들의 반대편으로 걸어가 섰다.

또는 이런 말도 했다. "편을 택하시오! 항상 편을 택하시오! 그러면 때로 잘못된 선택을 하겠지만, 편을 택하기를 거부하는 사람은 항상 잘못된 선택을 하는 법이오! 하늘이 선택을 두려워하는 겁쟁이들로부터 우리를 구원하시길. 자리에서 일어나 표결에 참여하기로 합시다." (이 마지막 말은 당 내부 회의에서 한 말이었지만, 페니가 자기 소형 녹음기에 기록했고 봉포르가 보관했다. 봉포르는 역사에 대한 감각이 있고, 항상 기록을 남기는 사람이었다. 그렇지 않았더라면 내가 사용할 재료가 별로 남지 않았을 것이다.)

나는 봉포르가 나와 같은 부류의 사람이라는 결론을 내렸다. 또는 적어도 내가 속해 있다고 생각하고 싶은 부류의 사람이라고. 자랑스럽게 맡을 만한 배역이었다.

내가 기억하는 한 진짜 봉포르가 준비가 되지 않으면 황제를 알현하겠다고 페니에게 약속한 이후로, 나는 그 여행 동안 한숨도 자지 않았다. 자려고 노력은 해보았다. 사냥개의 귀처럼 축 늘어진 눈두덩을 가지고 무대에 오를 수는 없는 일이니까. 하지만 내 연구 주제가 나를 사로잡았고 봉포르의 책상에는 자극적인 자료가 잔뜩 있었다. 아무런 방해도 없이 필요한 모든 도움을 받으며 24시간 내내 일할 수 있다면 사람 하나가 얼마나 많은 일을 이룩할 수 있는지.

그러나 뉴 바타비아에 도착할 때가 코앞으로 다가오자 카펙 박사가 방으로 들어와 말했다. "왼쪽 팔을 걷어보게."

"왜 그러나?" 내가 물었다.

"황제 폐하 앞에 나설 때 탈진해서 그대로 앞으로 고꾸라지면 곤란하니까. 이걸로 착륙할 때까지 잘 수 있을 걸세. 그런 다음에 해독제를 투여해주지."

"음? 그 말은 그 사람의 준비가 끝나지 않을 거란 뜻인가?"

카펙은 내 말에 대답하지 않고 그대로 주사를 찔러 넣었다. 나는 지금 틀어 놓은 연설을 마저 들으려 했는데 아무래도 수 초 안에 곯아떨어져 버린 모양이다. 다음으로 기억나는 것은 닥의 정중한 목소리였다. "일어나시죠, 대장, 이제 일어나셔야 합니다. 리페르세이 공항에 착륙했습니다."

DOUBLE
STAR

# 8장

우리 지구의 위성에는 공기가 없기 때문에 토치십도 착륙이 가능하다. 하지만 톰 페인 호는 우주에 머물면서 궤도상의 우주정거장에서 정비를 하도록 설계한 토치십이고, 따라서 착륙할 때는 선가 안으로 들어가야 한다. 잠들지 않고 그 모습을 볼 수 있었더라면 좋았을 거라는 생각이 들었다. 사람들 말에 따르면 떨어지는 계란을 쟁반으로 받는 쪽이 더 쉬울 지경이라고 하니 말이다. 닥은 그런 일을 할 수 있는 대여섯 명의 조종사 중 하나였다.

그러나 나는 선가 안에 들어와 있는 '토미'의 모습조차 구경할 수 없었다. 내가 본 것이라고는 에어록에 고정시킨 승객용 통로의 내부와 뉴 바타비아로 가는 튜브 차량뿐이었다. 중력이 낮은 달에서 튜브의 속도는 엄청나게 빨라서 도중에 다시 자유낙하 상태를 경험하게 될 정도였다.

우리는 우선 야당 당수에게 배정된 숙소로 향했다. 그가 (이

긴다면 말이지만) 다음 선거에서 권좌로 돌아오게 될 때까지 살게 될 관저였다. 그 장중한 모습을 보니 총리 관저는 어떤 모습일지가 절로 궁금해졌다. 내 생각에 뉴 바타비아는 지금까지 역사 속에 존재한 모든 수도 중에서 가장 호화로운 도시인 듯하다. 밖에서 보이지 않는다는 점이 애석하기는 하지만, 이런 사소한 문제는 태양계에서 단 하나뿐인 핵융합 폭탄으로부터 안전한 도시라는 이점에 비하면 아무것도 아닐 것이다. 아니, 지표의 시설물은 파괴될 수 있으니 '사실상 안전한'이라는 표현을 써야 할지도 모르겠다. 봉포르의 숙소에 딸린 상층 거실에는 바깥을 내다볼 수 있는 투명 구체가 달린 발코니가 있는데, 여기서는 별들이나 대자연의 어머니, 지구까지도 바라볼 수 있었다. 그러나 그의 침실과 사무실은 천 피트의 암반층 아래 있어서 개인용 승강기를 통해서만 내려갈 수 있었다.

그러나 지금은 숙소를 살펴볼 시간이 없었다. 알현을 위한 복장이 도착했다. 봉포르는 지표면으로 시종들을 데려오는 일이 없었지만, 마지막 준비를 마치는 동안 로그가 나를 '돕겠다'고 자청해 나섰다(실제로는 방해만 됐지만). 복장은 고대의 궁중 정장으로, 볼품없고 헐렁한 파이프 모양 바지에 도리깨처럼 생긴 꼬리가 달린 웃기는 형상의 외투로 구성되어 있고, 둘 다 검은색이었다. 거기에 딱딱한 하얀색 가슴판이 붙은 슈미즈, 빳빳하게 세운 옷깃, 그리고 흰색 나비넥타이가 있었다. 봉포르의 슈미즈는 올인원 형태였는데, 아무래도 (내 생각에는) 의상 담당이 따로 없기 때문인 듯했다. 제대로 입으려면 하나씩 몸에 걸친 다음에, 손으로 묶었다는 사실에 의심의 여지가 없도록 엉망으로 나비넥타이를 묶어야 한다. 그러나 한 사람이 정치와 시대극 의상 양쪽에 통달하기를 바라는 것은 무리가 아닐까 싶다.

끔찍한 의상이기는 하지만, 화려한 대각선 십자 모양의 빌헬미나 훈장을 달아놓을 가슴팍 배경으로서는 나쁘지 않았다. 나는 큰 거울에 모습을 비추어보고 그 효과에 만족했다. 흑백으로 구성된 정장 위에 원색의 강조점을 두면 훌륭하게 시선을 끄는 법이니까. 고대의 전통 복장은 흉측하기는 해도 위엄이 느껴진다. 호텔 급사장의 차가운 정중함과 같은 느낌이다. 군주를 알현하여 은총을 원하는 배역에 딱 걸맞은 모습으로 보였다.

로그 클리프턴이 내가 원하는 장관 후보자들의 이름이 적혀 있는 것으로 간주되는 두루마리를 넘겨주고는, 웃옷 안주머니에 타자로 친 복사본을 넣어주었다. 원본은 우리가 착륙하자마자 지미 워싱턴의 손을 통해 황제의 정무수석에게 넘어갔다. 원론적으로 이번 알현은 황제가 내각을 구성해도 좋다고 허가하고, 내가 겸허하게 내각 구성원에 대한 조언을 드리기 위한 것이기 때문에 내가 원하는 후보자는 군주가 은총을 베풀어 허락하기 전까지는 비밀로 간주되는 것이다.

그러나 이미 결정은 전부 내려진 상태였다. 로그와 빌은 여행의 대부분을 내각을 구성하고 정부 비밀 회선으로 후보자들에게 연락해 직책을 맡아주겠는지 확인하는 일에 투자했다. 나는 모든 후보자와 대체 가능한 인물들의 팔리 파일을 전부 공부했다. 그러나 황제 알현 전까지 대중매체에서 목록을 확인할 수 없다는 점에서는 분명 비밀이기는 했다.

나는 두루마리를 받아들고 내 생명 막대를 집었다. 로그는 공포에 질린 표정이 되었다. "아니 세상에, 그 물건을 황제 앞으로 가져갈 수는 없습니다!"

"왜 안 되나?"

"허? 그건 무기잖습니까."

"예식용 무기지. 로그, 공작에서 하잘것없는 준남작에 이르기까지, 모든 귀족들은 예식용 칼을 차고 들어가는 법일세. 따라서 나도 이걸 가져가야지."

그는 고개를 저었다. "귀족들이야 그러겠지요. 고대의 법에서 왜 그래야만 했는지 이해가 안 되십니까? 그런 예식용 무기는 자신의 봉건 군주를 지지하고 무력으로 보호해야 한다는 귀족 개인의 의무를 상징하는 것입니다. 하지만 대장은 평민이잖습니까. 전통에 따라 무기를 소지하지 않고 들어가야 하는 겁니다."

"그건 아닐세, 로그. 아, 물론 자네가 말한다면 그에 따르겠지만, 자네는 지금 흐름을 탈 수 있는 끝내주는 기회를 놓치는 게야. 훌륭한 무대 아닌가. 딱 들어맞는 무대라고."

"죄송합니다만 이해가 전혀 안 되는데요."

"글쎄, 생각해보게나. 내가 오늘 막대를 가지고 들어가면 그 소식이 화성에도 전해지나? 그러니까, 둥지 안에 말이야."

"어? 그럴 테지요. 물론입니다."

"당연한 일이지. 아마 모든 둥지에 영상 수신기가 있을 테니까. 분명 크크카 둥지 안에는 여러 대 있었지. 그들은 우리처럼 제국 뉴스를 빼놓지 않고 챙겨 보고 있는 거야. 그렇지 않은가?"

"그렇지요. 적어도 장로들은 그럴 겁니다."

"내가 막대를 가지고 들어가면 그들도 알게 되겠지. 가지고 들어가지 못해도 알게 될 테고. 그들에게는 중요한 문제일세. 적절함과 연관이 있는 일이지 않은가. 성인이 된 화성인이라면 절대 생명 막대 없이 둥지 밖으로 나가지 않네. 의식에 참여할 경우에도 마찬가지고. 과거에도 화성인들이 황제를 알현한 적이 있었지. 그들은 자기 막대를 가지고 있었지 않았나? 그랬을 거라는 데 내 목숨도 걸 수 있는데."

"그렇지요. 하지만 대장은……."

"자네 내가 화성인이라는 사실을 잊고 있구먼."

순간 로그는 어안이 벙벙해진 표정이 되었다. 나는 말을 이었다. "나는 '존 조지프 봉포르'일 뿐이 아니라, 크크카 둥지의 '크크카즈즈어르'이기도 한 걸세. 내가 이 막대를 가지고 가지 않으면 적절함을 무시하는 끔찍한 일을 저지르는 거라네. 그리고 솔직히 그 일이 화성에 알려지면 무슨 일이 벌어질지 짐작도 가지 않아. 나로서는 화성인의 습속을 잘 아는 것이 아니니까. 그럼 한번 반대로 생각해보세. 내가 이 막대를 가지고 알현실로 들어서게 되면 나는 황제 폐하의 총리로 임명되는 첫 화성인이 되는 걸세. 그 소식이 둥지에 어떤 영향을 끼칠 것 같나?"

"아무래도 제가 생각이 짧았던 모양입니다." 그는 천천히 대답했다.

"나도 막대를 가지고 갈지 여부를 결정해야 하는 상황이 아니었더라면 이런 생각을 하지는 않았을 걸세. 하지만 B씨라면 이 문제를 깊이 숙고해봤을 것 같지 않은가? 입문 의식을 치르기로 결정을 내리기도 전에 말이야. 로그, 우리는 호랑이 꼬리를 붙들고 끌려가고 있는 신세일세. 우리가 할 수 있는 일은 그대로 흐름을 따라 몸을 맡기는 것밖에 없어. 놓칠 수는 없지 않은가."

이 시점에서 닥이 등장해서 내 의견에 동의했다. 그는 클리프턴이 다른 의견을 냈다는 것에 놀란 모양이었다. "당연하지, 우리는 새로운 선례를 만들어가는 중이지 않나, 로그. 끝나기 전까지 그런 것들이 엄청나게 많아질 텐데." 그러나 내가 막대를 들고 있는 모습을 보자 그는 비명을 내질렀다. "원 세상에! 지금 누굴 죽이려고 하시는 겁니까? 아니면 벽에 구멍이라도 하나 뚫으시게요?"

"버튼을 누르지는 않았는데."

"아무 일도 일어나지 않았다는 점에 신께 감사를 드려야겠군요! 안전장치도 잠그지 않으셨잖습니까." 그는 조심스레 내 손에서 막대를 가져가서는 말했다. "여기 이 고리를 돌린 다음, 이걸 여기 구멍에 끼우면……, 그럼 이제 그냥 막대가 된 겁니다. 휴!"

"아, 미안하네."

두 사람은 나를 황궁의 예복실로 안내해서 빌렘 왕의 시종무관인 패틸 대령에게 인계했다. 그는 완벽한 예절과 휘황찬란한 제국 우주군의 제복을 갖춘 온화한 힌두 사람이었다. 나를 향해 고개를 숙이는 각도조차도 계산자로 정확하게 계산한 것이 분명했다. 그 안에는 내가 곧 총리가 되겠지만 아직은 아니며, 연장자이기는 해도 민간인이라는 암시가 들어 있었다. 오른쪽 어깨에 직속 근위대의 장식술이 달려 있다는 이유로 5도 정도 추가로 빼는 모양이고.

그는 막대를 바라보며 부드럽게 말했다. "그 물건은 화성인의 막대 아닙니까, 선생님? 흥미롭군요. 제 생각에는 여기 두고 가시길 원하실 것 같습니다만. 안전하게 보관해놓겠습니다."

나는 말했다. "가져갈 생각일세."

"선생님?" 그는 살짝 눈썹을 치켜 올리며 내가 명백한 실수를 고쳐주기를 기다렸다.

나는 봉포르가 좋아하는 표현을 뒤적여서 그가 오만한 태도를 꾸짖을 때 사용하는 말을 꺼냈다. "친구, 자네는 자네 일에 신경 쓰고, 나는 내 일을 알아서 하는 쪽이 어떻겠나."

순간 그의 얼굴에서 모든 표정이 사라졌다. "잘 알겠습니다, 선생님. 부디 이쪽으로 와주시겠습니까?"

우리는 알현실 입구에서 잠시 걸음을 멈추었다. 저 멀리 높은 단상 위 옥좌는 비어 있었다. 긴 복도 양쪽으로는 궁중의 귀족과 왕족들이 줄지어 늘어선 채로 기다리고 있었다. 패틸이 뭔가 신호를 보낸 모양인지, 제국의 국가가 울려 퍼지고 우리는 모두 예를 표했다. 패틸은 로봇처럼 집중해서, 나는 과로에 시달린 중

년 남자에 걸맞게 주춤거리며 반드시 해야 하는 일이기 때문에 마지못해 하는 것처럼. 궁중 사람들은 모두 쇼윈도 마네킹처럼 보였다. 혹시나 훗날 궁중의 허례허식을 전부 내다 버리는 일은 없었으면 한다. 화려한 드레스를 입은 엑스트라와 단역들이 꽤나 아름다운 풍경을 만들어주니까.

마지막 몇 소절이 울려 퍼질 때쯤 그가 뒤편 휘장을 젖히고 나타나 옥좌에 앉았다. 빌렘이었다. 오랑주 공작, 나소 공작, 룩셈부르크 대공, 신성로마제국 기사단장, 제국군의 최고통수권자, 화성 둥지들의 조언자, 빈민의 보호자, 그리고 신께서 점지하신 저지대 국가의 왕이자 행성과 그 사이의 우주 공간의 황제이신 바로 그분이었다.

얼굴은 보이지 않았지만 그가 상징하는 모든 것들이 순간 내 마음속에 공감의 감정을 불러일으켰다. 나는 더 이상 왕족이라는 개념에 대해 적대감을 느끼지 않게 되었다.

빌렘 왕이 자리에 앉자 국가 연주도 끝났다. 그는 고개를 끄덕여 경례를 받아들였고, 궁중 사람들 사이로 가벼운 안도의 느낌이 퍼져나갔다. 패틸은 자리를 떴고, 나는 겨드랑이에 막대를 낀 채로 저중력에도 불구하고 약간 절름거리면서 긴 복도를 따라 걸음을 옮기기 시작했다. 크크카 둥지의 안쪽 구역으로 들어갈 때와 상당히 비슷한 느낌이었지만, 이번에는 겁을 먹지 않고 있다는 점이 달랐다. 그저 가슴 깊은 곳에서 따스한 기운이 얼얼하게 느껴지고 있을 뿐이었다. 나를 따라 제국의 노래들이 연이어 들려왔다. 〈돛대 곁에 서서〉, 〈마르세유〉, 〈성조기여 영원하라〉 등이 계속해서 울려 퍼졌다.

첫 번째 선에 도달하자 나는 걸음을 멈추고 절을 했다. 그리고 두 번째 선에서 다시 한 번, 그리고 계단 바로 앞에 있는 세 번째 선에서 마지막으로 깊숙이 절을 했다. 무릎을 꿇지는 않았다. 귀족은 무릎을 꿇어야 하지만 평민은 주권자와 주권을 공유하는 존재니까. 이 점은 흔히 영화나 연극에서 잘못 표현되곤 하는데, 로그가 미리 어떻게 해야 할지를 자세히 일러주었다.

"아베, 임페라토르!" 내가 네덜란드인이었더라면 '렉스'를 붙여야 했겠지만, 나는 미국인이니 그럴 필요는 없었다. 우리는 학생 수준의 라틴어를 기계적으로 교환했다. 그는 내가 무얼 원하는지를 묻고, 나는 황제의 부름을 받고 왔음을 일깨워주는 등. 그는 곧 살짝 동부 연안 지방 억양이 섞인 앵글로-아메리칸어로 돌아왔다.

"그대는 우리 부친을 훌륭하게 섬겼다. 그리고 이제는 우리 또한 훌륭하게 섬길 것이라 생각하고 있노라. 그대의 생각은 어떠한고?"

"주군의 뜻이 곧 제 뜻입니다, 폐하."

"우리에게 다가오라."

너무 연기에 몰입한 것일지도 모르지만, 단상으로 올라가는 계단은 너무 가팔랐고 내 다리는 실제로 쑤시고 있었다. 그리고 심신증에 의한 고통 역시 실제 고통만큼이나 괴로운 법이다. 나는 거의 넘어질 뻔했고, 빌렘은 쏜살같이 옥좌에서 일어나 내 팔을 붙들어주었다. 순간 홀 안에 숨을 삼키는 소리가 울려 퍼지는 것이 들렸다. 그는 나를 보고 웃으며 방백을 하듯 말했다. "안심하게, 오랜 친구여. 간략하게 끝낼 테니."

그는 내가 옥좌 앞의 낮은 의자까지 이끌어주고는 자신이 옥좌에 앉는 것보다 미묘하게 더 빨리 나를 앉혔다. 그리고 그는 손을 내밀어 두루마리를 청했고, 나는 그것을 건네주었다. 그는 텅 빈 두루마리를 펼치고 살펴보는 척했다.

실내악이 흘러나오기 시작하며 궁중 사람들은 화기애애하게 연회를 즐기는 연기를 하고 있었다. 숙녀들은 웃음을 터트리고, 귀족 신사들은 정중한 말을 내뱉고, 사방에서 부채가 펄럭였다. 자기 자리를 떠나는 이도 없었지만 가만히 있는 이도 없었다. 미켈란젤로의 아기천사처럼 생긴 시동들이 그들 사이를 오가며 다과 쟁반을 이리저리 권했다. 그중 한 아이가 빌렘 앞에 무릎을 꿇었고, 그는 존재하지 않는 목록에서 눈을 떼지 않은 채로 다과를 먹었다. 이어 아이는 내게 쟁반을 향했고, 나는 적절한 행동인지 알지 못하는 채로 하나를 집어 들었다. 네덜란드에서만 만드는 비할 데 없이 훌륭한 초콜릿이었다.

궁중의 인물들 중 여럿은 영상에서 보았던 얼굴이었다. 지구 출신의 무직 상태인 귀족 대부분이 공작이나 백작 따위 별것 아닌 작위 뒤에 숨어서 궁정에 머물렀다. 어떤 이들은 빌렘이 궁중을 화사하게 하기 위해 그들에게 연금을 주어 고용한다고 한다. 어떤 이들은 그가 이 작자들을 감시하고 정치 따위의 골치 아픈 일에 연루되지 않도록 여기 붙들어놓는 것이라고 한다. 어쩌면 두 가지 모두일지도 모른다. 십수 개 나라에서 온 왕족과 혈연관계가 없는 귀족들도 보였다. 그중에는 실제로 생계를 위해 노동을 하는 사람도 있었다.

나는 이내 그들의 얼굴에서 합스부르크 입술과 윈저 코 같은 유럽 왕족의 특징을 찾아보기 시작했다.

마침내 빌렘이 두루마리를 내려놓았다. 순간 음악과 대화가 모두 멈추었다. 완벽한 정적 속에서 그가 말했다. "그대는 참으로 호화찬란한 무리를 제안했구나. 우리는 이를 승인할 마음을 가지고 있도다."

"자비에 감사드립니다, 폐하."

"우리는 생각을 다듬은 다음 그대에게 일러주겠노라." 그리고 그는 앞으로 고개를 숙이며 나 혼자만 들을 수 있게 소리 죽여 말했다. "저 망할 계단을 뒷걸음질로 내려가려 하지 말게. 그냥 서 있게나. 내가 바로 나가주겠네."

나는 마주 속삭였다. "아, 감사합니다, 주군."

왕이 옥좌에서 몸을 일으키는 바람에 나도 서둘러 자리에서 일어섰고, 그는 즉시 옷자락을 휘날리며 자리를 떴다. 주변을 둘러보자 깜짝 놀란 사람들의 얼굴이 보였다. 그러나 이내 음악이 시작되었고, 나는 귀족과 왕족 엑스트라들이 다시 정중한 대화를 나누는 가운데 걸어 나올 수 있었다.

내가 반대쪽 아치문에 도착하자 즉시 패틸이 뒤로 따라붙었다. "부디 이쪽으로 와주시기 바랍니다, 선생님."

예식이 끝난 것이다. 이제 진짜 접견이 기다리고 있었다.

그는 나를 이끌고 작은 문을 지나 텅 빈 복도를 따라 걸어갔다. 다시 작은 문이 나오고, 그 안으로 들어가자 꽤나 평범한 사무실이 등장했다. 왕에 어울리는 장식이라고는 오랑주 왕가의 문장이 새겨진 명판뿐이었다. 불멸의 지위를 얻은 왕가의 좌우명, '나는 지켜낼 것이다!' 또한 새겨져 있었다. 큰 책상 위에는 온갖 서류가 어질러져 있었고, 그 가운데에는 내 안주머니에 들어 있는 목록의 원본을 금속판을 댄 유아용 신발로 눌러놓은 모습이 보였다. 돌아가신 황후와 자녀들의 사진이 들어 있는 구리 액자도 있었다. 한쪽 구석에는 살짝 낡아 보이는 소파가 벽에 기대어 있고, 그 너머로는 작은 음료 바가 있었다. 책상 앞의 회전식 의자 외에도 안락의자도 두어 개 보였다. 그 외의 가구들은 별로 까다롭지 않은 취향에 항상 바쁘게 일하는 가족 주치의의 진료실에 어울릴 법한 물건들이었다.

패틸은 나를 홀로 놔두고 방을 나가며 문을 닫았다. 자리에 앉아도 예의에 어긋나지 않을지 고민할 사이도 없이 즉시 반대쪽 문으로 황제가 들어왔다. "잘 지냈나, 조지프. 금방 그리 가겠네." 그는 말하며 방을 가로질렀고, 시종 두 명이 그 뒤를 따르며 계속해서 옷을 한 겹씩 벗겨냈다. 이내 그는 세 번째 문으로 나가더니 거의 즉시 작업복의 지퍼를 올리며 다시 사무실로 들어왔다. "자네는 짧은 쪽 통로로 왔지. 나는 긴 쪽으로 한 바퀴 돌아와야 했다네. 젠장맞을, 궁전 설비 담당을 불러서 알현실 뒤쪽에 터널을 파달라고 해야겠어. 사각형에서 모서리 세 개를 돌아오는 꼴이지 않나. 그게 싫으면 서커스 말처럼 차려입은 채로 반공개 통로를 행진해 와야 하고." 그는 생각에 잠겨 덧붙였다. "저 한심한 로브 아래에는 속옷밖에 입지 않는다네."

"제가 입고 있는 원숭이용 외투만큼이나 불편할지는 잘 모르겠군요, 주군." 나는 이렇게 대답했다.

그는 어깨를 으쓱했다. "글쎄, 다들 나름의 직업적 불편함은 감수해야 하는 법 아니겠나. 아직 한잔하지 않았나?" 그는 내각 요직 후보자의 목록을 손에 들면서 말했다. "한잔하고, 나한테도 한 잔 주게."

"뭘로 하시겠습니까, 주군?"

"흠?" 그는 고개를 들고 나를 날카롭게 쏘아보았다. "늘 마시던 걸로. 당연히 스카치 온더록스지."

나는 아무 말 않고 술을 따르고 내 몫에는 물을 추가했다. 방금 서늘한 기운이 몸을 뚫고 지나간 참이었다. 만약 황제가 항상 얼음에 그대로 스카치를 부어 마신다는 사실을 봉포르가 알고 있었다면, 분명 팔리 파일에 적어 놓았을 것이다. 그러나 거기에는 그런 내용이 없었다.

그러나 빌렘은 딱히 다른 말 않고 술잔을 받아들고는 "핫 제트!"라고 중얼거린 후 목록을 훑어보기 시작했다. 이내 그는 고개를 들고 말했다. "이 친구들은 어떤 사람인가, 조지프?"

"폐하? 물론 임시 내각일 뿐입니다만." 우리는 가능한 한도 내에서는 겸임을 하도록 만들었고, 봉포르는 총리뿐 아니라 국방과 재무장관까지 맡을 예정이었다. 전문가를 장관으로 임시 임명한 곳은 딱 세 군데 뿐이었다. 연구개발, 인구 정책, 외우주. 정식 내각을 구성할 인물들은 당장 닥쳐오는 선거 활동에 우선 투입해야 했다.

"그래, 그래. 자네의 2군 팀이로군. 흠…… 여기 브라운이라는 친구는 어떤가?"

그의 말에 나는 상당히 놀랐다. 빌렘이 아무 말 없이 목록을 승인해준 다음 다른 주제에 대해 잡담을 나눌 것이라 생각하고 있었기 때문이다. 한담을 나누는 일은 조금도 두렵지 않았다. 다른 사람이 계속 말하게 놔두는 것만으로도 훌륭한 재담가라는 평판을 얻을 수 있는 법이니까.

로서 브라운은 '촉망받는 젊은 정치가'로 알려져 있는 사람이었다. 내가 그에 대해 알고 있는 것이라고는 팔리 파일에 적힌 내용과 로그와 빌로부터 들은 것이 전부였다. 봉포르가 총리직에서 물러난 이후 부상한 사람이라 내각의 직책을 맡아본 적은 없었지만, 당 간부회의에 참석하고 의회 내 규율 담당을 맡은 적이 있었다. 빌은 봉포르가 그를 밀어줄 생각이며 임시 정부에서 능력을 시험해볼 생각이었다고 주장하면서, 그를 외행성 통상장관직에 추천했다.

로그 클리프턴은 미심쩍은 모양이었다. 그는 처음에는 전문가 차관인 앙헬 에수스 델 라 토레 이 페레즈의 이름을 적었다. 그러나 빌은 브라운이 변절을 할 만한 사람인지를 알아보기에 딱 좋은 기회이며, 지금이라면 아무런 피해도 없을 거라고 주장했다. 클리프턴은 결국 항복했다.

"브라운 말씀이십니까?" 내가 대답했다. "촉망받는 젊은이지요. 아주 영리합니다."

빌렘은 아무 말 않고 목록을 내려다보기만 했다. 나는 봉포르가 팔리 파일에서 브라운에 대해 무슨 말을 했는지를 떠올려보려 했다. 재능이 있으며…… 근면하고…… 분석적 사고방식을 갖추었다고 했다. 그에게 불리한 말은 없었던가? 없었겠지. 음, 아마도 '붙임성이 조금 과도하다' 정도. 이건 비난의 말은 아닐 것이다. 하지만 봉포르는 충성심이나 정직성 같은 긍정적인 덕목에 대해서는 아무 말도 하지 않았다. 팔리 파일이 인물의 성격에 대한 심도 깊은 연구결과가 아니라 그저 정보 목록인 이상 사실 별다른 뜻은 없을 것이다.

황제는 목록을 한쪽으로 밀어놓았다. "조지프, 화성인 둥지를 즉시 제국의 일부로 귀속시키려 생각하는 겐가?"

"음? 물론 선거 전에는 할 수 없겠지요, 주군."

"이보게, 내가 선거에 대해 말하는 것이 아니라는 걸 알고 있지 않나. 그리고 '빌렘'이라고 말하는 법을 잊어버린 건가? 이런 상황에서 나보다 여섯 살이나 많은 사람에게 '주군'이라고 불리다니 웃기다고 생각하지 않나."

"좋습니다, 빌렘."

"우리 둘 다 내가 정치에 대해서는 무지하도록 되어 있다는 사실을 알고 있지. 하지만 동시에 그런 가정이 어리석다는 것도 알고 있지 않은가. 조지프, 자네는 둥지들이 스스로 제국의 온전한 일부가 되고 싶어 하는 상황을 만들려고 노력해왔어." 그는 엄지로 내 막대를 가리켜 보였다. "그리고 내 보기에 자네는 성공한 것 같군. 이제 자네가 선거에서 이기기만 하면 대의회에서 나로 하여금 허가하도록 촉구할 수 있을 걸세. 아닌가?"

나는 그 문제를 곱씹어보았다. "빌렘." 나는 천천히 말을 이었다. "그게 우리가 계획하고 있는 일이라는 사실을 잘 알고 있지 않습니까. 이 주제를 꺼내시는 데는 다른 이유가 있을 것 같습니다만."

그는 술잔을 돌리면서 나를 물끄러미 바라보았다. 피서객에게 핀잔을 주려는 뉴잉글랜드 식료품상처럼 보이는 표정이었다. "내 조언을 구하는 건가? 헌법에 따르면 자네가 나한테 조언을 해야지, 그 반대여서는 곤란할 텐데."

"조언이야 기꺼이 받아야지요, 빌렘. 그 조언을 따르겠다고 약속하지는 못하겠습니다만."

그는 소리 내 웃었다. "자네는 거의 약속을 하는 법이 없지. 잘 알겠네, 그럼 자네가 선거에서 승리해서 다시 총리직을 맡게 된다고 해보세. 하지만 여당 의원의 수가 너무 적은 상황이니, 둥지에 온전한 시민권을 부여하자는 안건을 통과시키기는 힘들 거야. 그런 경우에는 재신임 투표로 몰고 가지는 말기 바라네. 지더라도 그냥 상처를 핥으며 총리직을 유지하라고. 임기를 채우게."

"이유가 뭡니까, 빌렘?"

"자네도 나도 끈기 있는 사람이기 때문이지. 저거 보이나?" 그는 자기 가문의 문장을 가리켜 보였다. "'나는 지켜낼 것이다!' 화려한 통치도 아니고, 애초에 왕의 임무는 화려해 보이는 것이 아니기도 하네. 군주는 보존하고, 버텨내고, 공격을 받으면서도 그 자리를 지키는 거야. 헌법을 따르자면야 자네가 총리직에 있든 말든 내가 신경 쓸 문제가 아니지. 하지만 제국이 하나로 유지될지의 여부에는 신경을 써야 하거든. 선거 직후에 화성인 문제에 실패하면 잠시 기다려도 될 거라고 생각하네. 자네의 다른 정책들은 분명 상당히 인기를 끌 테니까. 보궐 선거에서 표를 끌어모을 수 있을 테고, 결국 난관을 극복한 다음 내게 와서는 '화성의 황제'라는 직책을 내 호칭에 추가할 수 있게 되었다고 보고할 테지. 그러니 너무 서두르지 말게."

"잘 생각해보겠습니다." 나는 조심스레 말했다.

"그래 주게나. 그럼 죄수 추방제는 어떻게 할 생각인가?"

"선거 직후에 바로 폐기하고 그대로 실행령을 발효할 생각입니다." 이 문제에는 단호하게 대답할 수 있었다. 봉포르가 아주 싫어하는 제도였으니까.

"그걸 가지고 공격을 해올 텐데."

"그렇겠지요. 그러라고 하면 됩니다. 표는 우리 쪽으로 올 테니까요."

"자네가 여전히 대의에 대한 신념을 가지고 있다니 정말 기쁘군, 조지프. 추방용 우주선에 오랑주 왕가의 문양이 박혀 있다는 점이 항상 마음에 들지 않았다네. 자유 통상은?"

"선거 직후에 할 겁니다."

"비는 세입은 어떻게 메울 생각인가?"

"저희는 무역과 생산 모두 급격하게 증진되어 다른 분야의 세입이 관세의 손실을 메울 수 있을 거라고 생각하고 있습니다."

"만약 그렇지 못하다면?"

이 문제에 대한 차선 답변은 준비해놓지 못한 상태였다. 그리고 경제 자체가 내게 있어 거의 수수께끼나 다름없었다. 나는 웃음을 지었다. "빌렘, 그 문제야 더 주의를 기울여야겠지요. 하지만 확장당의 정책 전체가 자유 통상, 자유 여행, 보편적인 시민권, 공통의 화폐 제도, 그리고 제국의 법과 규제를 최소한으로 적용하는 쪽이 제국의 시민뿐 아니라 제국 자체에도 유익하다는 기초 위에 수립되어 있습니다. 돈이 필요하다면 돈을 찾아내야겠지요. 하지만 돈을 위해서 제국을 작은 구역들로 조각내지는 않을 겁니다." 살짝 변용하기는 했지만, 첫 문장을 제외하고는 전부 봉포르가 한 말이었다.

빌렘은 신음소리를 냈다. "자네의 선거용 연설은 집어치우게. 그냥 물어봤을 뿐이야." 그는 다시 목록을 집어 들었다. "이 라인업이 자네가 원하는 것이 분명한가?"

나는 그쪽으로 손을 뻗었고, 그는 내게 목록을 건네주었다. 빌어먹을, 황제는 지금 분명히 헌법이 그걸 허락한다면 브라운은 잘못된 인선이라고 말하고 싶어 하는 것이었다. 그러나 지옥의 불길이 아무리 은근하게 타들어가더라도 나한테 빌과 로그가 작성한 목록을 바꿀 권리가 있기는 하겠는가.

반면 이건 분명 봉포르의 목록은 아니었다. 그저 봉포르가 온전한 상태라면 만들 거라고 추측하는 목록일 뿐이었다.

문득 타임아웃을 요청하고 페니에게 브라운에 대한 의견을 물어보고 싶다는 생각이 들었다.

그리고 나는 빌렘의 책상에서 펜을 하나 가져와서, '브라운'에 줄을 긋고 '델 라 토레'라고 인쇄체로 적었다. 아직 봉포르의 필체까지 흉내 내지는 못하고 있었으니까. 황제는 그저 이렇게 말할 뿐이었다. "내가 보기에는 괜찮은 팀인 것 같군. 행운을 비네, 봉포르. 자네에겐 행운이 필요할 거야."

이렇게 해서 접견이 끝났다. 나는 서둘러 달아나고 싶은 마음뿐이었지만, 군주의 면전에서 먼저 걸어 나가서는 안 되는 법이다. 아직 남아 있는 군주의 특권 중 하나였다. 그는 자기 작업장과 새 열차 모형을 보여주고 싶어 했다. 내가 보기에는 이 고대의 취미를 되살리기 위해 그보다 더 많은 노력을 한 사람은 없을 듯했다. 개인적으로 성인이 가질 만한 심심풀이로는 보이지 않았지만. 하지만 나는 그가 만든 새 장난감 기관차, '로열 스코츠맨'의 모형을 보고 정중하게 감탄하는 소리를 냈다.

"내가 시간만 좀 더 있었더라면……." 그는 손과 무릎을 바닥에 대고 엎드려 작은 장난감 열차의 내부를 들여다보며 말했다. "분명 훌륭한 가게 지배인이 되었을 텐데 말이야. 최고의 기계공이 되었겠지. 하지만 불운한 출생 덕분에 내게는 그런 기회가 주어지지 않았다네."

"정말로 그쪽이 더 나았을 것이라 생각하시는 겁니까, 빌렘?"

"모르겠네. 지금 이 직책도 나쁘지는 않아. 노동은 쉽고 보수는 좋으니까. 그리고 사회 보장도 일등급이지. 물론 혁명이라도 일어나면 얘기가 달라지겠지만, 우리 가문은 항상 그쪽으로는 운이 좋았으니까. 하지만 대부분의 일은 지루할 뿐이고, 이류 배우라도 충분히 수행할 수 있는 일들뿐이라네." 그는 나를 슬쩍 바라보았다. "내 덕분에 자네들의 정부는 예식에 참석하고 행진을 지켜보는 지겨운 업무를 상당히 덜 수 있는 거야."

"저도 알고 있고, 감사하게 생각합니다."

"가끔가다 올바른 방향으로 살짝 힘을 줄 수 있는 기회가 찾아오기도 하지. 적어도 내가 생각하는 올바른 방향으로 말이야. 군주란 아주 괴상한 직업이라네, 조지프. 절대 이런 직업은 가지려 하지 말게."

"설령 원한다 해도 그쪽으로 나서기에는 조금 늦은 것 같습니다만."

그는 장난감의 작은 부품을 세심하게 조정하며 말을 이었다. "내 진정한 임무는 자네들이 미쳐버리지 않도록 해주는 거라네."

"네?"

"당연한 이야기지. 상황정신증은 국가수반이 흔히 겪는 직업병이라네. 선대왕들, 그러니까 실제로 나라를 통치했던 분들은 거의 대부분 조금씩 정신이 나가 있었지. 그리고 자네 쪽 미국인 대통령들도 보게나. 직무를 수행하다 한창 나이에 목숨을 잃는 이들이 수도 없이 많지 않았나. 하지만 나는 아무것도 다스릴 필요가 없다네. 자네 같은 전문가들이 나를 위해 대신 통치해주지. 그리고 자네 역시 죽을 만큼 압박을 느낄 필요가 없어. 자네 또는 자네의 후임자들은 항상 일이 너무 힘들어지면 사임해버리면 되니까. 그래도 늙은 황제들이—사실 대부분의 경우에 '늙은' 황제일 수밖에 없지. 다른 직업이라면 은퇴할 만한 나이에 옥좌에 오르곤 하니까—항상 존재하며 국가의 연속성을 보장해 주고, 상징으로 남아주지 않나. 자네 쪽 전문가들이 새로 협정을 맺는 사이에 말이야." 그는 진지하게 눈을 깜빡였다. "그리 화려한 업무는 아니지만 분명 쓸모는 있지."

이내 그는 어린애 장난감 같은 기차놀이를 관두었고, 우리는 다시 사무실로 돌아갔다. 나는 이제 물러가도 된다는 허락이 내려올 거라 생각하고 있었다. 그는 이렇게 말했다. "그럼 이제 자네 업무로 돌아가도록 놓아주어야겠군. 힘든 여행이었겠지?"

"그리 힘들지는 않았습니다. 일을 하면서 보냈으니까요."

"그럴 거라 생각했네. 그건 그렇고, 자넨 누군가?"

어깨를 붙드는 경찰의 손이 주는 느낌, 층계 맨 위 계단을 헛딛었을 때의 충격, 침대에서 굴러 떨어지는 느낌, 여자의 남편이 생각지도 못한 때 집에 돌아오는 순간의 감각……. 이걸 전부 합쳐놓아도 이 단순한 질문보다 훨씬 나았을 것이다. 내 속은 겉모습에 걸맞을 정도로, 아니 그보다 더 끔찍할 정도로 곯아버리고 있었다.

"폐하?"

"그건 좀 그만두게." 그는 참을 수 없다는 듯 말했다. "내 직업에 어느 정도 특권이 따라온다는 사실을 부인하는 건 아니네만. 그냥 털어놓게. 자네가 조지프 봉포르가 아니라는 사실은 아까부터 알고 있었다네. 무의식적인 습관까지 똑같이 가지고 있으니 그 친구 모친이라도 속았겠지만 말일세. 하지만 대체 자네는 누군가?"

"제 이름은 로렌스 스미스입니다, 황제 폐하." 나는 들릴락 말락 한 목소리로 말했다.

"정신 차리게, 이 사람아! 내가 원했다면 한참 전에 근위병들을 부르지 않았겠나. 자네 혹시 나를 암살하려고 여기 온 건가?"

"아닙니다, 폐하. 저는…… 폐하께 충성하는 시민입니다."

"충성심을 참 묘한 방식으로 표현하는군. 자, 일단 한 잔 더 하고 여기 앉아서 다 털어놓아 보게."

나는 그에게 모든 상황을 남김없이 털어놓았다. 술이 한 잔 이상 필요했고 이내 기분이 좀 나아졌다. 빌렘은 납치 이야기를 듣자 화가 나는 모양이었다. 납치범들이 봉포르의 정신에 한 일을 설명하자 왕족에 어울리는 장중한 분노를 표하며 얼굴이 어두워졌다.

마침내 그는 나직하게 말했다. "그렇다면 며칠만 있으면 건강을 되찾을 수 있을 거란 말이군?"

"카펙 박사의 말로는 그렇습니다."

"건강을 온전히 회복하기 전까지는 일하지 못하게 하게. 그 친구는 귀중한 사람이야. 자네도 알고 있겠지? 나와 자네를 합친 것의 여섯 배는 귀중하지. 그러니 대역 일을 계속하면서 그 친구가 건강을 찾도록 도와주게. 제국에는 그의 힘이 필요하네."

"알겠습니다, 폐하."

"그 '폐하'는 관두라니까. 대역을 맡은 이상 그 친구처럼 '빌렘'이라고 불러야 하지 않겠나. 그 때문에 자네가 가짜라는 사실을 알아챘다는 걸 알고 있나?"

"몰랐습니다, 폐…… 빌렘."

"봉포르는 20년 동안 나를 빌렘이라고 불렀다네. 사적인 자리까지 와서도 나를 주군이라고 부르다니 어딘가 이상하다는 생각은 들었으나 나라 일이기 때문에 그런다고 생각했지. 그때부터 본격적으로 의심한 것은 아니지만, 정말로 훌륭한 자네 연기를 보면서도 어색한 구석을 찾으려 들게는 되었지. 그리고 기차를 보러 갔을 때 마침내 알아채게 되었다네."

"실례합니다만, 어떻게?"

"정중하게 굴지 않았나! 과거에도 내 기차를 보여준 적이 있어. 그러면 그 친구는 항상 어른이 그런 식으로 시간 낭비를 하면 쓰겠느냐며 극도로 무례하게 굴곤 했지. 우리 둘 사이의 작은 단막극 같은 거였어. 둘 다 그런 순간을 즐겼지."

"아, 그런 줄은 몰랐습니다."

"어떻게 알 수 있었겠나?" 나는 알았어야 했다고 생각하고 있었다. 그 빌어먹을 팔리 파일에 적혀 있었어야 했다고……. 내 어리석음을 깨달은 것은 한참 시간이 지난 후였다. 파일이 존재하는 이유를 감안할 때, 파일에는 아무런 문제도 없었던 것이다. 애초에 유명한 사람이 덜 유명한 사람에 대한 세부 사항을 기억하기 위해 사용하는 물건 아닌가. 하지만 황제는 그런 사람이 아니었다. 그러니까, 덜 유명한 사람이 아니라는 말이다. 봉포르가 빌렘에 대한 개인 정보를 찾아볼 필요가 있겠는가! 또한 자기 비서들이 다루는 파일에 군주에 대한 개인 정보를 적는 게 온당치 못한 일이라 생각했을 수도 있다.

뻔한 사실을 무시한 것이다. 파일이 불완전할 수도 있다는 건 알고 있었는데도 어쩌다 그런 생각을 하지 못한 것인지.

그러나 황제의 말은 아직 끝나지 않았다. "자네 솜씨는 정말 경이로울 정도로 훌륭하더군. 게다가 화성인 둥지에서 목숨을 걸고 연기하기까지 했으니 나한테 도전해보려 시도했다고 해서 놀랄 필요는 없겠지. 혹시나 해서 말인데, 내가 자네를 영상이나 다른 무대에서 본 적이 없었으려나?"

물론 황제가 요구했을 때 내가 댄 이름은 법적 이름이었다. 이번에는 살짝 소심하게 내 무대 이름을 댔다. 그는 나를 바라보며 어안이 벙벙해져서 손을 번쩍 들었다. 나는 약간 상처를 입었다. "어, 혹시 제 이름을 들어보신 적이 없으십니까?"

"들어봤냐고? 나는 자네의 가장 충실한 팬 중 하나일세." 그는 아주 가까이 와서 나를 살펴보았다. "하지만 내 눈에는 여전히 조 봉포르처럼 보이는데. 자네가 로렌초라니 믿을 수가 없어."

"하지만 사실입니다."

"아, 믿지, 물론 믿고 있네. 자네가 부랑자 역을 했던 촌극 기억하나? 처음에는 소젖을 짜려다 실패하고, 결국에는 고양이 밥을 훔쳐 먹으려고 하다가 고양이한테까지 쫓겨나는 작품 말이야."

나는 기억한다고 말했다.

“그걸 필름이 닳을 정도로 돌려 보았다네. 웃으면서 동시에 울었어.”

“그게 목적이지요.” 나는 머뭇거리다 외양간을 무대로 한 〈지친 윌리〉 공연이 지난 세기의 아주 위대한 예술가의 작품을 차용한 것이라는 사실을 알려주었다*. “하지만 저는 보다 극적인 역을 선호합니다.”

“이번 대역처럼?”

“글쎄요……, 그 정도는 아니지요. 이런 역은 한 번이면 충분합니다. 반복 공연을 하고 싶지는 않아요.”

“그럴 것 같네. 자, 그럼 로저 클리프턴에게…… 아니지. 클리프턴에게는 아무것도 알리지 말게나. 로렌초, 지금까지 우리가 나눈 대화 내용을 다른 사람들에게 알려봤자 아무것도 나아질 것이 없을 걸세. 클리프턴이 알게 된다면, 내가 걱정하지 말라고 했다고 전해도 분명 초조함을 억누르지 못할 거야. 그 친구는 지금 해야 할 일이 산더미이지 않나. 그러니 비밀로 하는 걸세. 알겠나?”

“황제 폐하의 뜻에 따르겠습니다.”

“그런 소리는 제발 그만두게. 최선의 방책이기 때문에 비밀로 하자는 거야. 조 아저씨의 병문안을 갈 수 없다니 유감이로군. 내가 가도 딱히 도움이 되지는 않겠지. 과거에는 사람들이 왕의

* ‘지친 윌리’는 배우이자 서커스 공연자 에멧 켈리(1898~1979)가 창조해낸 대공황 시대의 노숙자 어릿광대 캐릭터이다.

손길이 기적을 불러온다고 생각하기는 했다지만. 그러니 아무 말도 않고, 내가 조금도 의심하지 않은 척하면 되는 걸세."

"알겠습니다, 빌렘."

"그럼 이제 자네도 가봐야 하지 않겠나. 너무 오래 붙들어 놓은 것 같은데."

"원하시는 대로 따르지요."

"패틸을 불러 안내해주게 하겠네. 아니, 길을 기억하고 있으려나? 그 전에 잠깐……." 그는 중얼거리며 책상을 뒤지기 시작했다. "그 여자가 또 이 부근을 정리해놓은 모양인데. 아니…… 여기 있군." 그는 작은 책을 꺼냈다. "아마 자네를 다시 보지 못할 것 같으니 말인데, 떠나기 전에 여기 사인 좀 해줄 수 있겠나?"

DOUBLE STAR

# 9장

로그와 빌은 봉포르의 상층 거실에서 손톱을 씹으며 기다리고 있었다. 내가 등장하자 콥스먼은 즉시 나를 향해 걸어왔다. "빌어먹을 대체 지금까지 어디 있었던 거야?"

"황제 폐하와 함께 있었네." 나는 차갑게 대답했다.

"원래 계획한 것보다 대여섯 배는 더 오래 있었잖아."

나는 구태여 대답하지 않았다. 연설 사건 이후로도 콥스먼과 나는 함께 어울려 일해 왔지만 사랑 없는 정략 결혼 관계일 뿐이었다. 서로 협력하고는 있어도 칼을 치우지는 않고, 언제든 상대의 어깻죽지를 찍어버릴 수 있는 상태였다. 그의 비위를 맞추기 위해 딱히 노력하지도 않았고, 그럴 이유도 없었다. 나는 그 친구를 가장무도회에서 순간 스쳐지나가는 즐거움을 통해 잉태된 존재로 간주하고 있었으니까.

서로 생각이 다른 상태로 잘 해나갈 수 있다고 생각하는 것은 아니었지만, 콥스먼이 내게 원하는 것은 하인의 자세뿐이었다.

모자를 손에 들고 굽실굽실 말 잘 듣는 모습 말이다. 평화를 원한다 해도 그런 모습을 보일 수는 없었다. 나는 극도로 힘든 전문직을 위해 섭외된 전문가이며, 전문가는 하인용 계단을 사용하지 않는 법이다. 존중받아야 마땅한 존재니까.

따라서 나는 그를 무시하고 로그에게 물었다. "페니는 어디 있나?"

"그분과 함께 있습니다. 닥과 박사도 지금 거기 있습니다."

"이리로 옮겨왔나?"

"그렇습니다." 클리프턴은 머뭇거렸다. "대장의 침실에서 배우자분이 사용하도록 되어 있는 쪽으로 옮겼습니다. 완벽한 기밀을 유지하며 필요한 치료를 제공할 수 있는 곳이 거기뿐이더군요. 괜찮으셨으면 합니다만."

"전혀 신경 쓸 필요 없네."

"불편하실 일은 없을 겁니다. 직접 보셨겠지만 두 방은 의상실로만 연결이 되어 있고, 문은 닫아놓았습니다. 방음이 될 겁니다."

"나쁘지 않은 해결책 같군. 그 사람 상태는 어떤가?"

클리프턴은 얼굴을 찌푸렸다. "나아졌지요, 훨씬 나아졌습니다. 전반적으로 보아서 말입니다. 이제 꽤 오래 제정신을 유지하고 계십니다." 그리고 그는 머뭇거렸다. "원하신다면 들어가서 직접 만나보셔도 됩니다."

나는 그보다 더 오래 머뭇거렸다. "대중 앞에 얼굴을 비출 준비가 되려면 얼마나 더 오래 걸리겠나? 카펙 박사는 뭐라고 하나?"

"확신하기 힘듭니다. 곧 되겠지요."

"얼마나 오래? 사나흘이면 되나? 모든 약속을 취소하고 나를 시야에서 사라지게 해줄 정도로 금방 되겠나? 로그, 내 생각이 명쾌하게 전달될지는 모르겠는데, 그 사람을 만나서 인사를 하고 싶은 생각은 굴뚝같지만 내 마지막 공연을 하기 전까지는 그러면 곤란할 거라는 생각이 든다네. 내가 잡은 인물 배역을 망칠 수도 있거든." 나는 아버지의 장례식에 참석하는 실수를 저지른 적이 있었다. 이후 몇 년 동안 아버지를 생각할 때마다 숨이 끊어진 채 관 속에 누워 있는 그분의 모습만이 떠올랐다. 그분의 진정한 모습이 머릿속에 돌아오는 데는 아주 오랜 시간이 걸렸다. 엄격하게 배우의 길을 가르쳐주신 씩씩하고 권위적인 남자. 봉포르의 경우에도 이런 일이 일어나지는 않을까 두려웠다. 나는 지금 인생의 절정에 도달한 건강한 남자를 연기하고 있었다. 그에 관한 수많은 영상 자료에서 보고 들은 모습이었다. 병들어 누워 있는 봉포르를 만나면 그 모습이 뇌리에 남아 내 연기를 뒤틀어버릴 것만 같았다.

"꼭 그래야 한다고 말한 것은 아닙니다." 클리프턴이 대답했다. "대장 판단에 맡기죠. 더 이상 대중 앞에 나서지 않는 것도 가능하기는 하지만, 그분이 온전히 회복될 때까지는 항상 대기해주셨으면 합니다."

나는 황제가 그런 식으로 하기를 원한다고 말할 뻔했지만 간신히 입을 다물었다. 황제가 내 정체를 밝혀냈다는 충격 때문에 배역에서 약간 벗어난 듯했다. 그러나 그 생각을 하니 아직 끝내지 않은 일이 하나 있다는 점이 떠올랐다. 나는 수정한 내각 명단을 꺼내 콥스먼에게 건넸다. "여기 확정이 끝나 뉴스에 공표할 명단일세, 빌. 보다시피 한 군데 수정을 했다네. 브라운 자리에 델 라 토레가 들어갔어."

"뭐라고?"

"로서 브라운 대신에 예수스 델 라 토레라고. 황제가 그렇게 하기를 원했다네."

클리프턴은 놀란 표정이었다. 콥스먼은 놀란 데다 화가 치밀어 오르는 모양이었다. "그런다고 뭐가 달라지는데? 그 작자는 여기에 의견을 표할 권리가 없어!"

클리프턴은 천천히 말했다. "빌 말이 맞습니다, 대장. 헌법을 전공한 법학도로서 말하는데, 군주의 인가는 오직 형식적인 것입니다. 이렇게 변경하도록 놔둬서는 안 되는 일이었습니다."

나는 소리를 지르고 싶었지만 봉포르의 침착한 성격을 빌어 간신히 참아냈다. 힘겨운 하루를 보낸 참이었고, 훌륭한 연기에도 불구하고 결국 피할 수 없는 파멸에 휘말린 참이었다. 로그에게 빌렘이 정말로 마음이 넓고 좋은 의미에서 군주다운 사람이 아니었더라면 우리 모두가 수렁에 빠져버렸을 것이라고 말해주고 싶었다. 내가 역할에 대해 받은 조언이 부석설했다는 이유 때문에 말이다. 그러나 나는 불쾌하게 이렇게 말했다. "다 끝난 얘기고, 이렇게 할 걸세."

콥스먼이 말했다. "네놈은 그렇게 생각하겠지! 두 시간 전에 기자들한테 제대로 된 목록을 넘겼다고. 그러니 이제 당장 돌아가서 사태를 바로잡으시지. 로그, 당장 궁내부 쪽으로 연락을 해서…….”

“그만!”

콥스먼은 입을 다물었다. 나는 낮은 소리로 말을 이었다. “로그, 법적인 관점에서 보면 자네 말이 맞을지도 모르네. 나야 알 도리가 없지. 내가 아는 것은 황제가 거리낌없이 브라운의 임명에 대해 의문을 제기했다는 것뿐일세. 만약 자네 둘 중 하나가 황제에게 가서 따지고 싶다면야 그건 자네들 자유일세. 하지만 나는 아무 데도 가지 않아. 이 시대에 맞지 않는 구속복도 벗고 신발도 벗어던진 다음 술이나 한잔할 생각일세. 그리고 침대로 갈 걸세.”

“잠깐 기다려보시죠, 대장.” 클리프턴이 반대 의견을 표했다. “제국의 모든 방송에서 5분 동안 모든 방송을 중지하고 새 내각 발표를 내보낼 겁니다.”

“자네가 맡게나. 자네가 우리 내각의 부총리 아닌가.”

그는 눈을 깜빡였다. “알겠습니다.”

콥스먼은 끈덕지게 물고 늘어졌다. “브라운은 어떻게 하고? 자리를 주겠다고 약속했는데.”

클리프턴은 곰곰 생각하며 그를 바라보았다. “적어도 내가 본 발표 자료에서는 그렇게 나오지 않았네, 빌. 다른 이들과 마찬가지로 그저 직무를 수행할 생각이 있느냐고 물어봤을 뿐이야. 그 이야기를 하는 건가?”

콥스먼은 대사가 잘 생각나지 않는 배우처럼 머뭇거렸다. "물론 그렇지. 하지만 그 정도면 약속에 준하는 것 아닌가."

"공식 발표가 나오기 전까지는 아니지."

"하지만 발표는 이미 해버렸다고. 두 시간 전에."

"흠……. 빌, 유감이지만 자네가 기자 친구들을 다시 불러서 실수를 했다고 말해줘야 할 것 같네. 아니면 내가 불러서, 실수로 봉포르 씨의 승인을 받지 않은 임시 명단이 배포되었다고 하지. 어쨌든 전체 방송에서 발표하기 전에 수정을 해야 할 걸세."

"자네 지금 저 작자가 이런 짓을 벌이고 넘어가도록 하겠다는 건가?"

여기서 빌이 언급한 '저 작자'는 아무래도 빌렘이 아니라 나인 모양이었지만, 로그는 그 반대를 가정한 대답을 했다. "그렇다네, 빌. 지금 여기서 헌법상 문제를 제기해서 좋을 일이 뭐가 있겠나. 그럴 가치가 없는 일이야. 그래서 자네가 수정을 지시하겠나? 아니면 내가 할까?"

콥스먼의 얼굴을 보니 피할 수 없는 일에 '마지못해' 복종하는 고양이가 떠올랐다. 그는 험악한 얼굴로 어깨를 으쓱하더니 말했다. "내가 하지. 말을 제대로 맞춰야 혼란 속에서 뭐라도 건져낼 수 있지 않겠나."

"고맙네, 빌." 로그는 온화하게 감사를 표했다.

콥스먼은 몸을 돌려 걸어 나갔다. 나는 그를 불렀다. "빌! 기자들에게 이야기를 할 거면 소식을 한 가지 더 추가해주지 않겠나."

"이젠 또 무슨 일을 벌일 생각인데?"

"별로 대단한 건 아니고." 연기와 그에 따른 긴장 때문에 갑자기 피로가 쏟아지고 있었다. "그냥 봉포르 씨가 감기가 걸려서 주치의가 침대에서 쉬라고 했다고 말해주게. 이젠 정말 할 만큼 했으니까."

콥스먼은 코웃음을 쳤다. "'폐렴'으로 해주지."

"좋을 대로 하게."

그가 사라지자 로그는 나를 돌아보며 말했다. "너무 감정적으로 받아들이지 마십시오, 대장. 이 업계에서는 매일 운이 오락가락하게 마련입니다."

"로그, 나는 정말로 입원을 할 생각일세. 오늘 밤 방송에서 그렇게 말해주었으면 좋겠네."

"그런 다음에는요?"

"침대 속에 틀어박혀서 얌전히 있어야지. 봉포르 본인이 다시 무대에 나서기 전에 감기 정도 걸려서 안 될 이유가 있겠나. 내가 무대에 등장할 때마다 누군가 실수를 잡아낼 확률은 커지기만 할 뿐이야. 그리고 내가 연기를 할 때마다 콥스먼 저 친구는 칭얼댈 거리를 찾아낼 테고. 계속 자신을 향해 으르렁대는 사람을 데리고 어떻게 최고의 예술을 펼쳐낼 수 있겠나. 그러니 이 정도에서 끝내고 무대의 막을 내리도록 하세."

"진정하시죠, 대장. 앞으로는 콥스먼이 거치적거리는 일이 없도록 하겠습니다. 여기서는 우주선에서처럼 서로 매일 마주보고 지낼 필요는 없지 않습니까."

"아니, 로그. 나는 이미 마음을 정했네. 아, 일을 내팽개치지는 않을 걸세. B씨가 사람들을 만날 수 있을 정도가 될 때까지는 여기 있겠네. 뭔가 비상사태가 벌어질 수도 있으니……." 나는 황제가 내게 계속 이 일을 맡으라 하고, 당연히 그럴 것이라 간주했다는 사실을 떠올리고는 불안해졌다. "하지만 실제로 내가 모습을 보이지 않는 편이 낫지 않겠나. 지금까지는 완벽하게 모두를 속여 넘긴 셈 아닌가? 아, 그자들은 알겠지. 분명 누군가는 입문 의식에 참석한 사람이 봉포르가 아니라는 점은 알고 있을 걸세. 하지만 그걸 문제 삼을 수는 없을 게야. 설령 그렇다고 해도 증명할 방법도 없을 테고. 그 작자들은 물론 오늘 의식에 대역이 참가했을 거라고 의심할 수도 있겠지만, 확신할 방법은 없지 않나. 알 수가 없다고. 봉포르가 빠르게 회복되어 오늘 모습을 드러냈을 가능성이 열려 있으니 말이네. 그렇지 않은가?"

클리프턴은 어딘가 부끄러워하는 듯한 묘한 표정을 지었다. "제 생각에 그자들은 오늘 대역이 나왔다는 사실을 꽤 확신하고 있을 것 같습니다, 대장."

"흠?"

"초조하게 만들지 않으려고 사실을 약간 숨겼습니다. 카펙 박사는 처음 검진을 하고서는 기적이 있어야 그분 본인이 오늘 알현에 참석할 수 있을 거라고 했거든요. 그분에게 약물을 투입한 자들 역시 그 사실을 알고 있을 겁니다."

나는 얼굴을 찌푸렸다. "그렇다면 그 사람 상태가 어떤지 말했을 때는 나를 속였다는 소리 아닌가? 그래, 상황이 어떤 건가,

로그? 사실을 말해주게."

"그때는 사실을 말하고 있던 겁니다, 대장. 그래서 한번 뵙지 않겠느냐고 제안한 거지요. 그 전에는 만나는 것을 꺼려주어서 다행이라고 생각하며 장단을 맞춘 것뿐이지만요." 그리고 그는 덧붙였다. "이제 직접 뵙고 대화를 나누는 쪽이 나을지도 모릅니다."

"음…… 아닐세." 그를 만나지 않는 편이 좋은 이유는 여전히 유효했다. 다시 무대에 올라야 하는 상황이라면 무의식의 방해를 받고 싶지 않았다. 내 역할에는 건강한 인물이 필요했다. "하지만 로그, 자네가 방금 말해준 내용에 맞춰보자면 내가 지금까지 한 말이 더욱 잘 들어맞지 않겠나. 만약 그 작자들이 오늘 대역이 나왔다고 나름 확신하고 있다면, 더 이상 무대에 등장하는 위험을 감수할 수는 없지. 오늘은 분명 기습을 당한 셈일 거야. 아니면 이런 상황에서는 내 가면을 벗길 수가 없었던가. 하지만 나중에는 상황이 바뀌지 않겠나. 함정을 팔 수 있다고. 내가 통과할 수 없는 시험을 제시할 수도 있어. 그러면 '콰광!' 하고 우리 게임이 통째로 날아가버리는 거지." 나는 다시 생각에 빠졌다. "가능한 한 최대한 병상에 누워 있는 편이 좋겠네. 빌의 말이 맞아. 폐렴 쪽이 낫겠군."

암시의 힘 덕분인지, 다음 날 아침에 일어나보니 코가 막히고 목이 칼칼한 기분이 들었다. 카펙 박사가 짬을 내서 약을 처방해 주었고, 저녁때에는 거의 인간으로 돌아온 것 같은 기분이 되었다. 어쨌든 그는 '봉포르 씨의 바이러스 감염'에 대한 발표문을 넘겼다. 공기 청정 시스템을 갖춘 밀폐된 달 도시에서는 당연한 일이지만, 공기 전염 질병에 노출되고 싶은 사람은 아무도 없기 마련이다. 따라서 애써 내 보호자들의 장막을 뚫고 들어오려 하는 사람도 없을 것이다. 4일 동안 나는 빈둥거리며 봉포르의 서재에서 이런저런 것들을 읽으며 보냈다. 그가 모아 놓은 신문이며 수많은 책들을……. 나는 정치와 경제 양쪽 모두 꽤나 몰입할 만한 주제라는 사실을 발견했다. 예전에는 현실 문제라는 느낌이 없었기 때문에 몰랐을지도 모른다. 황제는 전용 온실에서 꺾은 꽃을 보내주었다. 아니, 혹시 내게 보낸 것일 수도 있을까?

상관없는 일이다. 나는 빈둥거리며 로렌초, 아니 심지어 평범한 로렌스 스미스로 돌아가는 사치를 마음껏 누렸다. 누군가 들어오기만 하면 반사적으로 역할로 돌아가기는 했지만, 그 정도는 어쩔 수 없었다. 사실 딱히 필요한 일은 아니었다. 페니와 카펙 말고는 딱히 만나는 사람도 없었으니까. 딱 한 번 닥이 들렀을 때만 빼고.

그러나 신선놀음에도 결국 질리게 되는 법이다. 4일째가 되자 감독의 대기실에 있는 것처럼 방이 지겨워지기 시작했고, 심지어 외롭기까지 했다. 아무도 내게 신경을 쓰지 않았다. 카펙은 서둘러 의사의 업무만 수행하고 가버렸고, 페니는 가끔가다 잠깐씩 얼굴을 비칠 뿐이었다. 나를 '봉포르 씨'라고 부르지 않게 된 것은 물론이고.

닥이 모습을 비추자 나는 반가움을 억누를 수 없었다. "닥! 새 소식은 없나?"

"딱히 없네. 지금까지 한쪽 손으로는 '토미'의 정비 작업을 지휘하면서 다른 쪽 손으로는 로그의 정치 쪽 일을 돕고 있었지. 그 친구는 이번 선거 전략 때문에 궤양이 생길 게 분명해. 혼자서 전부 처리하고 있으니." 그는 자리에 앉았다. "하여튼 정치란!"

"흠……. 닥, 자네는 어쩌다 정계에 뛰어들게 된 건가? 내가 보기에는 우주선 선원들 역시 배우들만큼이나 비정치적인 부류일 것 같은데. 특히 자네는 더욱 그렇고."

"그렇기도 하고 아니기도 하다네. 대부분의 경우에는 의회가 열리든 말든 쇳덩이를 몰고 하늘을 날 수만 있으면 신경도 안 쓰지. 하지만 그러려면 화물이 필요하고, 화물은 곧 무역을 의미하는 것 아니겠나. 그리고 무역에서 이익을 남기려면 자유무역이 필요하지. 우주선을 몰고 어디든 갈 수 있고, 관세나 제한 구역 따위의 말도 안 되는 짓거리가 사라져야 한다네. 자유가 필요하지! 바로 이 시점에서 정치에 관여하게 되는 거라네. 나로 말할 것 같으면 처음에는 '연계 비행' 법령의 로비를 하러 이 판에 뛰어들었어. 삼각 무역을 할 때 두 번 관세를 지불하지 않아도 되도록 말이지. 물론 B씨가 입안한 법령이었다네. 한 가지 일에 끼어들면 다음 일로 이어지게 마련이지 않나. 결국 나는 지난 6년간 그분의 개인 우주선 선장 노릇을 해왔고, 총선거 때부터 내 길드 형제들을 대변하는 직책을 수행하고 있지." 그는 한숨을 쉬었다. "나도 어쩌다 일이 이렇게까지 되었는지 모르겠네."

"내가 보기에는 빠져나가고 싶어서 몸이 달아 있는 것 같은

데. 재출마를 할 생각인가?"

그는 나를 물끄러미 바라보았다. "친구, 정치판에 뛰어들기 전까지는 제대로 살아본 것이 아니라네."

"하지만 자네 방금……."

"무슨 말을 했는지는 알아. 거친 일이고, 종종 지저분한 데다 항상 힘겹고 세세한 일까지 물고 늘어져야 하지. 하지만 어른이 즐길 수 있는 스포츠는 정치뿐이야. 다른 놀이는 전부 애들이나 하는 거라네. 전부 말이야." 그는 자리에서 일어났다. "이제 가야겠군."

"아, 좀 더 있지 그러나."

"그럴 수가 없다네. 내일 대의회가 열리니까 로그를 도와주어야 해. 애초에 들를 시간도 없었다네."

"그런가? 그런 줄은 몰랐는데." 나도 대의회가, 그러니까 이제 막을 내리는 대의회가 마지막으로 한 번 소집되어 임시 내각을 승인해야 한다는 사실은 알고 있었다. 다만 생각하고 있지 않았을 뿐이었다. 사실 황제에게 목록을 제출하는 것과 마찬가지로 형식적인 절차이기도 했으니까. "그 사람이 거기 나갈 수 있을 것 같나?"

"아니 하지만 그 걱정은 하지 말게나. 로그가 자네, 아니 그러니까 그분의 부재에 대해 의원들 앞에서 사과를 하고, 이의 없는 대리 권한을 요청할 테니까. 그런 다음에는 수상 지명자의 연설문을 낭독하면 될 걸세. 지금 빌이 열심히 안을 잡고 있다네. 그런 다음에는 본인이 직접 내각을 승인해달라고 요청할 거야.

재청을 하고, 토의 없이 통과되겠지. 다음에는 무기한 휴회가 선언되고, 모든 의원들이 고향으로 달려가서는 투표권자들에게 침대마다 여자를 둘씩 넣어주고 매주 월요일 아침마다 100임페리얼씩 지급해주겠다고 약속해대기 시작하겠지." 그리고 그는 덧붙였다. "아, 그래! 인류당 의원 한 명이 동의 결의문을 제창하며 꽃바구니를 가져다줄 걸세. 위선자의 웃음을 만면에 띤 채로 말이지. 차라리 봉포르의 장례식에 꽃을 보내고 싶을 텐데." 그는 코웃음을 쳤다.

"정말로 그렇게 간단한 건가? 만약 대리 권한 요청을 거부하면 어떻게 되나? 대의회에서는 대리 투표를 인정하지 않는다고 들었는데."

"일반적인 과정에서는 그러지 않지. 기권을 하거나, 아니면 직접 출석해서 투표를 해야 하는 거야. 하지만 이번에는 의회의 시스템 안에서 일어나는 요식행위일 뿐이지 않은가. 만약 내일 대리 권한을 인정하지 않으면, 그가 건강을 회복할 때까지 무기한 휴회를 선언하고 유권자들에게 최면을 거는 일을 시작할 수가 없지 않겠나. 사실 퀴로가가 사임한 후로도 의원 정족수가 매일 모여서 회합을 가지고 있다네. 이번 의회는 시저의 유령만큼이나 확실히 죽은 상태지만, 헌법에 의해 제대로 매장을 해주어야 하는 걸세."

"알겠네. 하지만 실제로 어떤 머저리가 반대를 한다면?"

"아무도 안 할 걸세. 아, 물론 헌정 위기 사태가 벌어지기는 하겠지. 하지만 안 그럴 거야."

우리 둘 모두 한동안 입을 열지 않았다. 닥은 떠날 마음이 없어 보였다. "닥, 내가 회의장에 나가서 그 연설을 하면 일이 한결 쉬워질 것 같나?"

"젠장, 그 문제는 이미 이야기가 끝난 줄 알았는데. 자네는 목숨이 위험할 정도의 위기 상황이 아니면 무대에 나서지 않겠다고 결정을 내린 것 아닌가. 나도 전반적으로 자네 의견에 동의하네. 우물에 항아리를 자주 넣으면 부서진다는 속담도 있지 않나."

"그렇지. 하지만 이건 그냥 가벼운 일거리 아닌가. 연극처럼 대사가 결정되어 있는 거지? 내가 손댈 수 없는 깜짝쇼를 벌일 가능성이 있기는 한 건가?"

"글쎄, 별로 없긴 하지. 평소라면 회의 직후에 기자회견을 하는 게 정상이겠지만, 최근 병을 앓았다는 핑계를 댈 수 있지 않겠나. 보안 통로를 사용하면 기자들을 완벽히 피할 수 있을 걸세." 그리고 그는 쓴웃음을 지었다. "물론 미친 작자 하나가 방청석으로 총을 숨겨 들어올 가능성이야 항상 존재하지……. B씨는 그쪽에서 습격을 당한 이후로 항상 방청석을 사격장이라고 부르셨다네."

갑자기 한쪽 다리가 쑤셔오기 시작했다. "설마 나를 겁주려는 생각인가?"

"그럴 리가."

"묘한 방법으로 나를 끌어들이는군. 닥, 솔직히 말해보게. 내가 내일 이 일을 해줬으면 하는 건가? 아니면 하지 말았으면 하는 건가?"

"당연히 해줬으면 하지! 이렇게 바쁜데 그냥 잡담이나 나누려고 여기 들른 거라고 생각하나?"

의장 대리가 망치를 두드리고, 사제가 서로 다른 종교들 간의 차이점을 건드리지 않도록 주의해서 기도를 올렸다. 그리고 모두가 정숙을 유지했다. 의석 자체는 절반 정도 비어 있었지만, 방청석 쪽은 관광객으로 붐비고 있었다.

예식에 따른 망치 두드리는 소리가 스피커 시스템을 통해 증폭되어 울렸다. 의회 경호원이 홀을 들고 서둘러 문가로 향했다. 황제는 세 번에 걸쳐 의회에 들어가게 해달라고 요청했고, 세 번 거절을 당했다. 그러자 황제는 특권을 주기를 간청했고, 갈채와 함께 특권이 받아들여졌다. 우리는 빌렘이 들어와 단상 뒤편에 자리를 잡는 동안 자리에 일어서 있었다. 국가 원수의 제복을 입고, 관례에 따라 의장과 의회 경호원 외에는 아무런 수행원도 대동하지 않은 채였다.

그 다음으로 내가 막대를 팔 아래 낀 채로 의회 맨 앞줄의 자리에서 일어나서, 군주가 거기 존재하지 않는 양 의장을 향해 허가를 요청하고는 연설을 수행했다. 콥스먼이 써준 내용은 아니었다. 그 연설문은 읽자마자 그대로 쓰레기통으로 들어갔으니까. 빌은 완전히 선거용 연설문을 써 왔는데, 때와 장소에 맞지 않는 내용이라고밖에 할 수 없었다.

내 연설문은 간략하고 치우치지 않았으며 봉포르의 저작물 안에서 그대로 따온 것으로, 임시 내각을 구성하기 전의 연설을 다른 말로 표현한 것이었다. 나는 당당히 서서 모두가 좋은 날씨와 좋은 여행길을 누리고, 모두가 서로를 사랑하기를 빌었다. 우리 선량한 민주주의자들이 우리 군주를 사랑하고 그가 우리를 사랑하는 것처럼. 약 500단어 분량의 운율 없는 시라고 할만했고, 봉포르의 원래 연설문에서 벗어나는 부분은 그대로 내 즉흥 대사로 채웠다.

경비원들은 방청석의 흥분을 가라앉히려 애써야 했다.

로그가 자리에서 일어나 추인을 원하는 후보자들의 이름을 열거했다. 재청이 이어지고 반대가 없자 의회 사무관이 단일 후보자 임명을 선언했다. 우리 당과 상대편 당의 사람들을 하나씩 대동하고 앞으로 걸어가고 있자니, 다른 의원들이 손목시계를 힐긋거리며 정오 셔틀을 탈 수 있을지 걱정하는 모습이 보였다.

이어 나는 헌법이 정한 한도 내에서 군주에 대한 충성을 맹세하고, 대의회의 권리와 특권을 수호하고 계속해 나갈 것을 맹세하고, 제국 시민의 자유를 그들이 어디에 있던 지킬 것이라 맹세했다. 덤으로 황제 폐하의 수상으로서 업무를 수행하겠노라는 맹세도 했고. 의회 소속 사제가 실수를 한 번 해서 내가 바로잡아주기도 했다.

공연이 끝난 후 인사말을 하는 것처럼 쉽게 해냈다고 생각했는데, 어느 순간 눈앞이 보이지 않을 정도로 눈물을 펑펑 흘리고 있다는 사실을 깨달았다. 선서가 끝나자 빌렘은 나를 향해 나직하게 말했다. "훌륭했네, 조지프." 그가 내게 말하고 있는지, 아니면 자신의 오랜 친구에게 말하고 있는지는 알 수가 없었다. 그리고 딱히 신경 쓰지도 않았다. 나는 눈물을 닦으려 하지 않고, 그대로 흘러내리게 놔둔 채로 의회를 돌아보았다. 그리고 빌렘이 회의장을 떠날 때까지 기다린 다음 휴회를 선언했다.

다이애나 사에서는 그날 오후에 셔틀 네 대를 추가로 운행했다. 그날 뉴 바타비아는 텅 비어버렸다. 궁정 사람들에다 백만 명 정도의 정육점이나 빵집 주인, 양초 장인, 공무원들만이 남았다는 말이다. 거기에 우리 쪽 임시 내각 사람들하고.

내가 '감기'를 이겨내고 대의회에 모습을 보인 이상 더 숨어 있을 수는 없었다. 수상직을 맡고 아무 이유 없이 사라져 있을 수는 없는 노릇 아닌가. 총선거를 앞둔 정당의 수장이니 당연히 사람들을 만나야 했다. 적어도 어느 정도는. 그래서 나는 필수적인 업무를 수행하며 매일 봉포르의 회복 경과에 대한 보고를 들었다. 느리기는 해도 나쁘지 않은 모양이었다. 카펙은 꼭 필요하다면 이제 언제든 사람들 앞에 나설 수 있을 거라고 보고하면서도, 가능하면 그러지 않는 쪽이 나을 거라는 조언을 했다. 몸무게가 거의 20파운드나 빠진 데다 몸의 균형을 제대로 잡지 못하는 상태였기 때문이다.

로그는 우리 둘 모두를 보호하기 위해 가능한 모든 일을 했다. 봉포르 씨는 우리가 대역을 쓰고 있다는 사실을 알게 되었고, 한 번 격렬한 분노를 표출한 다음 결국 필요성을 받아들이고 인정했다고 한다. 선거 전략은 로그가 지휘하면서 중요한 정책의 경우에만 그 사람의 자문을 구했고, 그런 다음에는 필요할 때 공표할 수 있도록 내용을 내게 넘겼다.

그러나 나를 향한 보호 작전 역시 거의 비슷한 수준으로 대단했다. 내 사무실은 야당 당수 숙소 안쪽의 암반 속에 있었는데(보다 웅장한 수상 관저로 옮겨가지는 않았다. 법적으로는 허용되는 일이었지만, 임시 내각의 수반은 보통 그러지 않는 것이 관례였다), 하층 거실에서는 바로 뒷문으로 올라올 수 있었지만 정문을 통해 들어오려면 검문소를 다섯 군데는 통과해야 했다. 일부 친한 사람들의 경우에는 로그의 지시에 따라 페니의 사무실을 통해 바로 올라오는 우회로를 사용하게 해주었지만 말이다.

이런 방식을 사용한 덕분에 실제로 사람을 만나기 전에 그 사람의 팔리 파일을 참고하는 것이 가능했다. 심지어는 그 사람을 만나는 동안 참조할 수도 있었다. 책상에는 방문객이 내용을 볼 수 없도록 아래쪽 내부로 화면이 들어가 있으며, 방문객이 시선을 내리까는 습관이 있으면 바로 내용을 지우는 장치가 되어 있다. 이 화면에는 다른 용도도 있었다. 일부 특별한 경우에 로그가 직접 손님을 데리고 온 다음, 손님만 남기고 방을 나가서는 페니의 사무실로 가서 쪽지를 보내는 것이었다. 화면에 떠오른 쪽지에는 간략한 팁이 있었다. '숨이 막힐 정도로 키스하고 아무것도 약속하지 마십시오'라든가, '그자는 아내를 궁정에 들여보내고 싶을 뿐입니다. 그러겠다고 약속하고 바로 내치십시오'라든가, 심지어는 '이 친구는 조심해서 다루십시오. 불안한 선거구인 데다 보기보다 영리한 친구입니다. 제게 넘기면 협상을 해보겠습니다'라고까지.

정부를 누가 운영하는지는 알 수가 없었다. 아마 전문 행정가들이 알아서 했겠지. 매일 아침 내 책상 위에 서류 뭉치가 올라왔고, 내가 봉포르의 서툰 필치로 서명을 하면 페니가 다시 가져가곤 했다. 실제로 읽을 시간은 없었다. 제국 정부의 막대한 크기만으로도 힘이 빠질 정도였다. 언젠가 사무실 밖에서 회의가 열릴 때 페니가 지름길이라며 알려주는 바람에 자료 서고를 가로질러 간 적이 있는데, 마이크로필름으로 가득 찬 서류함이 거대한 공간을 채우며 끝없이 늘어서 있었다. 사무관이 서류 하나를 찾으려 온종일 보내지 않도록, 모든 서류함이 이동식 벨트 위에서 빠르게 움직이도록 되어 있었다.

그러나 페니의 말에 따르면 우리가 지나온 곳은 그저 한쪽 별관에 지나지 않는다는 것이다. 서류 전체의 목록만으로도 대의회장과 같은 크기의 공간을 차지하고 있다고 한다. 정부 행정이라는 업무가 내 본직이 아닌, 이를테면 취미 같은 것이라 정말로 다행이라는 생각이 들었다.

사람을 만나는 일을 피할 수는 없었다. 사실 결정을 내리는 일 자체는 로그가, 또는 로그를 통해 봉포르 본인이 하는 만큼 거의 의미 없는 일이기는 했다. 내 진정한 업무는 선거 연설을 하는 것이었다. 주치의가 내 심장이 '바이러스 감염'으로 인해 무리가 갔으며, 선거 기간 내내 달의 저중력 상태에서 머무르라고 조언했다는 소문이 조심스레 퍼져나갔다. 지구로 내려가 선거 유세를 하고 다닐 엄두는 도저히 나지 않았다. 금성으로의 여행은 더욱 그렇고. 일반 군중과 섞이면 팔리 파일 시스템이 무너질 것이다. 인류당 행동파에서 위험한 행동을 할지도 모른다는 점은 두말할 나위도 없고. 내 전두엽에 네오덱소카인을 최소량만 주사해도 우리 모두가 생각조차 하고 싶지 않은 상황이 벌어질 것이다. 그중에서도 가장 심각한 상황에 처할 사람은 나일 테고.

퀴로가는 지구의 모든 대륙을 방문하고 있었다. 영상만이 아니라 군중 앞에서 직접 단상에 오르기까지 했다. 그러나 로그 클리프턴은 별로 걱정하는 기색이 아니었다. 그는 어깨를 으쓱하며 이렇게 말했다. "그러라고 하죠. 전당대회에 직접 나간다고 해서 표를 더 모을 수 있는 건 아니잖습니까. 그런 곳에는 충직한 지지자들만 참석할 텐데요."

나는 그의 말이 옳기만을 빌 수밖에 없었다. 선거 기간은 그리 길지 않았다. 퀴로가가 사임하기 전에 선거일을 사임 시점에서 6주 후로 지정해놓고 갔기 때문이다. 나는 거의 매일 연설을 해야 했다. 제국 방송에서 인류당과 정확하게 시간을 나누어서 하기도 하고, 특정 부류의 청중을 겨냥한 영상을 녹화한 다음 나중에 방송하기 위해 셔틀로 운송하기도 했다. 항상 정해진 방식이 있었다. 우선 연설 초안이 도착한다. 아마 빌이 썼겠지만 그를 실제로 보지는 않았다. 그런 다음에는 내가 내용을 수정한다. 로그는 수정한 초안을 가져가고 보통은 확인을 받아서 가져온다. 그리고 가끔은 봉포르의 필체로 수정이 되어 있기도 했다. 이제는 너무 엉망이라 거의 읽기 힘들 정도의 글씨였다.

그가 수정해준 대목은 절대 연설 중에 임의로 바꾸지 않았다.

다른 부분은 종종 그렇게 했지만. 실제로 말하기 시작하면 보다 나은, 보다 생동감 넘치는 표현 방법이 생각나기 마련이다. 나는 그가 어떤 부분을 수정하는지 눈치채기 시작했다. 거의 언제나 수식어를 제거하는 쪽이었다. 보다 노골적으로 표현해서, 좋든 싫든 확실히 결정하게 만들라!

첨삭은 갈수록 적어졌다. 나도 능숙해지고 있었던 것이다.

그래도 직접 그를 만나지는 않았다. 병상에 누워 있는 모습을 보면 더 이상 '그의 모습이 될' 수가 없을 것만 같았던 것이다. 그러나 가까운 사람 중 그를 만나지 못하는 건 나 하나만은 아니었다. 카펙은 페니도 쫓아내버렸다. 그녀 자신을 위해서 내린 결정이었다. 나는 당시에는 그 사실을 모르고 있었다. 뉴 바타비아에 도착한 이후 페니는 민감하고 종종 딴생각에 빠지며 우울해 보였으며, 항상 눈 아래 다크서클을 매달고 있어서 마치 미국너구리 같은 모습이었다. 그런 모습을 눈치채지 못할 리는 없었지만, 나는 선거전의 압박과 봉포르의 건강에 대한 걱정이 결합된 결과라고만 생각했다. 그러나 내 짐작은 부분적으로만 맞았다. 카펙은 그 사실을 눈치채고 조치를 취하기로 마음먹고는 그녀에게 가벼운 최면을 걸고 질문을 던졌다. 그러고는 내 일이 모두 끝나서 이곳을 떠날 때까지 봉포르를 다시 보지 못하도록 명령을 내렸다.

그 불쌍한 아가씨는 자신이 열정적으로 사랑하는 사람의 병상을 방문한 후 바로 그 사람과 똑같이 생기고 똑같이 말하는 건강한 사람 곁에서 일하느라 정신이 나갈 정도였던 것이다. 아마

나를 싫어하기 시작했을 것이다.

우리 훌륭하신 카펙 선생님은 고뇌의 근원까지 파고들어가서 마음을 달래줄 수 있는 최면 후 암시를 심은 다음, 그녀가 병실에 드나들지 못하게 만들었다. 당연하지만 당시 나는 그런 사실을 알지 못했다. 내가 신경 쓸 문제가 아니었으니까. 하지만 페니는 기운을 차렸고, 이내 사랑스럽고 극도로 능률적인 원래 모습으로 돌아왔다.

내게는 그 점이 정말로 도움이 되었다. 솔직히 인정하자. 페니가 없었더라면 이 말도 안 되는 혼란 속에서 족히 두 번은 발을 뺐을 것 아니겠는가.

내가 반드시 참석해야 하는 회의가 하나 있었다. 바로 선거 집행 위원회였다. 확장당은 야당이며 존 조지프 봉포르라는 개인의 지도력과 인격에 의해 한데 뭉친 연합체에서 다수를 차지할 뿐이기 때문에 나는 그의 자리에 대신 서서 다른 주연배우들에게 진정제를 나누어줄 필요가 있었다. 아주 힘든 사전 학습이 필요했고, 로그는 내 옆자리에 앉아서 내가 머뭇거릴 때마다 올바른 방향으로 가도록 신호를 주기도 했다. 그러나 완전히 대리에게만 맡길 수는 없는 일이었다.

선거가 2주도 남지 않았을 때, 안전한 선거구 분배를 위한 회의를 앞두고 일이 벌어졌다. 조직에는 언제나 서른에서 마흔 개 정도의 안전한 선거구가 있는데, 이는 내각에 참여할 권리가 필요한 사람이나 정치가의 비서(페니 같은 사람이 의회에 자유롭게 드나들고 발언할 수 있으며 당내 회의에 참석할 자격을 가지게 되면 그 능력을 훨씬 제대로 발휘할 수 있다), 또는 기타 당 내부의 이유로 의회에 들어가야 하는 사람에게 주기 위한 것이었다. 봉포르 본인도 이런 '안전한' 선거구를 맡고 있었다. 덕분에 자기 선거구에서 유세를 하느라 힘을 쏟지 않아도 되었다. 클리프턴 역시 안전한 선거구를 가지고 있었다. 닥 또한 필요하다면 그렇게 했겠지만, 그는 실제로 자기네 길드 형제들의 지지를 받고 있었으니 상관없는 일이었다. 로그는 심지어 내가 나중에 원래의 자신으로 돌아온 후에도 말만 하면 그 목록에 올려주겠다는 암시를 하기도 했다.

일부 의석은 항상 당 내부의 일꾼들을 위해 배정되어 있었다. 내각에 참여시켜야 할 사람이 생기거나 할 경우에 말만 하면 즉시 의석을 포기하고 보궐선거를 치르게 해줄 사람들이었다.

그러나 이 모든 일은 사실상 후원과 임명 관계의 느낌일 뿐이며, 연립 내각이라는 점을 고려할 때 봉포르로서는 내부의 대립을 감안해 선거 집행 위원회에 목록을 제출할 필요가 있었다. 마지막 순간, 선거 준비가 끝나기 직전 최종 변동까지 감안해서 해야 하는 일이었다.

로그와 닥이 들어왔을 때 나는 연설을 준비 중이었고, 페니에게 최고 등급 화재가 일어난 것이 아니면 아무도 들여보내지 말라고 일러둔 참이었다. 전날 밤 퀴로가가 호주 시드니에서 아주 과격한, 심지어 우리가 그 거짓말을 밝혀내 찍소리도 못하게 만들 수 있을 정도의 주장을 한 참이었다. 나는 초고를 기다리지 않고 그에 반박하는 연설을 할 생각이었다. 그리고 내가 작성한 연설문이 허가를 받을 거라고 자신하고 있었다.

그들이 들어오자 나는 "이걸 들어보게"라고 말하고는 주요 문장을 낭독해주었다. "자네들 마음에 드나?"

"그거면 그 작자의 가죽을 벗겨낼 수 있을 것 같군요." 로그가 고개를 끄덕였다. "여기 '안전 선거구' 목록입니다, 대장. 한번 훑어보고 싶으십니까? 20분 안에 그쪽에 가야 하는데요."

"아, 그 빌어먹을 회의인가. 내가 그 목록을 보아야 할 이유를 모르겠는데. 뭔가 말해두고 싶은 거라도 있나?" 어쨌든 나는 목록을 받아들고 훑어보았다. 전부 팔리 파일을 통해 아는 사람이었고, 일부는 직접 만나보기도 했다. 이미 그들을 돌보아주어야 하는 이유는 전부 알고 있었다.

그러다 문득 이름 하나가 눈에 들어왔다. 콥스먼, 윌리엄 J.

나는 정당한 분노로 생각되는 감정을 억누르고 차분히 말했다. "목록에 빌의 이름이 보이는데, 로그."

"아, 그렇지요. 그 이야기를 하고 싶었습니다. 우리 모두 빌과 대장 사이가 좋지 않았다는 사실은 알고 있지요. 대장을 책망하는 건 아닙니다. 빌이 잘못한 거니까요. 하지만 모든 일에는 두 가지 측면이 있습니다. 깨닫지 못하셨을지도 모르지만, 빌은 엄청난 열등감에 시달리고 있습니다. 어깨를 다독여줄 필요가 있어요. 이거면 그 친구 문제도 다 해결될 겁니다."

"그런가?"

"그렇습니다. 그 친구가 항상 원했던 일이니까요. 아시다시피 다른 사람들은 모두 공식 직위가 있습니다. 그러니까, 대의회의 의원이라는 말입니다. 그분, 그러니까 음, 대장의 측근들을 말하는 거지요. 빌도 민감하게 느끼고 있습니다. 술이 거나하게 취해서는 자기는 그저 고용인일 뿐이라고 말한 적도 있습니다. 그 때문에 고통을 받는 겁니다. 이렇게 해도 괜찮으시겠습니까? 당 내부 상황으로 보아 가능한 일이고, 지휘부 내부의 갈등을 해소할 수 있다면 감당할 만한 대가라고 생각합니다만."

나는 이제 감정을 완전히 다스린 상태였다. "내가 신경 쓸 일은 아닐세. 봉포르 씨가 원하는 일이라면 내가 왜 거기에 반대하겠나?"

순간 닥이 클리프턴과 슬쩍 눈빛을 교환하는 모습이 보였다. 나는 말을 이었다. "B씨가 원하는 일이겠지? 그렇지 않은가, 로그?"

닥이 거친 목소리로 말했다. "말해주게, 로그."

로그는 천천히 입을 열었다. "닥하고 제가 끼워 넣은 겁니다. 이게 최선이라고 생각했습니다."

"그럼 봉포르 씨가 승인한 일이 아니라는 건가? 분명 물어보기는 했겠지?"

"아뇨, 물어보지도 않았습니다."

"왜 그랬나?"

"대장, 이건 그분을 괴롭힐 정도의 일이 아닙니다. 늙고 지치고 병든 사람 아닙니까. 지금까지도 주요 정치적 결정이 아니면 그분께 심려를 끼치지 않으려 했습니다. 이건 확실히 그런 부류가 아니고요. 누가 입후보해도 확실히 가져올 수 있는 선거구 문제입니다."

"그럼 대체 왜 내 의견을 물어본 건가?"

"글쎄요, 대장이 알아야 한다고 생각했습니다. 이유는 아실 테지요. 대장의 허락을 받아야 한다고 생각했습니다."

"나한테? 내가 봉포르 씨인 것처럼 결정을 요구하고 있군. 나는 그 사람이 아닐세." 그리고 나는 그가 초조할 때 하는 것처럼 책상을 두드렸다. "그 사람에게 가야 할 수준의 문제라면 그 사람에게 물었어야지. 그렇지 않다면 나한테 묻지 말았어야 할 테고."

로그는 자기 시가를 잘근거리다 이내 말했다. "알겠습니다. 묻지 않도록 하지요."

"그건 아닐세!"

"무슨 말씀이십니까?"

"말 그대로 그건 아니라는 뜻일세. 실제로 내게 물었지 않은가. 그 말은 자네 마음속에 의혹이 있다는 뜻이야. 그러니 내가 봉포르로서 그 이름을 위원회에 제출하기를 원한다면, 직접 그 사람에게 가서 물어보게나."

두 사람 다 자리에 앉아 입을 열지 않았다. 마침내 닥은 한숨을 쉬며 말했다. "나머지도 전부 말하게, 로그. 아니면 내가 하겠네."

나는 기다렸다. 클리프턴은 입에서 시가를 빼고는 말했다. "대장, 나흘 전에 봉포르 씨가 발작을 일으켰습니다. 지금은 무리를 해서는 안 될 상황입니다."

나는 그대로 움직임을 멈추고, 속으로 '구름 모자를 쓴 탑들이여, 아름다운 궁전이여'* 등등의 구절을 전부 암송했다. 마음을 가다듬고 나는 다시 물었다. "정신 상태는 어떤가?"

"정신은 아직 맑은 것 같지만, 지독하게 쇠약해진 상태입니다. 납치당해서 보낸 일주일 동안이 우리가 생각한 것보다 훨씬 끔찍한 고통이었던 모양입니다. 발작 때문에 24시간 동안 혼수상태로 계셨습니다. 이제 정신은 들었지만, 왼쪽 안면 근육이 마비되어 있고 왼쪽 반신 전체가 제대로 움직이지 않는 모양입니다."

"음, 카펙 박사는 뭐라고 하나?"

"혈전이 용해되기만 하면 완벽하게 건강을 되찾을 수 있을 거라고 합니다. 하지만 예전보다는 안정을 취해야 할 거라더군요. 하지만 대장, 지금 그분은 환자입니다. 당장은 그분 없이 선거전을 헤쳐 나가야 할 겁니다."

아버지가 돌아가셨을 때의 상실감이 희미한 환영이 되어 돌아왔다. 실제로 봉포르를 본 적은 없었다. 그에게서 받은 것이라고는 인쇄된 연설문에 끄적인 수정 몇 군데가 전부였다. 그러나 나는 지금껏 그에게 의지하고 있었다. 그가 바로 옆방에 있었기 때문에 이 모든 것을 끌고 올 수 있었던 것이다.

나는 천천히 심호흡을 하고는 말했다. "알겠네, 로그. 그렇게 할 수밖에 없겠지."

* 《템페스트》, 4막 1장.

"알겠습니다, 대장." 그는 자리에서 일어섰다. "이제 회의장으로 가야 합니다. 저 문제는 어떻게 할까요?" 그는 안전 선거구 목록 쪽으로 고갯짓을 하며 물었다.

"아." 나는 생각을 가다듬으려 했다. 어쩌면 봉포르 본인도 그저 빌을 행복하게 해주기 위해 '영예로운 의원'이라는 호칭을 사용하게 했을지도 모른다. 그런 문제에 인색한 사람이 아니었으니까. 밭을 가는 소의 주둥이를 묶는 사람이 아니었다. 정치에 대한 수필 한 편에서 그는 이렇게 말했다. "나는 지적인 사람이 아닙니다. 내게 특별한 재능이 있다면 능력 있는 사람을 뽑아서 그들에게 일을 맡기는 재능 정도일 것입니다."

"빌이 그 사람과 함께 얼마나 일했지?" 나는 문득 이렇게 물었다.

"어? 4년 정도 되었을 겁니다. 조금 넘었죠."

그의 능력이 봉포르의 마음에 들었던 것은 분명했다. "그러면 그 사이에 총선이 한 번 있지 않았던가? 왜 그 당시에는 의원직을 주지 않았던 건가?"

"글쎄요, 저도 모르지요. 그 문제가 논의에 오른 적이 없습니다."

"페니는 언제 의회에 들어왔지?"

"3년 전이지요. 보궐 선거였습니다."

"그거면 답변이 될 것 같군, 로그."

"이해가 안 되는데요."

"봉포르는 언제든 빌을 대의회에 넣어줄 수 있었네. 그러나 그러지 않기로 한 거지. 그 선거구는 '사임 가능자'에게 배정해 놓게. 봉포르 씨가 빌에게 그 자리를 주고 싶으면 나중에 보궐 선거를 하게 하면 될 걸세. 건강을 되찾은 다음에 말이야."

클리프턴의 얼굴에는 아무런 표정도 떠오르지 않았다. 목록을 집어 들며 이렇게 말했을 뿐이었다. "잘 알겠습니다, 대장."

바로 그날 오후 빌이 사직서를 냈다. 로그가 설득이 통하지 않았다고 일러준 모양이었다. 그러나 로그의 보고를 듣자 거북한 느낌이 들었다. 내 완고한 태도 때문에 우리 모두가 끔찍한 위험에 처했기 때문이다. 로그에게 내 생각을 말하자 그는 고개를 저었다.

"하지만 그 작자는 전부 알고 있지 않나! 애초에 그가 꾸민 계획이었다고. 인류당에 얼마나 많은 선물을 가져갈 수 있을지 생각해보게."

"그건 잊으시죠, 대장. 빌이 비열한 놈이란 것은 사실입니다. 저는 선거 도중에 사표를 내는 작자에게는 볼일 없습니다. 무슨 일이 있어도 절대 그런 짓을 벌이면 안 되는 겁니다. 하지만 빌은 밀고자는 아닙니다. 이쪽 직종에 종사하는 사람들은 결별하게 되더라도 고객의 비밀을 발설하지 않는 법입니다."

"자네 말이 맞았으면 좋겠네."

"곧 확인하실 수 있을 겁니다. 걱정하지 마시죠. 지금은 직무 수행에 최선을 다해주십시오."

이어 며칠이 지나자 로그가 나보다 빌을 더 잘 알고 있었다는 결론이 내려졌다. 빌에 대한 소식은 전혀 들려오지 않았고, 선거전은 지금까지와 똑같이 진행되어 갔다. 갈수록 더 힘들어졌지만 우리의 엄청난 사기가 들통났다는 낌새는 조금도 보이지 않았다. 나는 기분이 조금씩 나아졌고, 마음을 다잡고 최고의 봉포르식 연설을 준비했다. 가끔은 로그가 돕기도 했고, 가끔은 승인만 받기도 했다. 봉포르 씨는 다시 회복되고 있었지만 카펙은 그가 절대적인 안정을 취해야 한다고 강조했다.

마지막 한 주 동안 로그는 지구로 내려가 있어야 했다. 원격조종으로는 불가능한 울타리 정비 작업이 있었던 것이다. 어쨌든 표는 선거구에서 나오는 것이고, 연설가보다는 조직책 쪽이 도움이 되는 법이니까. 그러나 연설과 기자회견은 계속되어야 한다. 나는 닥과 페니를 대동한 채 계속 일을 해나갔다. 그리고 이제는 처음보다 훨씬 익숙해진 상태였다. 대부분의 질문에 생각을 더듬지 않고도 대답할 수 있었으니까.

로그가 돌아오기로 되어 있는 날, 집무실에서 일주일에 두 번 있는 정례 기자회견이 열렸다. 그가 시간에 맞춰 돌아와주기를 기다렸지만 나 혼자서 처리하지 못할 이유는 없었다. 페니가 자기 장비를 들고 나보다 먼저 들어갔다. 그리고 헉 하고 숨을 삼키는 소리를 냈다.

빌이 탁자 건너편 끝에 앉아 있는 모습이 보였다.

그러나 나는 평소와 같이 방을 둘러보며 말했다. "안녕하시오, 신사 여러분."

"안녕하십니까, 총리 각하!" 대부분의 사람들이 이렇게 대답했다.

그리고 나는 이렇게 덧붙였다. “좋은 아침일세, 빌. 자네가 와 있는 줄은 몰랐군. 어느 쪽을 대표해서 온 건가?”

사람들은 그의 대답을 듣기 위해 쥐죽은 듯 침묵을 유지했다. 모두가 빌이 우리 진영에서 뛰쳐나갔거나 해고되었다는 사실을 알고 있었다. 그는 나를 보고 웃으며 대답했다. “좋은 아침입니다, 봉포르 씨. 저는 크레인 신디케이트를 대표해서 왔습니다.”

나는 두려워하는 일이 닥쳤다는 것을 알았으나 그 사실을 드러내 놈에게 만족감을 주지는 않으려고 애썼다. “훌륭한 곳이지. 그 친구들이 자네의 가치에 맞는 대우를 해주기를 바라네. 그럼 일을 시작합시다. 우선 서면으로 제출한 질문부터. 가지고 왔나, 페니?”

나는 서면 질문을 훑으며 이미 시간을 들여 생각을 정리해놓은 답변을 제공한 다음, 평소와 마찬가지로 자리에 앉아서 말했다. “아직 약간 한담을 나눌 시간이 있는 것 같소, 신사 여러분. 혹시 다른 질문 있으시오?”

여러 개의 질문이 있었다. ‘노 코멘트’는 단 한 번만 사용하고 끝낼 수 있었다. 봉포르는 모호한 답변을 하느니 차라리 이쪽을 선호하는 사람이었다. 마침내 나는 시계를 힐긋 보고는 “이걸로 오늘 아침 회견은 끝이오, 신사 여러분”이라고 말하고 자리에서 일어서기 시작했다.

“스마이스!” 빌이 소리쳤다.

나는 그를 바라보지 않고 그대로 몸을 일으켰다.

"네놈 말이다, 이 가짜 봉포르 스마이스 씨!" 그는 분노를 터트리며 더 큰 목소리로 이렇게 외쳤다.

이번에는 나도 그를 바라보았다. 내 생각에 예측하지 못한 상황에서 무례한 행동을 마주한 정부 고관이 지을 법한 딱 그 정도의 놀란 표정으로. 빌은 얼굴이 벌개져서 나를 가리키고 있었다. "이 사기꾼! 삼류 배우 자식! 가짜!"

내 오른쪽에 있던 〈런던 타임스〉 기자가 나직하게 말했다. "경비병을 부를까요, 총리 각하?"

나는 대답했다. "아니, 해를 끼치지는 않을 거요."

빌은 크게 웃었다. "그래, 내가 무해하다 이건가? 어디 한번 확인해보지."

"아무래도 불러야 할 것 같습니다." 기자가 종용했다.

"아니요." 그리고 나는 날카롭게 말했다. "그 정도면 충분하네, 빌. 조용히 자리를 떠나주었으면 하네."

"누구 좋으라고?" 그는 빠른 속도로 사건의 개략적인 내용을 떠벌리기 시작했다. 납치나 자신이 사기극에서 맡은 역할에 대해서는 언급하지 않고, 그런 사기에 동참하느니 차라리 떠나는 쪽을 택했다는 이야기만 했다. 연기가 필요했던 이유는, 적어도 그 시점에서는 사실이었던 것처럼, 봉포르의 병환 때문이라고 말했다. 우리가 그에게 약물을 투여했을 거라는 강한 암시를 실어서.

나는 참을성 있게 그의 말을 들었다. 대부분의 기자들은 처음에는 그저 듣기만 했다. 격렬한 가족 내부 분쟁에 원하지 않게 노출된 외부인의 표정이 되어서. 그러다 그들 중 일부가 글을 끄적이거나 소형 녹음기에 대고 구술하기 시작했다.

그가 말을 멈추자 나는 말했다. "그게 다인가, 빌?"

"이 정도면 충분하겠지. 안 그래?"

"충분 이상일세. 유감이네, 빌. 이걸로 끝이오, 신사 여러분. 나는 업무로 돌아가야 하니 말이오."

"잠깐 기다려주십시오, 수상 각하!" 누군가 소리쳤다. "부인하지 않으실 겁니까?" 다른 사람이 말했다. "고소하실 생각이십니까?"

나는 나중의 질문에 먼저 대답했다. "아니, 고소하지는 않을 거요. 아픈 사람을 고소해서는 안 되는 법이지."

"내가 아프다고?" 빌이 소리쳤다.

"목소리 좀 낮추게, 빌. 부인에 대해서는 굳이 할 필요까지도 없을 것 같구려. 하지만 몇몇 분들이 저 친구의 말을 받아 적는 것을 보았소. 여러분의 본사에서 저런 이야기를 실어줄 거라고 생각하지는 않지만, 실을 생각이라면 이런 일화를 하나 추가하면 더 이야기가 재미있어질 거요. 《오디세이아》의 작가가 호메로스가 아니라는 사실을 증명하기 위해 인생에서 40년을 소모한 교수 이야기를 들어본 적 있소? 호메로스가 아니라 같은 이름의 다른 그리스인이 썼다고 주장한 모양인데."

여기에 대해 정중한 웃음이 이어졌다. 나는 웃음 지으며 몸을 돌리기 시작했다. 빌은 탁자를 돌아 내게 달려와서 팔을 붙들었다. "웃어넘길 수 있을 줄 알고!" 〈타임스〉 기자 애크로이드 씨가 그를 내게서 떼어놓았다.

"고맙소, 선생." 나는 이렇게 말하고 빌을 향해 말을 이었다. "뭘 하고 싶은 겐가, 빌? 나는 자네가 구속되는 사태를 피하려고 한 것뿐인데."

"원한다면 경비원들을 불러 보시지, 이 가짜 자식! 감옥에서 누가 더 오래 지내나 보자고! 사람들이 네놈 지문을 채취하면 모든 게 끝날걸!"

나는 한숨을 쉬며 내 인생에서 최고로 감정을 억누른 대사를 했다. "슬슬 농담으로 넘기기 힘들어지는구먼. 신사 여러분, 아무래도 제대로 매듭을 지어야 할 것 같소. 페니 양, 부디 지문 채취 도구를 가져다 달라고 해주겠나?" 나는 이걸로 모든 것이 끝났다는 사실을 잘 알고 있었다. 하지만 젠장, 배가 침몰한다는 경보음이 들려도 최후의 순간이 찾아오기 전까지는 선원의 의연함을 유지해야 하지 않겠는가. 악당이라도 퇴장은 훌륭해야 하는 법이다.

빌은 기다리지 않았다. 그는 내 앞에 놓여 있는 유리잔을 낚아챘다. 내가 여러 번 만진 유리잔이었다. "그런 개수작은 집어치워! 이거면 충분할 테니까."

"빌, 예전에도 말했지만 숙녀분이 동석해 있을 때는 언사를 주의해주게. 어쨌든 그 유리잔은 가져가도 좋네."

"당연히 내가 가져가야지."

"잘 알겠네. 그럼 부디 떠나주게나. 그러지 않으면 경비병을 부를 수밖에 없을 걸세."

그는 그대로 걸어 나갔다. 다른 누구도 입을 열지 않았다. 나는 말했다. "혹시 여기 계신 분들 중에서 또 지문을 원하는 분이 계시오?"

애크로이드가 화급히 말했다. "아, 분명 그런 걸 원하는 사람은 없을 겁니다, 총리 각하."

"아, 부디 가져가주시오! 이 일에 숨겨진 뒷이야기가 있다면 지면에 실어야 하지 않겠소." 나는 오로지 배역에 부합한다는 이유 때문에 이렇게 주장했다. 어차피 완벽하게 끝난 일이다. 약간 임신했거나 살짝 가면이 벗겨지는 따위의 일이 있을 수 없는 것처럼. 그리고 나는 여기 있는 친구들이 빌에게 기회를 가로채이는 것을 원하지 않았다. 내가 마지막으로 베풀 수 있는 호의라고 해야 할 것이었다.

정식 지문채취 도구를 가지러 사람을 보내지는 않았다. 페니에게 탄소 시트가 있었고, 누군가 플라스틱 속지가 있는 예의 반영구 기록장을 가지고 있었다. 그 정도로도 깔끔하게 지문을 채취할 수 있었다. 그리고 나는 작별 인사를 하고 방을 나섰다.

우리는 간신히 페니의 개인 사무실에 도착했다. 안에 들어서자 그녀는 바로 기절해버렸다. 나는 그녀를 내 집무실로 옮겨서 소파에 눕힌 후 책상에 앉아 한동안 그저 몸을 떨고만 있었다.

우리 둘 다 하루 종일 거의 제대로 일을 하지 못했다. 평소와 같이 일과가 진행되었지만, 누군가 호출을 할 때마다 페니가 매번 핑계를 대서 물리쳤다. 그날 밤에 연설을 할 예정이었는데, 진지하게 취소할 생각까지 했다. 그러나 계속 뉴스를 틀어놓아도 그날 아침에 있었던 일에 대해서는 조금도 언급되지 않았다. 언론사 사람들이 위험을 무릅쓰기 전에 일단 지문부터 확인하고 있는 모양이었다. 어쨌든 황제 폐하의 신임을 받는 총리로 알려진 사람이니 확증이 꼭 필요하겠지. 따라서 나는 연설을 하기로 마음먹었다. 이미 연설문을 작성한 데다 예정이 잡혀 있었으니까. 심지어 닥도 티코 시티에 나가 있었기 때문에 상의할 사람이 아무도 없었다.

지금까지 중에서도 최고의 연설이었다. 나는 배우가 불길에 휩싸인 극장에서 혼란을 잠재우기 위해 사용하는 기술을 연설에 끼워 넣었다. 녹화가 끝나자 나는 얼굴을 손으로 감싸고 울음을 터트렸고, 페니는 내 어깨를 두드려주었다. 눈앞에 닥친 끔찍한 재난에 대해서는 둘 다 말을 꺼내지도 않았다.

로그는 내가 연설을 끝마쳤을 무렵인 그리니치 기준 20시 정각에 착륙해 바로 나를 찾아왔다. 나는 생기 없는 어조로 그에게 안 좋은 소식을 전부 전했다. 그는 무표정한 얼굴로 불도 안 붙인 시가를 씹으며 귀를 기울였다.

마지막에 이르자 나는 거의 애원하듯 말하고 있었다. “지문을 줄 수밖에 없었다네, 로그. 자네도 이해할 수 있지? 그 요청을 거부하는 건 배역에 맞지 않는 일이었어.”

로그가 말했다. “걱정하지 마십시오.”

“허?”

“걱정하지 마시라고 했습니다. 그 지문에 대한 분석 내용이 헤이그에 있는 시민 정보국에서 돌아오면 작지만 즐거운 놀라움을 느끼게 되실 겁니다. 우리의 전 친구인 빌은 훨씬 더 놀라겠지만, 대신 그리 즐겁지는 않겠지요. 배신의 대가를 미리 받아 챙겼다면 그걸 몸으로 갚아야 할 겁니다. 제발 그래줬으면 좋겠군요."

그의 말을 잘못 알아들었을 리는 없었다. "아! 하지만, 로그…… 그걸로 끝나지 않을 거야. 다른 곳이 수십 군데는 더 있지 않나. 사회 보장국이나…… 어, 수도 없이 많다고."

"우리가 일을 체계적으로 처리하지 않았을 것이라 생각하시는 겁니까? 대장, 결국 이런 사태가 어떤 식으로든 벌어질 수 있다는 사실은 알고 있었습니다. 닥이 마르디 그라 계획을 완료한다는 전문을 보내자마자 그에 필요한 은폐 작전이 실행됐습니다. 하지만 굳이 빌에게까지 알릴 생각은 없었지요." 그는 불이 붙지 않은 시가를 한 모금 빨려다 입에서 빼고는 물끄러미 바라보았다. "빌, 불쌍한 친구 같으니."

페니는 부드럽게 한숨을 쉬더니 다시 기절해버렸다.

DOUBLE STAR

# 10장

우리는 어떻게든 마지막 날에 도달했다. 빌의 소식은 다시 들려오지 않았다. 승객 명부를 확인해본 바로는 그 난리가 있고 이틀 후에 지구로 내려갔다고 한다. 해당 내용을 지면에 실은 언론은 없었고, 퀴로가의 연설에서도 그 쪽으로의 암시는 조금도 비치지 않았다.

봉포르 씨는 계속 건강이 회복되어 선거 이후 자신의 임무를 수행할 수 있을 거라 확신할 정도가 되었다. 아직 몸의 일부는 마비 증상을 보이고 있었지만, 우리는 그 점에도 미리 대비를 해 놓았다. 대부분의 정치가들이 항상 하는 대로 선거가 끝난 다음에 휴가를 가질 계획이었다. 그 휴가는 모든 것으로부터 안전한 토미 호 안에서 보내게 될 테고. 나는 여행 도중에 슬쩍 빠져나가 지구로 밀입국할 예정이었다. 대장은 선거 기간 동안 무리를 했기 때문에 가벼운 발작을 겪게 될 것이고.

로그가 지문 문제를 다시 정리해야겠지만, 1년 이상 시간을 두고 천천히 해도 별 문제는 없을 것이다.

선거일이 오자 나는 신발장 안에 들어간 강아지처럼 행복한 기분이었다. 가벼운 연기 하나만 더 하면 이제 내 일이 모두 끝나는 것이다. 이미 제국 방송을 위해 5분 분량의 연설을 두 편 녹화해놓았다. 하나는 대범하게 승리를 받아들이는 연설, 다른 하나는 당당하게 패배를 시인하는 연설이었다. 내 일은 모두 끝났다. 마지막 연설을 녹화하고 나서 나는 페니를 붙들고 키스를 했다. 그녀는 별 신경을 쓰지 않는 눈치였다.

남은 간단한 일 하나는 바로 높으신 분을 위한 개인 공연이었다. 봉포르 씨가 연기를 그만두기 전의 나를, 그러니까 그 자신을 만나기를 원했던 것이다. 나야 상관없는 일이었다. 이제 힘든 일이 다 끝났으니 그를 만나도 걱정할 일은 없었다. 즐거움을 주기 위해 관객 본인을 연기한다니, 코미디 단막극 같은 일이었다. 딱 하나, 진지하게 임해야 한다는 점만 빼고. 내가 무슨 소리를 하는 거지? 진지하게 연기에 임하는 것이야말로 희극 연기의 진수인데.

상층 거실에 전원이 모였다. 몇 주 동안 하늘을 보지 못한 봉포르 씨가 원해서 선택한 장소였다. 그곳에서 투표 결과를 확인한 다음 승리를 기념하며 축배를 들거나 슬픔을 삼키며 다음에는 더 잘 하자고 맹세하게 될 것이었다. 후자의 경우에는 나를 빼야겠지만. 나는 인생 처음이자 마지막으로 선거전을 치른 후였고, 더 이상은 정치에 끼어들 생각이 없었다. 심지어는 다시 연기를 하고 싶은지조차 확신할 수 없었다. 6주 동안 매 순간 연기를 했으니 일반 공연으로 따지면 500회는 족히 채웠을 것이다. 엄청난 장기 공연 아닌가.

사람들이 그 사람을 휠체어에 태워서 승강기를 통해 데려왔다. 나는 몸을 숨기고 기다리다가 그 사람이 소파에 자리를 잡은 다음에 방으로 들어섰다. 남자란 자신의 약점을 낯선 이들에게 보이고 싶지 않은 법이다. 나로서도 멋들어지게 무대에 등장하고 싶었고.

순간 너무 놀라 배역에서 벗어날 뻔했다. 그가 아버지처럼 보였던 것이다! 아니, 그저 '가족'처럼 닮았을 뿐이었다. 그 사람과 나는 우리 아버지보다 서로를 더 많이 닮아 있었으니까. 분명히 닮기는 했지만, 그저 그의 연령대가 아버지 쪽에 가까울 뿐이었다. 정말로 나이를 먹은 모습이었다. 그때까지 나는 그 사람이 얼마나 노쇠하게 변했는지 깨닫지 못하고 있었다. 수척한 데다 머리는 전부 백발로 변해 있었다.

나는 즉시 머릿속으로 우주에서 휴가를 보내는 동안 역할을 이전하는 준비를 도와야겠다는 생각을 했다. 물론 카펙의 도움을 받으면 체중이 불어나기는 할 것이다. 그렇지 않더라도 눈에 띄는 곳에 패드를 대지 않고도 살집이 붙은 것처럼 보이게 하는 방법은 여러 가지가 있었다. 머리야 내가 직접 염색해줄 수도 있을 것이다. 발작을 겪은 것은 사실이니 조금 늦은 셈이지만 공표를 하면 피할 수 없는 불일치점을 설명할 수 있을 것이다. 어쨌든 고작 몇 주 만에 이렇게 모습이 변한 것은 사실이지 않은가.

요는 대역을 사용했을지도 모른다는 의심만 받지 않으면 되는 일이었다.

그러나 이런 냉정한 분석은 내 마음속 한쪽 구석에서 진행되고 있을 뿐이었다. 나 자신은 넘쳐흐르는 온갖 감정에 사로잡혀 있었다. 병마에 시달리고 있음에도 불구하고 눈앞의 남자는 강한 정신력과 생기를 뿜어내고 있었다. 나는 에이브러햄 링컨의 거대한 석상을 처음 볼 때의 사람들처럼 따스하고 신성함에 가까운 기운을 느끼고 있었다. 다른 석상도 떠올랐다. 소파 위에 누워 마비된 좌반신을 숄로 가리고 있는 모습에서 루체른의 사자가 떠올랐던 것이다. 제대로 몸을 가눌 수 없는 상황인데도 그런 놀라운 힘과 위엄이 느껴졌다. '근위병은 죽을지언정 절대 항복하지 않는다'였던가?

그는 내가 입장하는 모습을 보자 고개를 들고는 내 얼굴에도 익숙해진 따뜻하고 친근한 포용력 있는 미소를 지었다. 그리고 괜찮은 쪽 손을 들어 가까이 오라고 손짓했다. 나는 같은 미소로 대답하며 그에게 다가갔다. 그는 놀라울 정도로 힘 있게 악수를 나눈 다음 따뜻하게 말했다. "마침내 자네를 만나다니 정말로 기쁘네." 살짝 발음이 어눌했고, 나를 향하지 않은 쪽 얼굴이 늘어져 있는 것이 이제 눈에 띄었다.

"이렇게 만나 뵙게 되어 영광이고, 정말로 기쁩니다, 선생님." 나는 마비로 인한 어눌한 발음을 따라하지 않으려 의식적으로 노력해야 했다.

그는 나를 위아래로 훑어본 다음 웃음을 지었다. "아무래도 자네는 이미 나를 만났던 것 같은 느낌인데."

나도 그를 따라 자신의 모습을 내려다보았다. "노력은 했습니다, 선생님."

"노력이라고! 자네는 확실히 성공했어. 자신과 똑같은 모습을 한 사람을 보게 되다니, 참 묘한 기분이로군."

순간 가슴이 쓰라렸다. 이분은 아직 자신의 모습이 어떤지 마음속 깊은 곳까지는 자각하지 못하는 것이다. 내 현재의 모습이 바로 자신의 모습이었다. 그리고 그 자신에게 벌어진 일은 그저 병으로 인한 일시적인 것이니 구애받을 필요가 없는 것이었다. 어쨌든 그는 계속 말을 이었다. "자네, 잠깐 내가 볼 수 있게 몸을 돌려줄 수 있겠나? 나 자신을, 그러니까 자네를, 우리를 보고 싶군. 청중의 입장에서 나를 보고 싶다네."

그래서 나는 자세를 잡고 방 안을 돌아다니고, 페니에게 말을 걸고(불쌍한 아가씨는 혼란에 빠진 표정으로 우리 둘을 번갈아 바라보고 있었다), 서류를 손에 들고, 쇄골 언저리를 긁고 뺨을 문지르고, 막대를 팔 아래에서 빼서 손으로 들고는 만지작거리기도 했다.

그는 즐거운 표정으로 내 공연을 관람하고 있었다. 그래서 나는 앙코르 공연을 하기로 했다. 양탄자 가운데에 서서 나는 그의 가장 훌륭한 연설문 하나를 힘차게 읊기 시작했다. 단어 하나하나까지 그대로 옮기지는 않고, 내용만을 취해 그가 그랬을 것처럼 알아서 흘러가게 하면서 그가 사용한 결말을 그대로 가져왔다. "노예는 스스로를 해방시키지 않는 한 결코 해방될 수 없는 법입니다. 또한 자유민은 절대 노예가 될 수 없습니다. 기껏해야 그 목숨을 앗아갈 수 있을 뿐입니다!"

공연이 성공했을 때 느껴지는 기분 좋은 숨죽인 침묵이 흘렀고, 그 사이로 봉포르 본인이 성한 쪽 손으로 소파를 두드리며 "브라보!"라고 환호하는 소리만이 들렸다.

이번 배역으로 내가 받은 유일한 찬사였다. 그거면 충분했다.

그는 내게 의자를 끌어 와서 자기 앞에 앉으라고 말했다. 막대를 눈여겨보는 것을 보고, 나는 그에게 그 물건을 건넸다. "안전장치를 채워놓았습니다, 선생님."

"사용법은 알고 있다네." 그는 막대를 가까이 가져와 살펴보고는 내게 돌려주었다. 나는 그가 막대를 그대로 가지고 있을 거라고 생각했었다. 그러지 않았기에 나는 닥에게 막대를 넘겨 그에게 전달해주기로 마음먹었다. 그는 나 자신에 대해 물었고, 내 연기를 본 적은 없지만 아버지의 〈시라노〉를 본 적은 있다고 했다. 말을 듣지 않는 입 근육을 다스리기 위해 노력해야 하는 듯했고, 목소리는 명료했지만 분명 힘겨운 기색이 있었다.

그리고 그는 이제 내가 무엇을 할 생각인지를 물었다. 나는 아직 딱히 계획은 없다고 말했다. 그는 고개를 끄덕이고 말했다. "어디 한번 알아봄세. 자네가 필요한 자리가 있겠지. 할 일이 많으니 말이네." 그는 보수에 대해서는 언급을 하지 않았고, 나는 그 사실이 자랑스러웠다.

수신이 들어오기 시작했고, 그는 영상 설비 쪽으로 주의를 돌렸다. 물론 지난 48시간 동안 내내 수신은 들어오고 있었다. 기타 행성과 지역이 지정되지 않은 선거구는 지구보다 먼저 투표에 들어가며, 심지어는 지구에서도 선거'일'은 지구의 자전에 따라 30시간이 넘게 걸리기 때문이다. 그러나 이제 지구상에서 넓은 면적을 차지하는 중요한 선거구의 결과가 들어오기 시작했다. 하루 전에 기타 행성 구역에서 우리가 승리했다는 결과가 들어오기 시작했는데, 로그가 그건 아무 의미도 없다고 했다. 기타 행성 구역은 항상 확장당이 승리하는 구역이었던 것이다. 중요한 것은 여전히 지구에 남아 있는 수십억의 사람들, 우주로 나가본 적도 없고 그럴 꿈도 꾸어 보지 않은 사람들이었다.

그렇다고 해도 행성 쪽에서도 최대한 많은 표를 긁어모아야 했다. 농업당은 가니메데의 여섯 개 선거구 중에서 다섯 개를 가져왔다. 우리와 연합을 한 정당이었으므로 확장당은 그쪽에서는 보여주기 위한 후보조차도 내지 않았다. 금성의 상황은 조금 더 골치 아픈데, 금성인들은 인간으로서는 이해할 수 없는 신학적인 미묘한 논점에 따라 수십 가지의 당파로 분열되어 있기 때문이다. 그래도 우리는 원주민 표의 대부분을 가져올 수 있으리라 기대하고 있었다. 직접적으로든, 아니면 나중에 연합으로 끌어들이든. 그리고 그곳의 인간 표는 말 그대로 모두 우리 것이니 다름없었다. 봉포르는 원주민이 그들을 대표해 뉴 바타비아의 의회에 참석할 인간 대표자를 선택한다는 법령을 없애겠다는 공약을 했다. 그 덕분에 금성에서는 표를 얻을 수 있었다. 지구에서 얼마나 많은 표를 잃을지는 아직 알지 못하는 상태였다.

둥지에서는 의회에 참관인만을 보낼 수 있기 때문에, 화성에서 걱정해야 하는 표는 인간 표뿐이었다. 주민들의 인기는 우리 쪽으로 향해 있었지만, 그쪽에서는 이권 단체를 후원하고 있었다. 하지만 정정당당히 붙는다면 승리가 확실하다고 전망하고 있었다.

닥은 로그 쪽에 있는 계산자 위로 몸을 숙인 채였다. 로그는 자신만의 복잡한 계산식을 커다란 종이 위에 잔뜩 적어놓았다. 그날 밤에는 태양계 곳곳에서 열 개 이상의 거대한 금속 두뇌들이 똑같은 작업을 하고 있었을 것이다. 하지만 로그는 자신이 직접 계산하는 쪽을 선호했다. 한 번은 선거구를 가로질러 지나가며 '냄새'를 맡기만 하면 2퍼센트 이내의 오차로 결과를 예측할 수 있다고 말하기도 했다. 내 생각에 그라면 능히 그럴 수 있을 것 같다.

카펙 박사는 배 위에 손을 올린 채 지렁이처럼 나른하게 의자에 기대 앉아 있었다. 페니는 이리저리 돌아다니며 흐트러진 물건을 바로잡거나 제대로 놓인 물건을 흐트러트리고, 우리에게 마실 것을 가져오고 있었다. 나 또는 봉포르 씨를 정면으로 바라볼 수가 없는 모양이었다.

그때까지 나는 선거일 밤의 파티를 경험해본 적이 없었다. 다른 어떤 파티와도 달랐다. 모든 열정을 쏟은 후의 아늑하고 따스한 탈진의 기분이 있었다. 민의가 어느 쪽으로 모이는지는 사실 분위기에 별로 영향을 끼치지 않는다. 최선을 다했고, 친구와 동지들과 함께 있으며, 한동안은 케이크 위의 장식처럼 흥분되는 결과물을 기다릴 뿐 걱정도 압박도 없기 때문이다.

그렇게 즐거운 시간을 보낸 적이 또 있었는지 모르겠다.

로그는 고개를 들고 나를 바라보다가, 이내 봉포르 씨를 향해 말했다. "대륙 쪽은 백중세입니다. 미국인들이 우리 쪽으로 넘어오기 전에 상황을 가늠해보고 있으니까요. 문제는 그 가늠이 어느 정도일 것이냐는 거지요."

"예측을 해볼 수 있겠나, 로그?"

"아직 무립니다. 아, 일반 투표는 우세지만 대의회에서는 대여섯 석으로 결과가 갈릴 수 있으니까요." 그는 자리에서 일어섰다. "저는 슬슬 아랫동네로 나가봐야 할 것 같군요."

사실 '봉포르 씨' 역을 맡은 내가 가야 마땅한 일이었다. 선거일 당일이니 당 본부에 당수가 얼굴을 들이밀어야 하지 않겠는가. 그러나 나는 당 본부에 가본 적이 없었기 때문에, 그곳이야말로 내 연기가 쉽게 들통날 수 있는 위험 구역이었다. '병세'를 핑계 삼아 유세 기간에는 그곳에 가지 않았다. 구태여 오늘 위험을 무릅쓰고 갈 필요도 없었으므로, 대신 로그가 투입되어 악수를 하고 웃음을 짓고 끝없이 이어지는 고된 서류 작업에 시달린 여자들이 분위기에 고양되어 팔을 두르고 눈물을 흘리도록 놔두는 업무를 담당할 예정이었다. "한 시간 안에 돌아오지요."

사실 우리 작은 모임 역시 아래층으로 내려가 집무실의 모든 직원, 특히 지미 워싱턴과 함께 해야 마땅했다. 그러나 그런 일을 벌이려면 봉포르 씨 본인을 제외해야 했다. 물론 그들도 자기네끼리 파티를 즐기고 있을 것이다. 나는 자리에서 일어섰다. "로그, 함께 내려가서 지미의 하렘에 들러 인사를 하는 게 어떻겠나."

"어? 아시겠지만, 이제 꼭 그럴 필요는 없는데요."

"해야만 하는 일 아닌가? 게다가 딱히 힘들거나 위험한 일도 아닌데." 그리고 나는 봉포르 씨를 돌아보았다. "어떻게 생각하십니까, 선생님?"

"그래주면 정말로 고맙겠네."

우리는 승강기를 타고 내려간 다음 조용하고 텅 빈 개인 구역, 그리고 나와 페니의 집무실을 가로질렀다. 그녀의 방문 너머에는 난리법석이 펼쳐져 있었다. 오늘을 위해 가져다 놓은 영상 수신기가 최대 음량으로 울려대고 있었고, 바닥에는 쓰레기가 잔뜩 어질러져 있고, 모두가 술을 마시거나 담배를 피거나 양쪽 모두를 즐기고 있었다. 심지어 지미 워싱턴조차 술병을 들고 결과를 확인하고 있었다. 마시지는 않았다. 술도 담배도 하지 않는 친구인 만큼 누군가 건네준 그대로 들고 있는 것이 분명했다. 분위기에 어울릴 줄은 아는 사람이었으니까.

나는 로그를 대동한 채로 한 사람씩 모두와 인사를 한 후 지미에게 진심으로 따뜻한 감사의 말을 건네고는 피로 때문에 어울릴 수 없어 유감이라고 사과 인사를 했다. "올라가서 몸을 좀 누이고 있어야겠네, 지미. 사람들에게 나 대신 변명을 좀 해주겠나?"

"알겠습니다. 몸조리 잘 하십시오, 수상 각하."

나는 다시 올라갔고, 로그는 그대로 터널 도로로 나갔다.

상층 거실로 돌아오자, 페니가 입에 손가락을 가져다 대며 조용히 하라고 시켰다. 봉포르가 잠이 든 모양이었고, 수신기도 음소거를 해놓은 상태였다. 닥은 여전히 그 앞에 앉아서 로그가 하던 대로 커다란 종이 위에 숫자를 채우고 있었다. 카펙은 그 자리에 그대로 있었다. 그는 고개를 끄덕이고 자기 유리잔을 들어 보였다.

나는 페니에게 스카치와 물을 가져다 달라고 부탁한 후 반구형 발코니로 나갔다. 시간상으로도 눈에 보이는 모습으로도 한밤중이었고, 밤하늘 가득한 별빛 속에 지구가 거의 만월에 가까운 모습으로 떠 있었다. 나는 북미 대륙을 살펴보며 고작 몇 주 전에 내가 있던 작은 점을 찾아보려 했다. 그리고 감정을 추스르려 애썼다.

잠시 후 나는 다시 거실로 들어갔다. 루나의 밤은 사람을 압도하는 데가 있다. 잠시 후 로그도 돌아와 아무 말 없이 자기 작업대 앞에 앉았다. 봉포르도 다시 깨어난 것이 보였다.

이제 가장 중요한 지역의 결과가 들어오기 시작했고, 모두는 로그의 연필과 닥의 계산자가 안심하고 일할 수 있도록 숨을 죽였다. 그리고 한참, 정말 오랜 시간이 흐른 후 로그가 의자를 뒤로 끌었다. "됐습니다, 대장." 그는 고개를 들지 않고 말했다. "성공입니다. 최소 7석 이상으로 다수당이 되었습니다. 아마 19석, 잘 하면 30석도 넘을 겁니다."

잠깐의 침묵 후 봉포르가 나직하게 중얼거렸다. "확실한가?"

"확실합니다. 페니, 다른 채널을 돌려서 결과를 확인해보지."

나는 그쪽으로 건너가 봉포르 옆에 앉았다. 말문이 열리지 않았다. 그는 손을 뻗어 자상하게 내 손을 두드려주었고, 우리는 함께 수신기를 바라보았다. 페니가 돌린 첫 방송국에서는 이렇게 말했다. "……의 여지가 없습니다, 여러분. 여덟 개 로봇 두뇌가 같은 결론을 내렸고, 집합 컴퓨터는 긍정적인 결론을 내렸습니다. 확장당이 큰 차이로 선거에 승리를……." 그녀는 다른 채널로 돌렸다.

"……현재의 임시 직위를 앞으로 5년 동안 유지하게 됩니다. 퀴로가 씨는 지금 당장은 연락이 되지 않지만, 뉴 시카고의 사무장의 발표에 따르면 현재의 추세를 무시할 수는 없으며……."

로그는 자리에 일어나 전화기 쪽으로 움직였다. 페니는 아무 소리가 들리지 않을 때까지 소리를 낮췄다. 아나운서는 계속해서 입을 뻥긋거렸다. 하지만 우리가 이미 알고 있는 사실을 다른 말로 옮길 뿐이었다.

로그가 돌아왔다. 페니는 볼륨을 올렸다. 아나운서는 한동안 말을 계속하다 멈춘 다음, 누군가 건넨 뭔가를 읽더니 다시 고개를 들고 활짝 웃었다. "친구이자 동료 시민 여러분, 그럼 이제 총리 각하의 선언문을 들어보겠습니다!"

화면은 내 승리 연설로 바뀌었다.

나는 연설 화면을 단어 하나하나까지 즐기며 그렇게 앉아 있었다. 감정을 주체할 수가 없었지만 어쨌든 모든 것이 고통스러울 정도로 좋았다. 정말로 훌륭한 연설을 했고, 나 자신도 그 사실을 알고 있었다. 지치고 땀투성이지만 차분하게 승리의 감정을 만끽하는 모습이었다. 즉석에서 하는 연설처럼 들렸다.

"우리 모두 함께 앞으로 나아가도록 합시다. 모든 존재의 자유를 위하여……." 이 대목에 이르렀을 때 뒤편에서 둔탁한 소리가 들렸다.

"봉포르 씨!" 내가 소리쳤다. "선생! 닥! 빨리 이리 좀 오게!"

봉포르 씨가 내 쪽으로 오른손을 든 채로 매우 다급하게 뭔가를 말하려 하고 있었다. 그러나 소용없는 일이었다. 약해진 입이 말을 듣지 않았고, 강대한 불굴의 정신으로도 연약한 육신을 복종하게 만들 수가 없었던 것이다.

나는 그를 끌어안았다. 그는 이내 체인-스톡스 호흡을 시작하더니, 곧 그조차 멈추어버리고 말았다.

닥과 카펙이 그분을 승강기로 날랐다. 나는 그쪽에는 쓸모가 없었다. 로그는 내게 다가와 어깨를 두드려준 다음 그대로 가버렸다. 페니는 다른 이들을 따라 아래로 내려갔다. 곧 나는 다시 발코니로 나갔다. '신선한 공기'가 필요했다. 거실의 공기와 마찬가지로 기계가 뿜어낸 공기이기는 하지만, 느낌만은 더 신선하기는 했다.

적들이 그분을 죽였다. 갈빗대 사이로 단검을 쑤신 것이나 다름없이, 확실하게 목숨을 끊어버린 것이다. 이 모든 일을 하고 이 모든 위험을 감수했는데도, 결국에는 그들이 그분을 죽여버렸다. 가장 끔찍한 살인이었다.

충격이 내 안의 일부를 죽인 듯 먹먹한 느낌이 들었다. '나 자신'이 죽는 모습을 본 것이다. 아버지가 죽는 모습을 다시 본 것이다. 샴쌍둥이 중 한쪽만 살아남는 경우가 왜 그리 드문지 알 것만 같았다. 내 안은 텅 비어버렸다.

그렇게 밖에 얼마나 오래 있었는지 모르겠다. 이내 뒤쪽에서 로그의 목소리가 들렸다. "대장?"

나는 몸을 획 돌리고는 애원하듯 말했다. "로그, 제발 그 이름으로 부르지 말아주게. 제발!"

"대장." 그는 끈질기게 말했다. "이제 무얼 해야 하는지 아시겠지요? 아시지 않습니까?"

순간 눈앞이 어질하며 그의 얼굴이 흐릿해졌다. 그가 무슨 말을 하는지 전혀 알 수가 없었다. 아니, 그가 무슨 말을 하는지 알 수 없고 싶었다.

"무슨 말을 하는 건가?"

"대장, 한 사람이 죽어도 쇼는 계속되어야 합니다. 이제 여기서 끝낼 수는 없어요."

머리가 지끈거렸고, 눈의 초점을 잡을 수가 없었다. 계속 말을 잇는 로그의 모습이 다가왔다 멀어졌다를 반복했다. "……그분의 일을 끝낼 기회를 앗아간 겁니다. 따라서 당신이 그분을 위해 마무리를 지어야 합니다. 그분이 다시 살아나게 할 수 있어요!"

나는 고개를 젓고는, 대답을 할 수 있을 정도로 마음을 가다듬으려 안간힘을 썼다. "로그, 자네 지금 무슨 말을 하는지 알고는 있는 건가. 터무니없는 소리야. 말도 안 된다고! 나는 정치가가 아닐세. 빌어먹을 배우일 뿐이지! 얼굴 표정으로 사람들을 웃기는 놈일 뿐이라고. 그것밖에 할 수 없어."

끔찍하게도 나 자신은 아직도 봉포르의 목소리로 말하고 있었다.

로그는 나를 바라보았다. "제가 보기에는 지금까지 꽤나 잘 해오신 것 같습니다만."

나는 목소리를 바꾸려고, 지금 이 상황의 주도권을 가져오려고 애썼다. "로그, 당신 지금 당황한 겁니다. 진정하면 그게 얼마나 말도 안 되는 소리인지 알게 될 거예요. 당신 말이 맞아요. 쇼는 계속되어야 하죠. 하지만 그런 식으로는 안 됩니다. 지금 해야 할 일은—할 수 있는 유일한 일은—당신이 그 자리에 오르는 겁니다. 선거는 이겼잖아요. 다수당이 되었습니다. 이제 총리직에 올라 정책을 펼쳐 나가면 되는 거잖아요."

그는 나를 바라보며 슬프게 고개를 저었다. "가능하다면 그렇게 하겠지요. 그건 인정합니다. 하지만 그럴 수는 없어요. 대장, 선거 집행 위원회라는 이름의 난장판이 기억납니까? 당신만이 그 친구들을 진정시킬 수 있습니다. 우리 연합은 단 한 사람의 영향력과 지도력으로 유지되었던 겁니다. 지금 우리를 돕지 않으면, 그분이 평생을 헌신했고 목숨까지 바친 그 이상은 그대로 산산조각 나는 겁니다."

반박할 말이 없었다. 그의 말이 옳을지도 모른다. 지난 한 달 반 동안 정치의 톱니바퀴와 그 톱니바퀴를 구성하는 톱니바퀴들을 내 눈으로 보았으니까. "로그, 그 말이 사실이라도 당신이 말하는 방식으로는 불가능합니다. 지금까지 대역을 계속할 수 있었던 것도 세심하게 조율된 환경에서만 모습을 드러내는 식으로 움직였기 때문이에요. 그렇게 했는데도 정체가 드러날 뻔한 위기를 간신히 넘겼잖아요. 하지만 이런 일을 매주, 매달, 심지어 당신이 말하고자 하는 게 그런 이야기라면, 매년 수행하는 건……. 아니, 성공할 수 없어요. 불가능합니다. 나한테는 무리예요!"

"할 수 있습니다!" 그는 나를 향해 몸을 숙이고 강한 어조로 말했다. "우리도 모두 이야기를 나누었고, 당신이 알고 있는 위험에 대해서도 생각해보았습니다. 하지만 시간이 지나면 보다 익숙해질 겁니다. 일단 우주에서 2주를 보내게 되지 않습니까. 젠장, 원한다면 한 달로 할 수도 있어요! 그동안 내내 공부할 수 있습니다. 그분의 일지, 어린 시절 일기장, 스크랩북, 전부 꼼꼼히 훑어볼 수 있습니다. 우리 모두 붙어서 도와줄 거고요."

나는 대답하지 않았다. 그는 말을 이었다. "자, 대장, 정치적 인물이란 한 사람이 아니라는 사실을 이미 배우지 않았습니까. 하나의 팀이죠. 목표와 신념을 위해 하나로 뭉친 팀이라는 말입니다. 우리는 지금 팀의 수장을 잃었고 새로운 사람이 필요한 상황입니다. 하지만 팀 자체는 그대로 있어요."

카펙도 발코니에 나와 있었다. 나오는 모습을 보지는 못했지만. 나는 그에게로 시선을 돌렸다. "선생도 이 일에 동의하는 겁니까?"

"그렇다네."

"이건 당신의 의무입니다." 로그가 덧붙였다.

카펙은 느릿하게 말했다. "나는 그 정도로 말하지는 않겠네.

자네가 일을 맡아줬으면 좋겠어. 하지만 젠장, 자네의 양심 노릇을 하려 하지는 않겠네. 의사가 이런 말을 하면 터무니없이 들릴지도 모르지만, 나는 자유의지 신봉자거든." 그는 클리프턴을 돌아보았다. "혼자 있게 해주는 편이 좋겠네, 로그. 저 친구도 머리로는 알고 있어. 결심을 할 수 있느냐의 문제지."

그러나 그들이 떠나도 혼자 있을 수는 없는 모양이었다. 닥이 발코니로 나왔다. 정말 다행스럽고 또 감사하게도, 그는 나를 '대장'이라 부르지는 않았다.

"어이, 닥."

"여어." 그는 한동안 말문을 열지 않고 담배 연기를 뿜으며 별을 바라보기만 했다. 그러다 그는 나를 돌아보았다. "친구, 함께 제법 여러 일을 헤쳐 나가지 않았나. 이제 나는 자네가 어떤 사람인지 알고 있고, 앞으로는 이유를 대지 않아도 총이든 돈이든 주먹이든 사용해서 자네를 반드시 도와줄 걸세. 자네가 여기서 빠져나간다 해도 비난의 말을 하지는 않을 거야. 자네에 대한 평가가 나빠지지도 않을 거고. 자네는 정말 훌륭하게 최선을 다했으니까."

"어, 고맙네, 닥."

"한마디만 더 하고 물러나겠네. 이것 하나만 기억해주게. 만약 자네가 이 일을 할 수 없다는 결정을 내린다면 그분을 세뇌한 그 고약한 악당이 승리를 거두는 걸세. 이 모든 일을 해냈는데도 결국 그 작자가 이기는 거야." 그리고 그는 안으로 들어갔다.

마음이 갈기갈기 찢기는 것만 같았다. 이내 나는 순수한 자기

연민에 빠져들었다. 부당한 일이 아닌가! 내게도 나 자신의 삶이 있다. 연기력은 절정에 오른 상태였고, 이제 배우로서 성공하는 길만이 남아 있었다. 몇 년 동안이나 나 자신을 숨긴 채로 다른 사람의 역할을 맡아줄 것을 기대하다니, 말도 안 되는 요구였다. 그러는 동안 대중은 나를 잊을 것이다. 감독과 대행사들도 나를 잊을 것이다. 아마 내가 죽었다고 믿게 되겠지.

부당한 일이었다. 과도한 요구였다.

곧 나는 감정을 추스르고 한동안 머리를 비웠다. 하늘에는 지구가 여전히 우아하고 아름답게, 변치 않는 모습으로 빛나고 있었다. 저곳에서는 선거일 밤의 축제가 어떤 식으로 벌어지고 있을지 궁금했다. 화성과 목성과 금성이 모두 황도면을 따라 포상처럼 걸려 있었다. 물론 가니메데는 보이지 않았다. 멀리 명왕성에 있는 외딴 식민지도.

"희망의 세계들." 봉포르는 저 행성들을 그렇게 불렀다.

그러나 그는 목숨을 잃었다. 세상을 떠났다. 놈들이 잘 익은 과실을, 그의 정당한 결과물을 앗아가버렸다. 그는 죽었다.

그리고 저들은 그를 재구성하라는, 그를 다시 살려놓으라는 책무를 내게 맡겼다.

내가 할 수 있을까? 그의 고결한 기준에 다가갈 수나 있을까? 그라면 내가 어떻게 하기를 바랄까? 그가 나와 같은 상황에 처했더라면…… 봉포르는 어떻게 했을까? 선거를 치르는 동안 나는 계속해서 자신에게 묻곤 했다. "봉포르라면 어떻게 할까?"

누군가 내 뒤에서 인기척을 냈다. 몸을 돌리자 페니가 있었다.

나는 그녀를 바라보며 말했다. "나가라고 하던가요? 나한테 애원을 하러 온 겁니까?"

"아니요."

그녀는 아무 말도 덧붙이지 않았고, 내가 대답하리라 기대하지도 않는 듯했다. 우리는 시선을 마주하지도 않았다. 침묵이 이어졌다. 마침내 나는 입을 열었다. "페니? 만약 내가 일을 맡겠다고 한다면…… 도와줄 겁니까?"

그녀는 바로 나를 향해 얼굴을 돌렸다. "네, 물론이에요, 대장! 도울 거예요!"

"그럼 노력해보지요." 나는 겸손하게 말했다.

이상의 내용은 25년 전 자신의 혼란을 다스리기 위해 작성한 글이다. 당시 나는 진실만을 말하고 변명은 하지 않으려 했다. 어차피 나와 주치의인 카펙 박사만이 읽을 내용이었으니까. 사반세기가 지난 후에 젊은이의 어리석고 격정적인 고백을 읽고 있자니 묘한 기분이 든다. 그 젊은이를 기억하기는 하지만, 그가 나였다는 사실을 인지하는 것은 쉽지가 않다. 내 아내 페넬로페는 자신이 나보다 그를 더 잘 기억한다고 주장하고, 그 외의 다른 사람을 사랑한 적이 없다고 덧붙인다. 시간은 우리 모두를 변하게 한다.

봉포르의 어린 시절을 '기억'하는 쪽이, 실제의 나, 즉 로렌스 스미스라는 애처로운 젊은이, 자칭 '위대한 로렌초'의 삶을 기억하는 것보다 수월하게 느껴진다. 내가 정신이 이상해진 것일까? 정신분열증은 아닐까? 그렇다면 필요한 배역을 수행하기 위해 그 정신분열증이 필요했던 것일 테지. 봉포르가 다시 살아나기 위해서는 그 꼴사나운 배우의 인격을 억눌러야 했으니까. 완전히.

지금의 내가 제정신이든 아니든, 그가 한때 존재했으며 내가 그였다는 사실은 잘 알고 있다. 사실 배우로서 딱히 성공을 거둔 사람은 아니었다. 가끔 진정한 예술의 광기에 빠져들기는 했지만. 그는 완벽히 역할에 몰입한 채로 무대를 떠났다. 저지시티의 호텔에서 그가 수면제 과용으로 '사망한 채 발견됐다'는 내용이 담긴 누렇게 뜬 신문 기사를 간직하고 있다. 당국에서는 그가 실의에 빠져 충동적인 행동을 한 것으로 간주했고, 대행인은 그가 수개월 동안 일자리를 얻지 못했다고 언급했다. 개인적으로는 기사에서 그가 실직 상태였음을 언급할 필요는 없지 않았을까 하는 생각이 든다. 비방은 아니지만 불친절한 행동이기는 하지 않은가. 기사의 내용은 결과적으로 15년의 선거 기간 동안 그가 뉴 바타비아나 다른 장소에 존재할 수 없었음을 증명해주는 것이 되었다.

아무래도 그 기사는 태워버려야겠다.

그러나 이제 진실을 아는 사람 중 살아 있는 이는 닥과 페넬로페뿐이다. 물론 봉포르의 육신을 살해한 그 작자들은 제외하고.

나는 지금까지 세 번에 걸쳐 총리직을 맡았고, 아마 이번 임기가 마지막이 될 것이다. 처음 총리 자리를 내놓은 것은 마침내 외계인들—즉 금성인과 화성인과 외부 목성인들—을 대의회에 받아들였을 때였다. 그러나 내가 물러난 후에도 이들은 그대로 제국 시민으로 남았고, 나는 재기에 성공했다. 사람들은 어느 정도의 개혁을 받아들인 다음에는 휴식을 원한다. 그러나 개혁은 그 자리에 남는다. 사람들은 사실 그 어떤 변화도 원하지 않는다. 그리고 외계인 혐오는 뿌리가 깊기 마련이다. 그러나 우리는 전진한다. 별을 향해 나아가려면 진보가 필요한 법이다.

나는 끝없이 자문한다. '봉포르라면 어떻게 했을까?' 내가 내놓은 답이 항상 옳았는지는 확신할 수 없다(내가 태양계에서 그에 대해 가장 많이 알고 있는 제자라는 점은 분명하지만 말이다). 그러나 나는 항상 그의 역할에 걸맞은 행동을 하려 최선을 다했다. 먼 옛날 어떤 사람이—볼테르였던가?—이렇게 말했다고 한다. "사탄이 신을 대신하게 된다면, 그는 신성이라는 너울을 취할 수밖에 없다는 사실을 깨닫게 될 것이다."

잃어버린 옛 직업에 대해 후회를 해본 적은 없다. 어떻게 말하면 잃지 않은 셈이기도 하고. 빌렘이 옳은 말을 했다. 박수 외의 다른 찬사도 존재하는 법이고, 훌륭한 연기를 하고나면 항상 따뜻한 광휘가 남는다. 따라서 나 역시 완벽한 예술품을 창조해내려는 노력을 한 셈이라 생각한다. 온전히 성공을 한 것은 아니겠지만 우리 아버지라면 '훌륭한 공연'이라 평가해주실 것이라 생각한다.

아니, 후회는 하지 않는다. 물론 옛날의 삶이 보다 행복하기는 했지만. 적어도 더 편하게 잠을 잘 수는 했으니까. 그러나 80억 사람들을 위해 최선을 다한 후의 만족감은 그 무엇에도 비견할 수 없다.

그들의 인생이 전 우주를 뒤흔들 정도로 중요한 것은 아닐지도 모른다. 그러나 그들에게는 감정이 있다. 상처를 받을 수 있다.

뛰어난 연기 실력을 갖췄지만 자존심과 허풍은 그보다 더 뛰어난 퇴물 배우, 로렌스 스마이스(위대한 로렌초)는 자의 반 타의 반으로 터무니없이 큰 건수에 뛰어들게 된다. 화성과 지구 사이의 화평을 위해 전임 수상인 봉포르의 대역을 맡아 화성인 소굴로 뛰어들어야 하는 신세가 된 것이다. 문제는 그가 중증 화성인 공포증에 시달리는 차별주의자라는 점이다.

1956년 《어스타운딩 사이언스 픽션》에 3개월 동안 연재되었으며, 하인라인에게 생애 첫 휴고상을 안겨준 《더블 스타》는 여러 면에서 그의 다른 작품들과 구분되는 면모를 보여준다. 이는 《더블 스타》가 청소년 대상 작품이 주류를 이루었던 초기에서 《스타쉽 트루퍼스》로 시작되는 후기 작풍으로 넘어가는 과도기적인 위치에 있으며, 따라서 후기 작품에서 찾아볼 수 있는 여러 장단점이 명확하게 드러나 보이지 않기 때문이기도 할 것이다.

덕분에 많은 하인라인 팬들은 이 작품이 그의 대표작들 중에서도 작품성이 부족하며, 작가의 개성을 명확히 보여주지 못하는 작품으로 취급해왔다. 그러나 바로 그런 위치의 작품이기 때문에 얻을 수 있는 독특한 즐거움 또한 쉽사리 찾아볼 수 있다.

다른 무엇보다 눈에 띄는 장점은 주인공이다. 주인공 로렌스 스마이스는 천재 과학 소년을 주인공으로 내세우는 이전 1인칭 시점 작품들과는 궤를 달리하는 성인 취향의 인물이다. 전형적인 '신빙성 없는 화자'로 시작하여, 주변의 압력과 상호작용을 하며 자신의 역할에 차츰 매몰되고, 어릴 적 경험을 반추하며 인간적으로 성장을 이루는 로렌초의 모습은 작품 전체에 독특한 매력을 제공한다. 후기 작품까지 통틀어 봐도 하인라인의 1인칭 시점 주인공 중에서 가장 매력적인 인물일지도 모른다.

하인라인의 가장 큰 매력인 간결하고 긴박감을 더해주는 서술 방식 또한 훌륭하게 발휘된다. 후기작에서 종종 찾아볼 수 있는 착상에 이야기가 매몰되어버리는 상황은 벌어지지 않으며, 급박하게 흘러가는 줄거리 속에서 슬쩍 위트를 섞는 하인라인 특유의 서술 방식이 주인공의 성격과 맞물려 작품의 긴장감을 적절한 정도로 유지해준다. 후기 작품에서 종종 찾아볼 수 있는 과도한 독백이나 정치적 설교는 이 작품 안에서도 존재하기는 하지만, 크게 거슬리지는 않을 정도의 한도를 지키는 모습을 보이며, 작품의 분위기를 해치지 않을 정도의 세련됨을 유지한다.

그러나 이 작품에서 찾아볼 수 있는 가장 큰 즐거움은, 하인라인이라는 작가의 호오 여부에 지대한 영향을 끼치는 작가의 정치적 성향의 원류를 찾아볼 수 있다는 점일 것이다. 후기 작품들에서도 여실히 드러나 보이듯이, 하인라인은 인종차별을 혐오하고, 미국식 시장주의에 경도되어 있으며, 총기 소지와 자위권을 옹호하며, 작고 강력한 정부를 선호하는 모습을 보인다. 그러나 이 작품에서 그보다 더 눈에 띄는 것은 체제 자체에 대해 보이는 신뢰이다. 이 작품에서 그는 본질적으로 체제는 부분의 총합 이상의 권위를 가지고 아무리 부패했더라도 나름의 가치를 지니며, 구성원들은 그 작동 방식에 신뢰를 보내야 한다고 주장한다. 수많은 허상을 겹쳐 만들어낸 정치적 허상 또한 의지와 신념이 존재한다면 긍정적인 존재라고 말하기도 한다. 이후 작품에서 논란을 불러일으킨, 권리를 누리려면 의무를 수행해야 한다는 신념 또한 후기 작품들에 비해 온건한 방식으로 표현되어 있다. 하인라인이 이 작품을 집필하기 1년 전인 1954년에 공식적으로 민주당 지지를 철회했다는 사실을 고려해볼 때, 1940년대부터 드러나기 시작한 하인라인의 정치적 성향이 어떤 결실을 맺었는지를 가장 명확하게 보여주는 작품일지도 모르겠다.

한 가지 잊지 말아야 할 사실은, 이 작품 또한 당대의 다른 많은 SF와 마찬가지로 50년대라는 시대의 제약을 벗어나지 못하였다는 점이다. 특히 여성 등장인물이나 로맨스의 묘사에서 그런 경향성이 두드러져 보이는데, 여러 작품을 통해 성해방을 주장하고 종종 강인한 여성을 묘사하기도 한 하인라인이지만 결국 성역할의 굴레를 온전히 벗어던지지는 못했다는 실례가 될 수 있을 것이다. 행성간 여행과 식민지 건설이 가능한 시대에 마이크로필름과 종이책과 라디오 통신을 사용하는 모습 또한 기묘해 보이는데, 동시대의 여러 SF 작가들이 작품 속에 다른 방식의 첨단 매체를 등장시켰다는 사실을 생각하면 상상력의 부족이라기보다는 고의적인 묘사일지도 모른다는 생각이 든다. 오랑주 황실의 입헌군주제에 대한 자못 유쾌한 묘사의 연장선상에 있는, 첩보 스릴러 장르에 어울리는 복고풍의 소품을 호의적 연출한 것일지도 모르겠다.

《더블 스타》는 하인라인이라는 작가가 제공하는 본질적인 재미를 고루 갖추고 있다. 또한 후대 작품들보다 온건한 모습으로 간간히 드러나 보이는 작가의 정치적 성향은, 비록 동의하지는 못하더라도 흥미로운 탐구의 대상이 될 수 있을 것이라 생각한다.

조호근

옮긴이 조호근

서울대학교 생명과학부를 졸업했다. 현재 과학과 소설 양쪽 모두의 매력에 빠져 두 축 사이에서 방황하는 중이다. SF · 판타지소설과 과학도서 번역을 주로 하였고, 현대 해외문학을 국내에 소개하는 일도 하고 있다. 옮긴 책으로 로버트 A. 하인라인의 《더블 스타》와 《하인라인 판타지》, 필립 K. 딕의 《도매가로 기억을 팝니다》, 《마이너리티 리포트》, 찰스 유의 《SF 세계에서 안전하게 살아가는 방법》, 레이 브래드버리 단편선집 《레이 브래드버리》, SF 단편집 《장르라고 부르면 대답함》 외 다수가 있다.

**더블 스타**

2017년 5월 15일 초판 1쇄 인쇄
2017년 5월 22일 초판 1쇄 발행

지은이 | 로버트 A. 하인라인
옮긴이 | 조호근
발행인 | 이원주
책임편집 | 정은미
책임마케팅 | 임슬기

발행처 | (주)시공사
출판등록 | 1989년 5월 10일(제3-248호)

주소 | 서울특별시 서초구 사임당로 82(우편번호 06641)
전화 | 편집 (02)2046-2851 · 마케팅 (02)2046-2800
팩스 | 편집 · 마케팅 (02)585-1755
홈페이지 | www.sigongsa.com

ISBN 978-89-527-7848-2 04840
978-89-527-7851-2(set)

Robert A. Heinlein

값 14,000원
04840
9 788952 778482
ISBN 978-89-527-7848-2
ISBN 978-89-527-7851-2(set)